U0628965

生态翻译学及其
在文学作品翻译中的运用

葛颂 ◎ 著

中国出版集团

中译出版社

图书在版编目(CIP)数据

生态翻译学及其在文学作品翻译中的运用／葛颂著
. -- 北京：中译出版社，2023.11
ISBN 978-7-5001-7616-9

Ⅰ.①生… Ⅱ.①葛… Ⅲ.①文学翻译-研究 Ⅳ.
①I046

中国国家版本馆 CIP 数据核字（2023）第 217321 号

生态翻译学及其在文学作品翻译中的运用

SHENGTAI FANYIXUE JIQI ZAI WENXUE ZUOPIN FANYI ZHONG DE YUNYONG

著　者：葛　颂
策划编辑：于　宇
责任编辑：于　宇
文字编辑：纪菁菁
营销编辑：马　萱　钟筏童
出版发行：中译出版社
地　　址：北京市西城区新街口外大街 28 号 102 号楼 4 层
电　　话：（010）68002494（编辑部）
邮　　编：100088
电子邮箱：book@ctph.com.cn
网　　址：http://www.ctph.cm.cn

印　　刷：北京四海锦诚印刷技术有限公司
经　　销：新华书店
规　　格：787 mm×1092 mm　1/16
印　　张：10.75
字　　数：214 千字
版　　次：2023 年 11 月第 1 版
印　　次：2023 年 11 月第 1 次

ISBN 978-7-5001-7616-9　　定价：68.00 元

前　言

随着时代的发展、社会的进步，生态翻译学作为翻译学的一种新兴理论，已经受到越来越多翻译者的关注和认可。生态翻译学是在原有的翻译理论上发展而来的，依托东方哲学理念并借鉴东方生态智慧的一种新兴的翻译学理论，这一理论通过借鉴达尔文的"物竞天择，适者生存"学说，将生态学和翻译学结合起来，适应了时代的发展要求。该理论为指导翻译行为提供了全新的、和谐的、多维的视角和崭新的研究范式，同时，为翻译行为提供了一种全新的理论指导。

生态翻译学的发展适应了社会发展和进步的要求，为翻译学科和实践提供了全新的理论视角和研究角度。在生态翻译学的视角下，各种翻译策略的使用也有了全新的变化，尤其在文学作品的翻译上有了较为突出的体现，具体表现在语言思维、文化思维和交际思维三个维度上为文学作品的翻译提供了全新的理论视角，为文学作品的翻译实践提供了较强的理论支撑。这对于进一步理解文学作品的文学内涵、写作风格和文学特征有重要的指导意义。生态翻译学的发展在为翻译学的发展提供理论支撑的同时，也丰富了文学作品的内涵和外延，使得文学作品的外译更加符合并适应译入语的语言特色和风格，同时又保证了原文本的文学特色。生态翻译学视角的提出，也为中国文学作品的翻译提供了全新的理论指导。

基于此，笔者撰写了《生态翻译学及其在文学作品翻译中的运用》一书，在内容编排上共设置七章，分别为：生态翻译学的基本理论解读、生态翻译学视域下的文学作品翻译、生态翻译学在文学作品翻译要素中的渗透、生态翻译学在文学作品翻译转换中的表现、生态翻译学在翻译文学系统构建中的延展、生态翻译学在文学作品翻译质量中的运用、生态翻译学在文学作品翻译实践中的研究。

本书有以下特色：

第一，语言通俗易懂，没有使用生僻的专业理论词汇和晦涩难懂的语句。内容结构明晰，有理论知识和实际应用模块。

第二，理论联系实际，全面地对现代英语教学与文学研究进行分析和解读，从多个方面和角度结合实际状况做出了相关阐述，重视理论联系实际。

第三，注重创新实践，通过对现代英语教学与文学的多个层面分析，提出针对现实社会环境的创新教学模式与多元化实践方法。

整体而言，本书是在参考大量文献的基础上，结合笔者多年的研究学习经验撰写而成的。在本书的撰写过程中，得到许多专家学者的帮助，笔者在这里表示真诚的感谢。同时，限于笔者的水平，虽经过多次细心修改，书中难免会有疏漏与不足之处，恳请读者批评指正。

作者
2023 年 3 月

目 录

第一章 生态翻译学的基本理论解读

第一节 生态翻译学的产生与发展走向

生态翻译学作为一门新兴的学科，是生态学和翻译学的交叉学科，其产生和发展顺应了全球视野的生态思潮和翻译学研究方向，生态翻译学以适应选择论为基础，是一种生态学的翻译观，致力于用生态视角对翻译活动进行综观和描述，它关注文本生态、翻译生态和"翻译群落"生态及它们之间的相互作用和相互关系，它所进行的是一种跨学科的整体性研究。

一、生态翻译学的产生背景

很多理念都是在深刻的时代背景和社会思潮影响下提出的。在时代社会和学术发展的引导下，生态翻译学也在逐渐发生和发展，它是在翻译学研究的影响下经济社会进行的转型。人类社会自 20 世纪 60 年代以来由工业文明向生态文明的转变。20 世纪 70 年代以后，中国逐渐开始重视生态环境问题。此后提出了科学发展观和可持续发展政策的概念，同时提出"人类文明处于从工业文明向生态文明过渡"的观点。为了适应社会的发展，在不同的翻译研究领域，将会引入"生态"维度。

从认知论到本体论，从人类中心到生态整合转型，这是当代哲学必须面对的。可以看出，这使翻译研究人员从"翻译生态学"的角度跨越思想领域，扩大了翻译和翻译活动的视角，形成了生态翻译的研究路径。

翻译适应选择的理论基础是从生物与生态环境的关系入手，从本质上讲是生态学路径的，这一点从 2001 年开始研究起步时就定位了，此后按照该路径展开的其他研究也是这样发展起来的。但 2003—2004 年之间的翻译，适应选择论研究中的"适者生存"理论以及"自然选择"理论之间的梳理明显缺乏，依赖于两个学科（生态学和生物学）关系的研究也没有进行深入。这在一定程度上是根据翻译理论的适应性选择的延伸而产生的影响，这使未来生态翻译在建设过程中遇到困难。

对相关文献进行研究，最早的生态学是从植物生态学开始的，相应的动物生态学是伴随着植物生态学的发展才得以发展。众人皆知生物学的研究对象既包括动物又包括植物。生态学不是孤立地研究环境和生物有机体，而是研究生物有机体和环境以及互为环境的生物之间的辩证关系。

作为系统的翻译理论研究，从生态学的发展角度来看，前期的翻译适应选择论和后期的生态翻译学，它们是"同源"的，是一种继承的关系和源委的关系，本质上是一致的。

前期的翻译适应选择论研究定位在系统的翻译理论，但翻译理论研究本身与翻译学研究是不在一个层面上的。换言之，翻译适应选择论研究相对于整体的翻译学来说，还只属于"中低端"的研究。随着生态学视角翻译研究的深化和拓展，现在有了宏观生态理念之下的整体翻译生态体系研究，而这种宏观的、整体的翻译生态体系研究实际上就涉及翻译学研究的层面了。由此看出，在整体的生态理念的观照之下，很有可能的是，前期翻译适应选择论的"中观"和"微观"研究与宏观的整体翻译生态体系研究相关联。这将有可能使翻译研究的"译学架构""译论体系""译本形成"三个层次研究有机地"打通"，使得微观的翻译文本操作研究、中观的翻译本体理论研究、宏观的翻译生态体系研究实现统一，其产生的结果是：二效合一的、"三位一体化"的生态翻译学的理论体系构建便有可能顺理成章了。

对于生态翻译学的产生和发展，不仅有中国因素，还有全球因素；不仅有内部因素，还有外部因素；不仅有人为因素，还有客观因素。同时，生态翻译的起源和发展也是一种社会需要、文化需要和学术需要，促进翻译学习领域的视野需要进一步拓展。因此在新世纪初期翻译学就开始发展。

"生态翻译学的三个立论基础可以概括为生态翻译学的可持续性、存在性和客观性"[①]。生态翻译学逻辑思路是：正是由于有"关联序链"的指向和启发，进而进行翻译活动（翻译生态）和思考自然界（自然生态）的相互关联问题；正是由于自然界（自然生态）和翻译活动（翻译生态）相互关联问题的深层次的研究，因此我们能够在翻译学中适度地引用适用于自然界的"适应/选择"学说；由于将"适应/选择"学说引入了翻译学研究，因此，翻译适应选择论的理论体系得以建立；因为翻译适应选择论的理论体系的建立，以此为基础，生态翻译学"三层次"的研究分别是宏观翻译生态体系、中观翻译本体理论、微观翻译文本转换的研究得以发展；最终正是由于生态翻译学的"三层次"研

---

① 贾延玲，于一鸣，王树杰. 生态翻译学与文学翻译研究 [M]. 长春：吉林大学出版社，2017：10.

究，因此形成了相对完整的生态翻译学理论体系的构建。这是一个循序渐进、由局部到整体、由较小到较大、逐渐归为系统化的发展过程。

经过多年的研究和积累，生态翻译学的研究成果不断累积，研究思路和发展取向日益明确，生态翻译学的宏观译学、中观译论、微观译本的"三层次"研究格局已形成。同时，随着理论应用和实证研究范围的逐步扩大和学术影响力逐步提升，研究队伍显现壮大之势，国际、国内的交流与合作计划也在实施之中。总而言之，生态翻译学正在稳步发展。

二、生态翻译学的发展走向

"中西合璧""古今贯通""文理交汇"可以说是任何领域的研究者们都致力追求的目标和境界，毋庸置疑，这也是生态翻译学研究的学术追求。多年来的生态翻译学研究在"中西合璧""古今贯通""文理交汇"的实践方面做了一些尝试，这些尝试对于沟通中国翻译界和西方翻译界学术研究起到话语纽带的作用，对贯通传统翻译思想和现当代翻译思想的研究体系，突破人文社科与自然科学的研究界限，具有一定的促进意义和示范作用。从这个角度看来，生态翻译学研究在坚持"古今贯通""中西合璧""文理交汇"的学术追求上，或许将成就学术研究。

在文学生态批评和西方生态哲学的影响下，在哲学和思想理论领域发生了由人类中心到生态整体的转型、由主客二分到主体间性转向。哲学理念的这种转向，无疑会影响到翻译理论哲学基础的选择和取向。因此，从哲学理论的角度来看，翻译理论的哲学基础正由局部适用到普遍适用过渡，由单一取向向整体取向演变。

生态翻译学的发生和发展，承载并昭示着上述理念，践行并引领着上述转变。因为生态学对其他各学科具有统领、包容的意义，同时生态学又是以整体主义为基础的科学，所以，生态学是"元学科"。与此同时，生态学的研究方法是相互作用的整体性方法，生态取向也是一种综合学科取向。因此，从研究视域的角度来看，译论研究的视野与人类认知视野衍展的路径总体上是一致的，生态翻译学研究的视域超越了单一维度与工具理性，正在经历着由单一学科向跨学科的整合一体衍展。

翻译研究正跨越人文社会科学与自然科学的疆界，走向人文社会科学与自然科学的沟通、科学与艺术的融会。因为人文的和自然的划分和界定，本来就是人为的。翻译活动是跨学科的，是各种人文的和自然的因素的"综合"。因此，翻译研究尤其需要打破学科的界限，这样才能真正回归于翻译学研究和发展的"原貌"。

翻译是人类文明发展的产物。翻译工作有着重要的意义，它已经成为中华文明与世界文明沟通的桥梁，成为促进社会进步和人类文明进步的桥梁。中华民族的伟大复兴，必须要有、也必然会有当代中国学者自己的原创性理论在中华大地开花结果、成长壮大。从这个角度出发，与时俱进的生态翻译学研究，作为翻译研究中有活力的、创新的"拓展点"和"生长点"，或可能逐步发展成为全球化视域下中国翻译研究的一个走向。正是从这个角度上看，我们可以说，从生态翻译学入手进行研究，终于使中国翻译理论实现从"照着说"到"接着说"、再到"领着说"的发展和巨变。即使生态翻译学开始于中国，但是越来越多的国际翻译界人士已经在逐渐对此产生兴趣并加以关注，并且有很多翻译学者在跟随和参与。

第二节　生态翻译学的原理与研究范式

"生态"是物的存在方式，对生态问题的研究，在哲学界，多以经典为依据，挖掘古代生态思想资源。对于生态思想而言，中国古人为我们提供了宝贵的精神财富。

一、生态翻译学的基本原理

凡事只有上升到哲学高度，才有可能通达自然或万物的内部秘境，进而体悟宇宙生化变易的真谛。由此可见，"生态"就是物的最基本的存在方式。

（一）生态翻译学的思想

1. "中和思维"

"中和思维"是中国古代哲学体系最为重要的思维方式之一，它主要是指在观察分析和研究处理问题时不偏执、不过激的思维方法，同时注重事物发展过程中各种矛盾的和谐平衡状态。换言之，"中和"又称"中庸""中道"，在中国古代，几乎所有的哲学家都把"中和"看作事物内在的最好状态。将其看作人们为了维持已经建立起来的世界秩序，并保持它的平衡或和谐的体现。此外，"中和"思想体现平衡与和谐，最早见于《礼记·中庸》，是天、地、人和谐的最佳状态，"中和"一词，源于《周易》。"中"在中国哲学中，说明宇宙阴阳平衡统一，不偏不倚，"和"即和谐融洽，换言之，中和思维的基本特征是均衡和谐、适度平正。

"中和"思想是人类所共同向往的社会理想境界，也是发展的根本规律和做人的最高准则，"和"与"中"的概念虽略有差别，但常互为因果，联系密切，都注重事物的不偏邪、不越位，并举并用。此外，事物或现象的不杂乱、不孤立，也就是平衡下的中和状态，更体现了一种无过无不及，展现的是一种均势、适度，表现"中和"的协调统一。当然，反之就是背离中和状态。

由此，我们可以看出，中国古代的"中和思维"所推崇的从某种程度上来说和生态翻译学所提倡的"平衡、和谐、适中、适应"具有一致性，我们可以将其视作生态翻译学的哲学基础之一。

2. "中庸之道"

中庸、平衡，是儒家的最高道德规范，这是一种方法论，在翻译过程中，这种方法能够避免过分的直译、意译、异化、归化。无论是翻译操作过程，还是理论，都不可偏颇。

3. 人本思想

强调保持人与人、人与自然、人与身心的和谐，是中国思想文化的滥觞。运用在翻译理论中，可概括如下：①正确解读译者角色；②重视译者问题；③注重译者与翻译生态环境的相互关系。由此可见，在翻译研究中，译者作为中心议题，不仅主张译者是翻译的主体，而且还要体现以人为本的思想，在翻译过程中，以译者为中心，是翻译成功的根本因素。

（二）生态翻译学的原则

翻译作为一种跨语言、跨文化的"以译者为主体的制度"的社会行为，与伦理有着不可分割的联系。然而，翻译研究的深入和拓展，呼唤着不同视角的、新视角的翻译伦理探究。

一方面，生态翻译学立足于翻译生态与自然生态的同构隐喻，是一种从生态视角综观翻译的研究范式。该生态翻译研究范式以生态整体主义为理念，以东方生态智慧为依归，以"适应/选择"理论为基石，系统探究翻译生态、文本生态和"翻译群落"生态及其相互作用和相互关系，致力于从生态视角对翻译生态整体和翻译理论本体进行综观和描述。

另一方面，生态伦理即人类处理自身及其周围的动物、环境和大自然等生态环境的关系的一系列道德规范。通常是人类在进行与自然生态有关的活动中所形成的伦理关系及其调节原则。人类自然生态活动中一切涉及伦理性的方面构成了生态伦理的现实内容，包括合理指导自然生态活动、保护生态平衡与生物多样性、保护与合理使用自然资源、对影响自然生态与生态平衡的重大活动进行科学决策以及人们保护自然生态与物种多样性的道德品质与道德责任等。

本书拟类比生态伦理，参照现有研究，特别是基于翻译实际并针对生态翻译学的研究对象和主体内容，提出生态翻译学的翻译伦理观涉及的基本原则（见图1-1）。

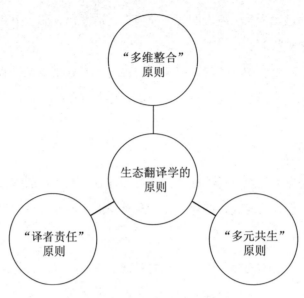

图 1-1　生态翻译学的原则

1. "多维整合" 原则

"多维整合" 原则主要指评判译文的标准不再只是忠实于 "原文"，也不再只是迎合 "读者"，而是要在保持文本生态的基础上，为实现译文能在新的语言、文化、交际生态中 "生存" 和 "长存" 所追求的译文整合适应选择度。

所谓 "整合适应选择度"，是指译者产生译文时，在语言维、文化维、交际维等多维度的 "选择性适应" 和继而依此，并照顾到其他翻译生态环境因素的 "适应性选择" 程度的总和。在一般情况下，如果某译文的 "选择性适应" 和 "适应性选择" 的程度越高，那么，它的 "整合适应选择度" 也就越高；相对而言，最佳翻译就是 "整合适应选择度" 最高的翻译。生态翻译学的翻译方法简单概括为 "多维转换"，具体落实到语言维、文化维、交际维的 "三维" 转换，也是以理而出，以实为据。

（1）从理论角度来看，语言学的、文化学的、交际学的翻译途径是基于翻译实际的系统研究，而语言、文化、交际也一直是翻译理论家们关注的焦点。例如，从功能语言学角度来看，语言维关注的是翻译的文本语言表达，文化维关注的是翻译的语境效果，交际维关注的是翻译的人际意图，这就与韩礼德的意念功能、人际功能，语篇功能以及语场、语旨、语式等语域理论有着相当程度的关联和通融。

（2）从实践角度来看，语言、文化、交际一直是翻译界普遍认同的要点，是翻译过程中通常需要重点转换的视角；译者也往往是依照语言、文化、交际不同阶段或不同顺序做出适应性的选择转换。

（3）从逻辑角度来看，翻译是语言的转换，语言是文化的载体，文化又是交际的积淀，因而语言、文化、交际有着内在的、符合逻辑的关联，这也体现了翻译转换的基本内容。

（4）从保持"文本生态"的角度来看，译者通过"选择性适应"和"适应性选择"，既要有责任尽量保持并转换原文的语言生态、文化生态和交际生态，又要有责任尽量使转换过来的语言生态、文化生态和交际生态能够在译入语的翻译生态环境中"生存"和"长存"。而保持原文和译文的语言生态、文化生态和交际生态的协调平衡，这些又都与翻译操作方法中的"'三维'转换"相对应，从而最终实现原文和译文在语言、文化、交际生态中的"平衡"与"和谐"。

鉴于翻译生态环境的种种因素对译文的形成都会不同程度地起到作用、产生影响，因此，如果这些因素在译文评定的标准和做法中未能体现、未予整合，那就应当看作是一种不足，因为这样既不符合翻译的实际，也有失评判的公允。正因为如此，提出"多维整合"伦理原则，对译文的评判标准和具体做法来说，从理论上和整体上予以关注，使之赋予道义和伦理责任。

2. "多元共生"原则

"多元共生"原则主要指译论研究的多元和不同译本的共生。根据生态学原理，共生性是生物存在的一种基本状态，即生物间相互依存，共同发展的状态。如同自然生态中的生物多样性和生物共生性一样，多样性和共生性体现了各个事物个性千差万别而又共生共存。同样地，以生态整体论和生态理性为指导的生态翻译学，倡导翻译理论研究的多元化和不同译本的共生共存，而且，翻译理论研究的多元化和不同译本的共生共存也应该成为翻译学发展的一种常态。同时，多元的翻译理论和不同的翻译文本在翻译生态环境中会遵循"适者生存""优胜劣汰"的自然法则，不断进化发展。

一方面，译论研究就是一种学术研究，而学术研究就要讲求"同而且异"。中国早就有"天下同归而殊途，一致而百虑"（《周易·系辞》）；"君子以同而异"（《睽卦·象传》）的古训。因此，译论研究讲求多元，既符合翻译理论研究的现实，又符合华夏学术伦理的传统。而美国学者劳伦斯·温努提（Lawrence Wenuti）也提出过"存异伦理"的概念，并认为"异化"是道德的，差异是对文化他者的"尊重"。可以说，译论研究"多元"的伦理，体现了对翻译理论研究者"构建权"的尊重。

另一方面，文本生态、翻译生态、"翻译群落"生态的生态环境是动态的、变化的。因此，为了适应不同层次翻译生态环境的种种变化；或者为了保持文本生态、翻译生态、"翻译群落"生态的平衡与协调，翻译活动中不同翻译文本的共生共存是翻译活动中的"自然现象"，是翻译行为的一种常态。在这方面，不同翻译文本共生共存的生态翻译伦理原则恰好印证了这样一个事实："适者生存""汰弱留强"的自然法则在人文研究领域里与在自然界里的情形是不完全相同的。这就是：自然界里的物种（动物和植物）适应自然环境、接受"自然选择"的"淘汰"是绝对的，是生物物种意义上的"绝迹""消失""灭绝"，如恐龙的灭绝、南极狼的绝迹、种子蕨的消失等。然而，翻译界里译者/译品适应翻译生态环境、接受翻译生态环境选择的"淘汰"则是相对的，是人类行为意义上的"失意""落选""舍去""取代""未中""失落"，等等。这就是说，翻译活动中译者/译品的所谓"适"或"不适"、"强"或"弱"，都不是绝对的，而是相对的。同时，不同的译本、不同的译文，由于适应了不同的翻译目的、不同的读者对象，因而又有可能共生共存。这里的"汰弱留强"和"共生共存"都是符合生态学的基本原理的。

可以说，翻译文本的"共生"伦理，又体现了对人们对不同译本共生共存"翻译权"的尊重。

3. "译者责任"原则

"译者责任"原则是相对于"他者"的责任而言的，主要指译者要在翻译过程中、在翻译行为中以及在整个翻译活动中的"全责"理念，即由译者具体负责统筹协调"翻译群落"（人）、"翻译环境"（境）、"翻译文本"（本）三者之间的相互关系，从而通过"译者责任"来体现"人、境、本"关联互动、平衡和谐的翻译生态整体观。

在翻译活动中，在翻译生态中，译者虽然只是一个普通的成员，虽然会需要与不同的他者进行"平等对话"和对等交流，也可能会受到种种影响、"操纵""制约"和"干涉"；然而，作为翻译活动中的译者，他/她需要对所面对的一切做出自己的"选择"，需要对翻译中的一切做出符合生态理性的判断；需要对所面对的一切"他者"承担"译者责任"。翻译毕竟并非单向的语言文化输入，而是两种语言文化之间差异的对话，译者有责任在适宜的程度上保证原语生态与译语生态的平衡和"中立"，从而使原语语言文化在译语语言文化中发出其独特而和谐的声音。

同样地，尽管译者是"翻译群落"中的一员，与"翻译群落"中的其他成员是一种"平等对话"① 的关系，但其他成员都不直接参与翻译过程，都不具体实施翻译行为。因此，只有作为"翻译群落"代表的译者，才能够具体负责统筹协调"翻译环境"（译境）、"翻译文本"（译本）、"翻译群落"（译者行为）三者之间的相互关系，从而通过"译者责任"来体现"境、本、人"关联互动、平衡和谐的翻译生态整体观。从这个意义上我们说，翻译过程中的"译者中心""译者主导"又只是"译者责任"的生态翻译伦理原则在翻译过程，译者行为方面的一种体现。这是因为，只有译者，或只有通过译者，才能切

---

① "平等对话"是一种态度，一种方式；而"译者责任"则是一种落实，一种结果。对翻译而言，需要协商对话的人会很多，受到的"干涉""操纵"也不会少，但最终的"责任人"只有一个，那就是译者。

实践行 "生态整体主义"；只有译者，或只有通过译者，才能真正彰显生态理性。而从翻译伦理角度来看，在翻译过程中、在翻译行为层面的 "译者中心" "译者主导"，到了宏观的层面，到了伦理的层面，则更多地表现为译者的 "责任"。

在 "翻译群落" 生态系统中，译者有责任协调各方关系，有责任践行生态理性，有责任保持生态平衡，有责任维护生态和谐。译者有责任适应生态环境，培育译语生态，关注译品的接受与传播，力求译品能够 "生存" "长存"。换句话说，译者正是通过 "译者责任" 的伦理原则来体现翻译生态体系中各个生态系统平衡和谐的翻译生态整体观。也可以这么说，译者只有通过对包括翻译文本、"翻译群落" 和翻译生态环境在内的一切 "他者" 承担责任，从生态整体主义和生态理性的视角审视自己与一切 "他者" 的关系，才能将一种更大的责任意识融入翻译活动之中。

生态翻译学讲求的是翻译生态的整体性和关联性，关注的是翻译生态的平衡与和谐。只有以译者为代表的 "翻译群落" 才能实施，只有译者才能践行，只有译者与其他 "诸者" 沟通协调才能维持，这是译者的责任，从这个意义上可以说，翻译本体和关于翻译问题研究的一切理性的思考，一切高超的设计，一切精辟的论述，一切美好的愿望，所有这些都只有转变为译者的意识才有意义，只有转变为译者的能力才能生效，只有转变为译者的义务才能落实，只有转变为译者的责任才能成行。

从一定意义上讲，生态翻译伦理其实就是一种新的 "译者责任" 伦理。生态翻译学将 "译者责任" 厘定为一条重要的伦理原则，正基于此。这条翻译伦理原则的昭示，也可谓之以实为据，以理而出。

以上列述的生态翻译学的伦理原则表明，生态翻译的伦理原则与生态翻译学的基本定位、性质、对象和内容是密切相关的、协调一致的。关于生态翻译伦理研究，可以进一步展开，也还有进一步深化和完善的空间。同时，生态翻译伦理研究也是多维度的、开放性的，"多元共生" 原则也同样适用于此。

（三）生态翻译学的体系

生态翻译学在翻译理论研究的整体推进中显示出越来越明显的贯通融合性，它以生态学作为翻译学理论研究的基础和前提，确立了生态思维与翻译活动之间的有效契合，并通过生态取向的整体主义方法为翻译活动提供一种新思路，它所独有的生态范式和生态结构，赋予翻译活动整体的研究视野，这使它与传统翻译学形成鲜明对比，为当代翻译学的理论建构提供了可资借鉴的方法和路径。

1. 宏观视角下的生态翻译体系

在生态翻译学宏观生态理念的统领和观照之下，我们将聚焦与翻译活动密切相关的语言学、文化学，以及交际学、人类学、生态学等学科研究进行的"跨科际"整合，即回归于翻译学的本体研究。

（1）复杂思维、复合系统与翻译研究的"跨学科性"。

第一，复杂思维。复杂思维是一种联络人文科学和自然科学、消除人文科学和自然科学之间差距的方法，这就是复杂系统的探究方法。但是复杂性思维系统的研究方法一般是通过整体思维、非线性思维、过程思维、关系思维作为主要特点的研究事物运动规律的方法。

复杂思维方式共有八个特点，分别是：①当一种方法具有复杂性的时候，此时这种方法才可能发挥作用。②可操作性原理是这种方法要提供的，这对自在思考有所帮助。③方法是一种行动策略，并不是一种规划，逐渐地在现实的反馈中进行修正。④时间具有不可逆性的特点，承认这一特性有助于将历史过程当作对现有事件进行解释的关键条件之一。⑤注重事物的相互关联性和整体系统的认知，这个过程包括有反馈、互为因果性、随机性、干扰、滞后、紊乱、叠加、协同作用、重新定向和分叉突变等。⑥注重认知对象和其所在的环境之间的联系。⑦强调观察对象和观察主体二者之间的关联性原则。⑧在复杂系统中承认形式逻辑具有一定的局限性，将观察中发现的逻辑困境和矛盾当作未知的现实领域。复杂的推理原则涵盖着竞争、对立和互补概念的共时性。

这种翻译研究综合了文化学、语言学、交际学、传播学、人类学、方法论知识、哲学、学科发展理论、思维学及心理学等人文社科知识，这其中包括多种要素，如源语符号系统、采取的渠道、原文作者、译者主体、源语要传递的内容、译者采用的语言符号系统、译语要传递的内容、译文的接受者、原文的接受者等，也许翻译是人世间最复杂的事情之一，所以，可以使用复杂性思维范式，进而展开系统的研究。

第二，复杂系统。复杂性科学给我们提供了一种崭新的世界观。复杂科学中复杂系统的描述性定义是：复杂系统是基于主体的本地信息的二次系统的智能自适应数量。基于上述定义，可以理解复杂的系统：①它不是简单系统，也不是随机系统；②它是一个复合的系统，而不是纷繁的系统；③复杂系统是一个非线性系统；④在复杂系统之间，有许多子系统，这些子系统相互依赖，子系统之间还有很多协同作用，可以一起演化。在复杂的系统中，子系统分为很多层次，大小也各不相同。由于生态系统多维度、多层次的内嵌性，同时又具有层次关系，因此，在大系统之下会有子系统，子系统之下又会有子系统，但无论是从翻译生态体系到不同生态子系统，还是从不同生态子系统的内部结构和内在联系到各生态子系统之间的"关联互动"关系，这里的系统设计和描述，总体的指导思想是：遵循基本生态原理，符合生态理性特征。

第三，翻译研究的"跨学科性"。最早在 20 世纪 20 年代，"跨学科"一词在纽约出现，"跨学科"最初的含义和"合作研究"相类似。"交叉科学大会"于 1985 年在中国召开，自此"交叉科学"的概念在科学界广为传播。在早期阶段，人们对跨学科和交叉科学这两个概念不做细致区分。20 世纪 90 年代后，"交叉学科"逐渐地被"跨学科"一词所代替。到目前为止，交叉学科研究仍然属于跨学科研究的最初阶段，原因是这样的研究仍然局限在已有的学科中，而学科都是人为设置的，所以，要想研究取得进一步发展，就一定要打破学科划分所产生的界限，走向更高境界和更大范围的跨学科性的探索。通过超越过去的条分缕析的探究方式，进而实现对问题进行整合性探索，这是跨学科的主要目的。目前看来在国际上具有一定发展前景的新兴学科大都具有跨学科性质。

大部分的传统翻译探究还停留在二元对立思维模式，基本就是围绕翻译四元素译者、作者、译本和原本而展开，同时解构主义的产生和发展促使翻译探究打破了二元对立的屏障，丰富和完善了译学的学科体系。从译论发展史全局来看，译学学科要建立和不断完善，译学研究要想发展，就必须要走向跨学科综合发展。

西方翻译学研究从 20 世纪 50 年代末至今，最终发展到了跨学科研究的新阶段，不难看出，目前为止翻译学研究已经变成多门学科研究范式的集合体。通过对"社会↔自然界/翻译↔文化↔语言↔人类"的"关联序链"的探索，生态翻译学发现了生物自然界和翻译活动之间的关系，还有和人类社会系统相互关联、与自然生态系统的类似同构的规律和特点。这就不仅为翻译研究的"跨学科"研究寻找到了理论依据，而且也为深入翻译研究开辟了新的方向。

（2）翻译本体生态系统的"科际"整合。

第一，科际研究的"关联互动"。以"关联序链"为线索，"按图索骥"地展开相关研究；采用相互照应和分项研究，基本就可以对生态系统进行各相关学科探究的纵观和系统的整合。

从一个角度看来，研究生物体和生物体所在环境之间相互作用的科学是"生态学"。所以，翻译研究从生态学视角展开，翻译研究的内容会涵盖翻译自然生态系统和生态系统之间的类似性、同构性和关联性的探索，译者与翻译生态环境二者之间关系的探究，作者/读者/出版者/出资者/译评者等与翻译生态环境两个角度之间关系的探索，翻译实质/翻译过程/翻译原则/翻译方法/翻译标准等之间相互关系研究，翻译生态系统的内部结构的探索，在自然生态系统中翻译的作用和地位的探索，翻译和其他学科之间的相互关联的探索，还有从生态学维度着眼的其他的和翻译生态系统有关联的相关探究。

从另一个角度看，基于整体主义的科学，"生态学"的研究方法注重相互关联、相互作用的整体性。所以，生态翻译学研究将采用分析例证和综合论证二者结合的方式展开探究。注重整体研究的互动关联和协调梳理分项专题探究是实施时的具体方法。

翻译本体生态系统具体的"跨科际"研究内容包括以下方面：

一是从语言学视角的研究出发，在翻译本体生态系统中，"因为语言的转换是翻译"，所以，对语篇进行"生态取向"的功能/语用学/认知分析探究；语言与翻译生态的关系探究；生态语汇的翻译探究，还有以语言学维度为出发点的其他和翻译生态系统相关的探究，这些是语言学视角的研究中应当包含的。

二是从文化学视角的研究出发，在翻译本体生态系统中，"因为语言的转换是翻译，文化所包含的一部分是语言"，所以，"生态取向"的跨文化差异/契合/冲突/制约研究，翻译生态系统的文化语境研究，翻译生态环境和文化多样性的探究，还有其他从文化学维度角度出发的和翻译生态系统有关的相关研究，这些是文化学视角的研究应当包括的。

三是从人类学视角的研究出发，在翻译本体生态系统中，因为语言的转换是翻译，文化的一部分是语言；通过人类活动的不断升华总结而形成文化，而人类是自然界的一分子，所以，对人类认知演变和翻译研究，译者的情感/能力/需要研究，翻译研究和人类记忆，人类交际和翻译研究，人类文明和翻译使命研究，全球化和翻译研究，还有其他与翻译生态系统相关的研究，这些是人类学视角的研究中所包含的。

四是从生态学视角的研究出发，在翻译本体生态系统中，因为语言的转换是翻译，文化的一部分是语言；通过人类活动的不断升华总结而形成文化，而人类是自然界的一分子，所以，翻译生态环境和译者之间的关系的探索，翻译生态环境和出版者/出资者/作者/读者/译评者之间相互作用的研究，翻译实质/翻译过程/翻译原则/翻译方法/翻译标准等之间相互关系研究，在自然生态系统中翻译的作用和地位探究，翻译对其他学科的依赖关系和相互关系的研究，还有其他与翻译生态系统相关的研究，这些是生态学视角的研究中所包括的。

五是从翻译学视角的研究出发，在翻译本体生态系统中，因为语言的转换是翻译，文化的一部分是语言；通过人类活动的不断升华总结而形成文化，而人类是自然界的一分子；反之，又从自然生态界轮回到翻译，所以，翻译生态系统的整体性研究，翻译生态系统的最佳化研究，文化/语言/翻译/人类/自然界之间相互作用、相互协调的关系探究，生态学途径的翻译及其他比较研究，还有和翻译生态系统相关的其他探究，这些是翻译学视角的研究应当包括的。

第二，以生态为视角的纵观整合。就其他各学科来说生态学具有概括、包含的意义，生态学是综合学科取向、是一门"元学科"。因此，这使得生态翻译学对与翻译相关学科的纵观整合可以实施。或者是说，以生态视角为基础，进行翻译研究的整合，或是成为具有关键意义的转折、节点。

在"关联序链"的基础上具备的互动性、共通性和递进性的特征，在生态学的观照和统领之下，生态翻译学将从与翻译活动紧密相关的人类交际、语言、文化等视角进行描述、开展研究，最后进行从翻译学视角出发的研究。

从生态视角出发，对翻译本体生态系统进行"整合"，这样的整合是一种"多元一体式"的整合。它不仅体现了研究视角的交集和思维方式的整合，同时表现为"科际"探索的汇通。从生态视角出发，这里对翻译本体生态系统进行整合，也符合"多元一体"和"多样统一"的生态审美原则与生态理念。因为生态学本身就是"一种方法论和世界观"，所以从这个角度来看，这一整合将会具有整体主义的方法论意义。

2. 中观视角下的生态翻译体系

在中观的翻译本体理论研究中，生态翻译学致力于认识翻译本质、描述翻译过程、明确翻译原则、彰显翻译主体、厘定翻译标准、回归"译有所为"等。

（1）生态翻译学视域下的"何为译"。生态翻译学的核心理念之一即强调翻译生态平衡。可以说，生态翻译学其实就是一种"翻译即生态平衡"的翻译观；而翻译的策略与技巧，其实就是翻译的"平衡术"。

第一，翻译即生态平衡。这里的平衡，是综合因素的整体平衡，既包括翻译生态平衡，又包括文本生态平衡，还包括"翻译群落"生态平衡；既包括跨语言、跨文化的整合与平衡，也包括内在、外在因素的整合与平衡，还包括宏观、中观、微观思维的整合与平衡。

从文本生态平衡的角度来看，文本生态平衡就具体包括文本的语言生态平衡，文化生态平衡，交际生态平衡，等等。仅就文本生态平衡中的语言生态平衡而言，译者就要致力于保持原语与译语的词义平衡，句意平衡，原语与译语的"传神"与"达意"的平衡，原语与译语实用价值和美学价值的平衡，原语与译语的文风的平衡，等等。

从翻译实践验证的角度看，大凡公认的、较有影响的译品，其"双语"（原语和译语）生态的平衡也都相对处理得较好。严复的《天演论》翻译是这样；霍克斯的《红楼梦》翻译也是这样；葛浩文的《狼图腾》翻译更是如此。

从过往"对等"理论的角度看，迄今为止的各种翻译理论中，关于"对等""对应""对称""平等"等，已早有研究，有些也已渐成共识。这些不同的称谓，从"双语"的语言形式、意义功能、文本信息、知识总量、交际意图，以及"诸者"关系等不同方面人手描述翻译的实质和结果，说到底，也还是"双语"在这些方方面面之间追求总量"平衡"的问题。因此，又可以运用生态"平衡"的理念描述之，诠释之。翻译理论家巴兹尔·哈提姆在他的著作《翻译教学与研究》中曾指出："新的研究焦点也得到了平衡：翻译研究项目正积极地展开设计翻译产品、翻译过程和翻译功能的纯理论研究。"可见，就连这样的"纯理论研究"也都有一个"平衡"的问题。

从翻译研究本身需要的角度看，一方面，就生态翻译学研究而言，"平衡"是任何生态系统最基本的特征，因此也是生态翻译学一个核心理念。而翻译生态环境对产生翻译文本的作用自不待言，如同"No context, no text"一样，没有翻译生态环境，就没有成功的翻译。因此，需要保持翻译生态整体的和谐与平衡，否则，没有翻译研究各个生态系统的平衡，也就没有生态翻译学的健康发展，也就不可能履行和体现生态翻译学维护语言多样化和文化多样性的学术使命。另一方面，就翻译生态内部而言，翻译生态平衡还表现为翻译生态系统"诸者"之间的妥协让步与宽容变通，考虑作者、读者、原文、译文等多方因素的、"翻译群落"生态与"文本生态"之间的协调与平衡，译者跨越时空界限，克服各种障碍与作者开展平等对话，充分认识新时代读者的实际需求和接受能力，在作者与读者之间寻求平衡点，实现作者、译者、读者三方面的视域融合并产生共鸣，形成互惠互利、健康有序的生态循环。

综上所述，从生态翻译学的视角来看，生态翻译堪称文本生态、翻译生态和"翻译群落"生态的"平衡术"。

关于文本生态及文本生态的平衡问题，还可另参见本书关于"文本生态""平衡和谐"原则和"可译性""风格翻译"等相关内容。

第二，翻译即文本移植。"生态翻译"是从生态视角综观和描述翻译的总称，是个整体概念，内涵丰厚。例如，它既可以指以生态视角综观翻译整体，也可以指以自然生态隐喻翻译生态；既可以指以生态适应来选择翻译文本，也可以指以生态伦理来规范"翻译群落"，当然也包含以生态理念来选择生态翻译文本以及翻译自然生态世界，等等。但是，如果单一地从文本角度来看，生态翻译也可以狭义地指基于原语生态和译语生态的"文本移植"。从这个意义上可以说，翻译就是将一种语言生态系统里的文本移植到另一种语言生态系统中去。

我们所说的"文本移植"，是生态翻译学关于翻译本质的认识，它关注的重点是文本（原文）内在的"可移植性"。具体来说，在移植实施之前，重点关注原文生态结构的可移植性，并由此出发来对拟翻译的文本进行选择；在移植过程之中，重点关注文本的语言生态移植、文化生态移植和交际生态移植，并关注译语翻译生态环境的"重构"和翻译生态的"再建"；在移植完成之后，重点关注被移植的文本（译本）在译语生态环境里的生命状态，并关注培育译语生态环境以便使被移植的文本能够生存、长存。

翻译文本的生存，体现了翻译活动的最终结果，因此翻译文本的生存状态必然是生态翻译学研究的重点之一。这里的生存状态研究指向被移植文本的多元化生存、译本的生存状态与受众群体关系、译本在译语生态环境中的接受与传播、译语译本与原文本在生存状态上的关系、译本与译语生态环境的关系、译本与时间因素在生存上的关联、被移植文本在译语生态环境中的"变异",以及其他翻译生态环境下文本的移植、生存、长存的一切生命状态等。从这个意义上说,生态翻译学所观照的不仅是"译入"或"外译中"的问题,而且也观照了"译出"或"中译外"的问题,即不仅适于"西学东渐",同时也适于"东学西渐"的翻译活动。

原语的文本生态系统涉及原语系统里的语言生态、文化生态、交际生态等;译语的文本生态系统涉及译语系统里的语言生态、文化生态、交际生态等。因此,在做生态翻译的文本移植时,要从原作内在的生态结构出发,对拟翻译作品进行选择,并且在翻译的过程中依循原作固有的生态结构来在另一种语言中进行再现。换句话说,在做生态翻译的文本移植时,译者所能做的就是,在维持原语生态和译语生态方面尽责任;在协调原语生态和译语生态方面动脑筋;在平衡原语生态和译语生态方面做文章;在译语生态系统中营造(重构)原语生态环境方面显功夫。

这里,对原语生态和译语生态来说,首先要求"维持",维持不了需要"协调";协调的目的在于"平衡",难以平衡而又要文本移植、翻译转换者,就需要营造和"重构"——即需要在译语系统里创建一个与原语生态相适应的生态环境,需要通过译者的努力乃至通过技术手段"复活"结晶了原作的那个原语系统的世界,从而使译文能够在新的译语生态环境中生存、长存。

第三,翻译即适应/选择。对于生存,适应是必需的;对于进化(发展),选择是不可或缺的。我们曾从翻译适应选择论的视角解读翻译:翻译的过程就是译者的一种自觉或不自觉的、被翻译生态环境因素所左右的选择活动。这样的选择发生在翻译活动的各个方面,存在于翻译过程的各个阶段,出现在翻译转换的各个层次。这种选择背后的机制和动机,就正是"适者生存""汰弱留强"。

换言之,不论是生态翻译中的"翻译即生态平衡",还是"翻译即文本移植",最终还要有赖于译者的选择性适应与适应性选择——即译者的适应与选择。究其原因,生态平衡、文本移植、译者选择三者之间是一种递进的、因果的、互动的关系。例如,从语言维的适应性选择转换来审视翻译,原语和译语之间的语言同质性为译者翻译过程中的语言置换奠定了基础,而语言的异质性又会迫使译者依据翻译生态环境做出适应性选择。如果将原语语言原封不动地移植到译语产出的译文中,那么,就往往会造成晦涩难懂或违背译语语言规范以至于受到排斥。这时就需要能够尽量保持原语和译语在词汇、句法、语篇文体、语用乃至节奏、音调等方面的协调和平衡。而要实现这种协调和平衡,这时就需要译者依据原语和译语不同的翻译生态环境做出各种不同的选择性适应与适应性选择。

因此,所谓"翻译即适应与选择",就是译者的选择性适应与译者的适应性选择。一方面,当翻译中的"信、达、雅"难以兼得、"神似""形似"难以统筹、"意美""形美""音美"难以共享的时候，其中的孰轻孰重、孰薄孰厚、孰弱孰强，如此等等，最终要靠译者在选择性适应特定翻译生态环境的基础上，由译者自主地做出判断、由译者自主地做出适应性选择。

另一方面，对翻译行为的认识和实施，不论是"文化适应"，还是"有目的的行动"；不论是"多元系统"认知，还是"意识形态操纵"，其中的领悟、解读、操作、应用，如此等等，最终要靠译者在选择性适应特定翻译生态环境的基础上，由译者自主地做出判断、由译者自主地做出适应性选择。例如，中国作家莫言获得国际文学界的大奖——诺贝尔文学奖，这与其英译者葛浩文翻译时"恰恰不是'逐字、逐句、逐段'地翻译，而是'连译带改'地翻译的"。这里的"连译带改"地翻译，就是译者根据翻译生态环境所做的适应与选择。

以上就是"翻译即适应与选择"的真谛，亦即翻译的过程就是"译者适应翻译生态环境对文本进行移植的选择活动"的本质。

（2）译者对翻译生态环境的适应与构建。译者与翻译生态环境的关系，主要体现在翻译生态环境对译者的生态作用、译者对翻译生态环境的适应与选择，以及译者对翻译生态环境的改造与重构作用等方面。

第一，译者的生存与发展与他/她所处翻译生态环境发生密切关系。译者的生存与发展一刻也离不开他/她所处的翻译生态环境。译者要从生态翻译环境中取得他/她所需要的一切，包括"原文、原语和译语所呈现的世界，即语言、交际、文化、社会，以及作者、读者、委托者等互联互动的整体"。可称之为翻译生态环境对译者的所谓"生态作用"。

第二，翻译生态环境的变化，必然影响与其关系密切的译者。具体来说，翻译生态环境的变化，又必然会由译者在产生译文过程中在词汇、句式、语篇、语用、风格、文化、交际等不同层面上反映出来，即翻译生态环境的变化必然影响和限制翻译策略的选择；或者说，翻译策略的选择必然要随动于翻译生态环境的变化。接受这种影响和限制，又可称作所谓的译者"生态适应"。

第三，译者对翻译生态环境的改造与重构作用也是巨大的。一个成功的译者会重视"生态作用"，接受"生态适应"，进而能动地在不同的翻译生态环境中选择不同的翻译策略和标准来实现自己的翻译目的。同时，译者又在翻译生态系统的适应与选择过程中，创造出各种各样的翻译策略和技巧，形成丰富多彩的真知灼见，进而能动地调节、操纵、建构和促进生态翻译环境的变化。换句话说，一切为译者生存与发展所利用的信息、人员、能量、时间、空间，都可以视为译者和翻译生态资源。从这个意义上可以说，翻译的实质就是译者对翻译生态资源的利用、评价、分配、储存、加工、支配和再生的过程；其目的在于尽量保持原文生态与译文生态的协调与平衡，并通过译者的努力和译品的功能实现

"译有所为"。

在翻译适应选择论基础上发展起来的生态翻译学,就是要研究译者对翻译生态环境的适应力与选择力、操纵力和调节力;就是要研究特定翻译生态环境影响下的译者能力、翻译行为,以及翻译效果问题。

(3) 译者、"翻译群落"与"翻译群落"生态。"翻译群落"指的是与特定翻译活动的发生、发展、操作、结果、功能、效果等彼此影响相互作用的、与翻译活动整体相关的"诸者"的集合体。它是一个关于"人"的集合体。这个集合体包括原文作者、译文读者、译品评论者、译文审查者、译著出版者、营销者、译事赞助者或委托者等,而作为翻译活动,译者又当然地成为这个群体的代表。

翻译群落是翻译生态体系中的重要组成部分。用生态学的术语来说,即翻译生态群落,它可以由生产者、消费者、分解者所构成。其生产者可以指译者,是翻译产品的创造者,在翻译群落中居于最中心的位置;消费者可以包括译者和译本的读者,是翻译产品的享受者;分解者则是翻译研究者。因此,与翻译相关的"诸者"——即包括原文作者、译文读者、译品评论者、译文审查者、译著出版者、营销者、译事赞助者或委托者等在内的"诸者",他们相互关联、相互制约,构成一个整体翻译生态体系中的"人本"生态系统,即"翻译群落"生态系统。

在"翻译群落"生态系统中,作为"翻译群落"的代表,译者有责任协调各方关系(包括"翻译群落"内部"诸者"之间的人际关系),有责任践行生态理性,有责任保持生态平衡,有责任维护生态和谐。而应当进一步强调的是,译者正是通过"译者责任"的伦理原则来体现翻译生态体系中各个生态系统平衡和谐的翻译生态整体观。

(4) 文本移植与生态平衡。"翻译即生态平衡"和"翻译即文本移植",如果从翻译理念上讲,可以认为是对翻译实质的概括的认知;而如果从翻译行为和翻译操作上讲,又可以认为是关于翻译的策略或方法。对翻译实质的认识反过来又可以成为翻译的策略技巧,不仅是因为对翻译实质的认识与翻译策略技巧的选用密切相关——怎样看翻译,就会怎样做翻译;而且也是因为看问题的角度不同所致。例如,我国著名翻译家严复提出的"信、达、雅",如果单从翻译标准角度来讲,可以把"信、达、雅"看作是翻译的标准或翻译批评的标准;但如果从翻译方法的角度来看,"信、达、雅"则又可以作为翻译方法在翻译操作中加以参照和实施。这样一来,生态翻译学中的"翻译即生态平衡"和"翻译即文本移植"的翻译理念和认知,也可以作为翻译的策略或方法加以运用——即将原语的文本"原汁原味"地移植到译语中去,使包括语言生态、文化生态、交际生态等在内的原语与译语的生态保持平衡一致。

例如,为了维持与平衡原文和译文的"基因"和"血液",使原文的"基因"和"血液"在译文里得到保留，作为生态翻译的策略选择，译者可以采用高度"依归"式的翻译策略处理文本。所谓高度"依归"式的翻译策略，从生态翻译学的视角来解读，其实就是在翻译过程中译者尽量地适应和依归于原语生态环境（基于原语"原生态"）来选择译文；或者，尽量地适应和依归于译语生态环境（基于译语"原生态"）来选择译文。如将"to shed crocodile's tears"汉译为"流下鳄鱼的眼泪"；将"to carry coals to Newcastle"译为"运煤到纽卡斯尔"；或将"狗咬狗"英译为"dog eats dog"；将"风声雨声读书声，声声入耳；家事国事天下事，事事关心"译为"The sound of wind, of rain, and of reading, all fall upon my ears; The affairs of the state, of the family, and of the world are all my concerns."等，这些都可以看作是一种高度"依归"式的翻译处理。

又如，为了维持、协调、平衡、重构与原语生态相适应的生态环境，译者翻译时可以先将自己头脑里原有的"生态"尽量地"变换"，乃至"掏空"，从而在译语里植入新的、与原语生态相适应的生态环境。

再如，为了平衡原语生态与译语生态，针对译语生态中的某些欠缺、不足部分，译者就要做出"选择性的适应"和"适应性的选择"，创造性地进行"增译""加注说明""补充信息"，或"删繁就简"，或"添枝加叶"，如此等等，这样的一些翻译行为，用生态翻译学的术语来说，实际上就是在译语生态里做"平衡"工作，就是在译语生态里建构和修复能够使译文存活、生长，乃至长存的生态环境。

综上所述，翻译过程中的译者适应与选择，就是译者从原文内在的生态结构出发，对拟翻译的文本进行选择，并且在翻译的过程中依循原文固有的生态结构在另一种语言系统中进行再现。

（5）生态翻译策略的优化选择。译者对生态翻译策略与方法的优化选择，主要表现为译者在适应翻译生态环境的变化的前提下，为获得较高"整合适应选择度"而对翻译策略与技巧进行优化的变换使用。

一般而言，直译、语义翻译和异化翻译三者之间的共同之处是比较靠近原文；而意译、交际翻译和归化翻译三者之间的共同点是比较靠近目的语或目的语读者。虽然有交叉重叠的地方，但是也有区别。

从生态翻译学的角度来看，译者在面对原语生态和译语生态的制约时需要在适应翻译生态环境的前提下做出选择。他们可以选择在不同程度上服从或颠覆原文文本制约或译语文化支配，这就是译者在适应翻译生态环境中采取不同翻译策略的选择，也可以称为对翻译生态环境适应度的选择。因此，从生态翻译学视角来解释，不论是异化还是归化，不论是直译还是意译，不论是语义翻译还是交际翻译，也不论是"形式对等"还是"功能对等"，这些翻译策略和方法，都可以看作是译者为了适应翻译生态环境所做出的一种翻译策略的选择。由于翻译适应选择的理论既不是从作者/原文的角度，又不是从译文/读者的角度定义翻译，而是从译者的角度定义翻译的，即将翻译定义为"以译者为主导、以文本为依托、以跨文化信息转换为宗旨，翻译是译者适应翻译生态环境而对文本进行移植的选择活动"。因此，类似异化还是归化好，或该直译还是该意译的问题，我们都可以把它解释为：择善而从——即译者为"求存"而"择优"。

从译者适应与选择的角度来解释上述问题的道理可以说是简单的：由于翻译被定义为"以译者为主导、以文本为依托、以跨文化信息转换为宗旨，翻译是译者适应翻译生态环境而对文本进行移植的选择活动"，而包括社会、文化、"诸者"等在内的翻译生态环境又是处于不断的、动态的变化之中，为了适应动态的、不断变化的翻译生态环境，译者在归化和异化，或者在直译和意译之间做出与翻译生态环境相适应的选择也就很自然了。

3. 微观视角下的生态翻译体系

(1) 生态翻译中的原生态"依归"。一个角度，此处所指的原生态是译语生态，也可以是原语生态。在此基础上，此处所指的原生态"依归"是指依归于译语生态，也可以指依归于原语生态。另一个角度，表现为在翻译过程中的高度异化处理是依归于原语生态；而译者可以良好地适应原语翻译生态环境指的就是高度异化处理。表现为翻译过程中的高度归化处理；而所谓高度归化处理就是依归于译语生态，也就是译者能够良好地适应译语翻译生态环境。

第一，依归于原语生态。因为译者能够很好地适应原语翻译生态环境，注重原语生态的保持，所以，一般情况下依归于原语生态促使译文更加能够传达原语的含义。从语言生态来看，原语生态包括原文的句子结构，原文的语言形式，原作者的思想感情，原文的修辞需要，原文的写作思路，原文的文化背景，等等。

第二，依归于译语生态。译者在高度适应了翻译生态环境，并且强调保持译语的生态后，为了更好地照顾读者的阅读习惯，让译文保持可读性，就要依归译语生态。就翻译策略或翻译方法而言，上述的所谓高度"依归"于原语生态，或高度"依归"于译语生态的翻译，应该说是一种"极化"式的翻译方法。一方面，这种方法其实并不符合"翻译即生态平衡"的生态翻译理念。从这个意义上严格地讲，这种做法也不宜冠以"生态翻译"称谓。但是从另一个方面来看，翻译依归原语生态或者是译语生态，作为一名译者为了更好地适应某些特定情况下翻译生态环境的需要，或是作为一名译者自发性地适应选择的一种手段，在处理一些文本，甚至是一些非常规的文本时，这样的做法有的时候又是适合的。

如果从文字的角度来看，生态翻译也可以参考基于原始生态学和生态学的目标语言的"文本移植"。而在"文本移植"的操作过程中，译者又可以选择"依归"于原语生态和译语生态的不同程度。因此，上述的所谓高度"依归"于原语生态，或高度"依归"于译语生态的翻译问题，说到底还是译者基于翻译生态环境的适应与选择问题。换言之，翻译者应该适应生态环境，适应翻译的选择，这种"选择性适应"和"适应"是生态翻译最基本的翻译方法。

（2）生态翻译学的微观研究主要聚焦于生态翻译学的基本理念，对于形成译事实施、翻译文本以及对翻译现象的解读产生了影响和制约。这种影响可以被看作是对翻译研究和翻译文本的一种干涉。在微观的翻译和文本研究中，生态翻译学更加注重生态系统的整体生态体系特征、整合适应选择以及人机翻译群落等不同的生态翻译视角，从而对译事实施、文本生成以及对翻译行为或翻译现象的解释产生了各种制约和影响。

第一，翻译生态环境的"干涉"。"翻译生态环境"是生态翻译的核心概念之一，也是生态翻译理论体系的一个重要视角。翻译定义为：影响翻译主题发展与生存的所有外界条件的相加总和。主体是指所有生物的翻译，它包含原作者、读者、译者、翻译的发起人、赞助商、新闻、营销、编辑等。这中间还有语言文化环境、经济环境、社会和政治环境的翻译活动和外部环境等。这其中既有大环境、中环境以及小环境的不同；还包括外部环境与内部环境的差别；还有物质环境与精神环境的差异等。

基于生态翻译学的视角，重要的是选择适应自身心理上的翻译生态环境，这是徐迟的译本的首要原则。徐迟的翻译活动有一个重要特征，即注重心理环境，需要选择翻译能够适应自己的心理生态环境的翻译、翻译方法和翻译标准、适应翻译人员和读者心理生态环境的规模。至于译者，理想是通过作家的作品和翻译找到他们的相似处，努力和更多的作家和他们的作品产生共鸣，从而可以更好地再现原作者的风格。生态翻译学认为，整合适应选择度最高的译本即会"适者生存""适者长存"。

类似以翻译生态环境变化影响译文选择的实例不胜枚举。社会环境的变化是导致词语内涵产生变化的原因，翻译的方法也随着改变。例如在 20 世纪出现的"外向型经济"一词，中国一直翻译的是 export-oriented economy，这本来是正确的。但是，伴随着中国经济的不断转型发展，国家鼓励和支持优势企业对外投资，不再局限于产品进出口。"外向型经济"的内涵有了变化。于是将其改译为 global-market-oriented economy。将"走出去"going out 改译成 going global 也是基于同样的考虑，"走出去"融合"经济全球化"。翻译的形成和整体外部生态环境的变化密切相关。

第二，"翻译群落"赞助者的"干涉"。与翻译活动相关的、以译者为代表的"诸者"是"翻译群落"。正如文如其人翻译文本受翻译群落的成员制约和影响是毋庸置疑的。事实上，翻译活动中涉及的人际关系对译文产生影响的情形在翻译过程中可谓屡见不鲜。

赞助者是"翻译群落"中的成员之一；而作为"诸者"之一，赞助者也会对翻译文本产生"干涉"，如对要翻译/出版什么作品，如何翻译/出版作品等，翻译活动的赞助者往往起到非常重要的作用。对于一般情况"赞助者"，译者只有一种选择，即对其要表示尊重，做好翻译工作，尽最大可能满足赞助者的要求，使赞助者满意。

赞助者在进行文本选择时，对文体的思想教育意义非常看重，反而对原著的文学地位和艺术水平的高低并不是十分在意。如果赞助者的话语权十分大，那么译者就只能去努力适应赞助者的想法。赞助者对异域思想文化典籍翻译影响的一个最大特点，就是它可以阻碍或是加速翻译的进程和译作流传的广度。其中一个显著的表现就是在选择文本和翻译的过程中，不断地对译者本人进行施压，从而在一定程度上对译作思想的流传和发展进行影响。

伴随着译本商业化和现代翻译的不断发展，大多数的作品已经不仅仅是根据译者的个人意愿进行表达。只有结合诸多因素译本才能够诞生，并且在准备阶段就会有很多因素在慢慢介入。翻译行为如今更加具有目的性。翻译行为会包含普通的商业行为或者是形象、宣传文化、意识形态的传播。不管是什么样的目的，都会在翻译前或者译本还没有完成之前对译本最终形态和译者实践产生影响。显然，在如今翻译作品正在慢慢地商业化，翻译作品最终的形态在很大程度上会受到人的影响。不管是实行改写策略，还是在同化异化中进行选择，或是尊重原著，在很大程度上都有人为的作用。

赞助者作为翻译生态环境中的要素之一，作为"翻译群落"的成员之一，在翻译活动中的角色是非常重要的。

4. 批评视角下的生态翻译体系

（1）生态翻译学理论批评。当前，随着研究理念的多元化、理论的多元化、方法的多样性和手段的现代化，翻译批评实践更为活跃，翻译批评研究不断深化，其跨学科特征日益凸显。以新生的翻译理论为指导开展翻译批评体系研究顺应翻译批评跨科际性纵深研究的发展态势。

第一，批评（生态）环境。环境指的是围绕现有条件相对于一个中心的事物。环境，包括自然环境和社会环境在内的围绕外界人类的世界。自然环境是指自然，没有人的转移过程，根据环境要素可分为大气环境、水环境、土壤环境、地质环境和生态环境；社会环境是指人与人之间的各种社会关系，包括政治制度、经济制度、文化传统等。

翻译批评（生态）环境（以下称为批评环境）泛指以翻译批评为中心的外部世界。翻译是一种社会交际活动，翻译研究和翻译批评不可避免地涉及诸多相互交织、相互依存的环境因素。翻译活动是在一定的翻译环境下进行的。翻译环境主要是指外部环境（客观环境）中所涉及的活动，包括经济环境、文化、语言以及社会和政治环境的总和。但这里的批评环境不是类比移植于翻译环境，而是类比移植于生态翻译学中的翻译生态环境。翻译可以分为生态环境和环境两个方面。因此，翻译环境只是翻译生态环境中的一部分。

在生态翻译中，生态环境的翻译原文、原语和译语所呈现的世界，即语言、交际、文化、社会，以及作者、读者、委托者等互联互动的整体。翻译生态环境是影响翻译主体生存和发展的一切外界条件的总和，是制约译者最佳适应和优化选择的多种因素的集合，具有动态性和层次性特征，具有和谐平衡的生态内涵。对生态环境的翻译批评制度可以表达为：与翻译批评相关的外部因素影响批评环境的生存和发展，主要有自然环境和社会环境。

批评主体的批评实践与其身处的自然环境相关联。自然环境包括批评要素所处的自然环境、气候条件、地理位置，以及环绕批评要素的宇宙空间内生态要素构成的大自然环境。时间、空间、批评媒介等都是具体批评环境的一部分。批评主体和对象存在于某种自然环境中。就批评媒介而言，现代媒介和媒介环境都在一定程度上与翻译批评发生关联。媒介用于通讯者和服务器之间加载、转移、扩展特定符号和材料实体的信息，包括书籍、报纸、杂志、广播、电视、电影、网络等，以及其生产、传输组织。

翻译批评在照顾自然环境的同时，也要照顾社会环境。翻译批评依存于社会环境，批评环境中的社会环境是与翻译批评关联的各种社会关系所形成的环境，包括语言文化环境、政治环境、经济环境，乃至语言政策、翻译政策，等等。批评主体在特定的社会环境中从事翻译批评实践，社会环境与翻译批评之间就存在着客观的紧密关联。翻译是原语与译语的语言转换，而语言是意识形态的载体，翻译发生在一定的社会政治文化环境之中，与翻译相关联的发起人、赞助人、译者、批评者、译作读者和译评者等都深受所处社会主流意识形态的影响，进而影响翻译材料和翻译策略选择、译本发行、译评接受等翻译行为和翻译活动。

翻译批评依存社会环境也可以从翻译研究的社会转向角度予以考证。翻译研究到社会，是指注重现实世界翻译实践研究的社会价值，重视与现实世界的翻译、交流，社会建设融资的影响。翻译是不同文化的文字参考，社会行为的语言和人的有目的的活动。从评价的角度看，翻译是一种社会现象，在社会发展过程中推动社会发展进步；从翻译过程角度观察，源语文本，尤其是文学文本，在一定程度上反映了作者所处的特定现实社会，在一定的社会和历史环境中，翻译的思想和行为将受到社会影响和限制，并且译品的成败优劣也受到以读者为代表的社会检验。可以说，翻译活动的发生和发展与人类社会的发展密切相关。社会转向的翻译研究已渐具雏形，从社会不同角度关注翻译研究的学者越来越多。社会转向的翻译研究超越文本，从社会学中吸收营养，视翻译为社会现象和社会生产活动并置于社会宏观环境下考察；与之协同发展的翻译批评则借鉴社会转向的翻译研究理论和成果而自然地在社会宏观环境下考察和评价翻译活动。

翻译批评应该考虑包括自然环境和社会环境在内的翻译对比环境，通过翻译活动与现实世界的联系来开展翻译批评实践。翻译批评过程在一定程度上，可以理解为一个批判性的问题，批评环境因素影响选择过程。严谨的科学翻译批评离不开批评环境，批评环境成为翻译批评体系的一个重要构建要素。

第二，批评主体。翻译批评的主体是翻译批评的发起者和操作者，也是翻译批评研究的核心问题之一，谁来开展翻译批评在很大程度上影响到批评的目的、过程和结果。批评主体表现出不依赖批评对象而存在的独立性及受到外界（包括批评客体）制约的受动性的双重属性。不同学者对翻译批评主客体的认识也存在差异。多种权威机构认为翻译批评的主体，包括翻译公司或公司聘请教授、公司或部门领导、信托人、专业翻译评论家和教师，最后是读者。

关于翻译批评主体问题，一方面要尽可能科学地细化并发挥不同主体的互补作用；另一方面要关注批评者的素养及其形成。杨晓荣总结翻译批评者应该具有的素质，包括思想道德修养、语言文学成就、理论成果与知识储备。

类比于生态翻译学中的"译者责任"，生态翻译批评强调"批评主体责任"。生态翻译强调"译者的责任"生态伦理原则和翻译在翻译过程中的中心地位和主导作用。批评主体在翻译批评实践中有责任协调批评环境、批评群落、批评客体和批评参照系之间的相互关系，有责任感和批评平等对话，社区其他成员有责任重视对接受和传播的评价，是批评理性实践的责任，是建设生态批评的责任。翻译批评过程可以视为批评主体对批评资源的利用、分配、加工和再生的过程，批评主体在批评实践中能动性地适应或影响批评环境，据实确定批评参照，理性审视批评客体从而有效地生成批评产品。

类比生态翻译学中的"翻译群落"，生态翻译批评中的"批评群落"指与翻译批评活动的发生、操作、结果等相线影响相互作用的诸者集合，以批评者为代表，还包括翻译批评的委托者、批评产品消费者等。批评群落置身于批评环境，在适应环境的同时，其有意识、有目的的活动可以调节、促进、改造或重建批评环境。将批评群落纳入生态翻译批评，彰显生态翻译批评对"人"的关照。人是一切社会关系的总和，以人为本作为关系概念，凸显人与人、人与社会及人与自然的关系。将批评群落纳入生态翻译批评，可以增加批评的维度并拓展批评的范畴。生态翻译批评群体在某种自然和社会生存与发展的条件下，反映了群体成员之间的主体与对象之间的批评，批评和批评环境相关的状态，相互作用。批评群落成员为达成共同目标，就必须开展平等对话和协商交流，就必须共同促成和维护动态平衡和谐的群落生态。这样，人们就可以从批评群落生态视角开展批评群落人际管理方面的研究和批评实践。

第三，批评客体。批评客体是批评的对象，具有不依赖批评主体意志而存在的独立性及与主体存在一定关系而表现出对主体的制约性。

生态翻译批评对象可以根据翻译社区的生态环境来定义。在生态翻译中，包括翻译生态与环境在内的翻译，生态环境是原始语言、译语语言、文化、沟通、社会和作者、读者、发起人等互联互动的原始语言和目标语言的一个整体，是影响所有外部条件总和的翻译主体的存在和发展，是文本、文化语境和翻译"社区"以及精神和物质的收集。其中的翻译群落指翻译活动中涉及的以译者为代表的"诸者"，即人，包括作者、译者、读者、资助者、出版者、评论者等。由此可见，批评客体就不仅局限于译者、译作、译事、译论和翻译过程，还包括作者、读者、资助者、出版者、评论者等翻译群落成员及翻译环境、翻译生态、翻译伦理等。翻译被视为翻译主客体共同参与、互联互动的系统，作为原作创作者的作者、决定译作接受效果的读者、出于经济利益或宣传等目的影响翻译的资助者、因为出版资金和政策等原因影响翻译的出版者，以及因为自身素养或评论视角等原因影响批评质量的评论者等都应该纳入批评的对象。

生态翻译批评客体主要包括译作、译者、译论、译事、翻译过程，构成批评客体系统。翻译环境、翻译群落、批评群落、批评产品、批评参照系等也可以作为批评对象而成为批评客体，其中的批评产品和批评参照系的批评体反映了"批评翻译批评"的批评实践。批评客体的多元性反映了批评路径的多元性，如环境批评路径、译者批评路径、翻译过程批评路径、译文批评路径、批评群落批评路径、批评产品批评路径等。

第四，批评产品消费者。产品消费者直接或间接地参与了获取信息和知识、人员和翻译批评、产品发布相关的传输以及消费的批评。这些批评主要涉及委托者、用户、批评者、读者、译者、专业编辑和教师等角色。委托者或用户驱动翻译批评，为批评主体的生存和发展提供了基础，其中的委托者提出的相关批评要求会对翻译批评活动产生直接影响，而用户则是批评产品的最终消费者。批评者具体实施翻译批评操作，自然也成为批评产品的第一位读者。译者也是批评产品消费者群体的重要成员，如某一译者的译作经过自身以外的其他批评主体的评价而生成批评产品，译者自己就成了消费者，可以审视和接受批评产品的合理之处，也可以就批评产品中存在的问题与批评者开展对话和商榷。这里的教师主要指从事翻译教学和研究的教学科研人员，可能将他人的批评产品总结用于教学或科研，也可能自己生产批评产品用于教学示范或作为科研成果。

批评产品消费者是批评体系的重要构件。批评消费者与批评主体、批评参照系、批评客体和批评产品构成一个相对完整的批评体系。批评产品与批评产品消费者相互依存：没有消费者，批评产品就无价值可言；消费者的反应也是评价批评产品质量的重要指标。与此同时，批评产品与消费者可以构成批评消费体系。

批评产品消费者也是批评群落的一部分。类比移植在翻译群体中，批评群体指的是关键活动,操作和相关联的相互影响的结果,并相互影响"收集"。批评产品消费者中的委托者、用户、批评者、读者、译者、专业编辑、教师等与批评主体中的翻译家、专业译评者、读者、专业编辑、专业译审等共同构成批评群落,其中的读者、译者、专业编辑等有可能出现身份重叠,既可以作为批评主体也可以成为批评产品消费者。批评主体与批评产品消费者相互依存。没有批评主体,消费者就不可能获得批评产品,也就不会发生消费行为;没有消费者,批评主体的批评活动也就失去了意义和价值,其生存和发展也就无从谈起。由于翻译群落成员个体在批评理念、思维方式、教育程度、实践经验等方面的差异,也由于批评环境、参照系要素、读者需求等方面的差异,群落成员在批评过程中必须动态地自我调整,共同维护群落生态的平衡稳定,共同努力实现翻译批评任务,批评社区成员之间的对话与互动协调至关重要。

(2)生态翻译批评体系。在论述批评体系的构建理论和构建要素之后,生态翻译批评体系就初具框架雏形。

第一,体系形态。翻译批评生态系统是双向循环系统,呈现出相对完整的框架构建要素。

与自然环境和社会环境相关的意识和关键活动成为现实批评体系,注意环境,突出批评实践中的重要环境因素。将批评产品和批评产品消费者纳入批评体系,体现了批评结果,便于开展批评产品研究或批评产品消费者研究,也便于开展批评产品价值和消费者接受等方面的研究。因此,将批评环境、批评产品和批评产品消费者纳入批评体系,不但客观地、更为完整地展现出翻译批评的全貌,而且有助于将批评视野从译内批评引向译外批评从而拓宽批评实践的范畴。翻译关照译作的实际效果及其译语读者乃至社会产生的影响,翻译批评也就相应地必须关照批评产品的实际效果及其对消费者乃至译语社会产生的影响,这也契合翻译批评从译论批评、译者批评、过程批评和译作批评拓展到文化批评和社会批评的发展态势。与此同时,批评环境,批评批评产品消费者相关生态问题,包括批评环境生态、批评产品生态、由批评产品消费者与批评主体共同组成的批评群落生态,以及此三种生态共同孕育的批评生态,都成为生态翻译批评研究的新命题。

翻译批评是批评者按照委托者或客户要求,以批评参照系为中介,对批评对象开展批评并生成批评结果的过程,这就形成了从身处批评环境的批评主体到批评参照系到批评客体到批评产品再到批评消费者的批评链,即批评主体—批评参照系—批评客体—批评产品—批评产品消费者,这也可称为自上而下的批评。

而批评产品消费者和批评主体同属于批评群落,他们之间是相互依存、平等对话的关系,这样,顺向的批评链就可以继续延展为:批评主体—批评参照系—批评客体—批评产品—批评产品消费者—批评主体。因此,顺向的翻译批评就形成一个环形。环形批评就可能形成循环的批评。如果批评产品存在不符合用户需求等情况，批评者经消费者反馈等途径获知信息，那么批评者就必须再次或重新开始翻译批评操作。因此可以说，由批评主体发起的顺向的翻译批评是可以循环的。

第二，体系特征。翻译批评生态系统是双向循环运行框架，具有双向循环，多层次，规范性和描述性的结合、整体/关联，动态/开放的特征。

生态翻译批评体系是整体/关联、动态/开放的体系。重点关注生态系统的翻译，生态翻译的相关性，动态平衡与和谐，倡导"注重整体/关联……讲求动态/平衡""多样统一"的生态理性，以生态翻译学理论为指导而构建的生态翻译批评体系涵盖了与批评活动相关的多方因素，这些因素相互关联使得系统成为一个有机的整体，体现出对批评活动的整体综观。系统内的因素各尽其责而由彼此关联互动，相辅相成而形成翻译批评的合力。这些因素中的任一因素的变化将引起其他相关因素的变化继而引发该体系的整体变化效应。生态翻译批评体系是构建各因素关联而构成的聚合网络系统，其中的相关利益者之间存在内在的双向关联互动。体系的动态性来自翻译和翻译批评的动态性。基于生态翻译学视角，翻译活动中的翻译生态、文本生态和翻译群落生态是动态变化的。既然翻译本身是动态的，以具体的翻译现象为客体的翻译批评也不可能是静止的。从翻译批评的发展角度来看，不仅语言、意义和审美发生变化，对翻译活动的理解、翻译价值的认知以及翻译需求的社会功能也不断演进。这导致了翻译批评标准的不断修改，并且丰富和完善了其动态发展进程。

翻译研究是一种跨科际研究，跨科际的翻译研究赋予了不同层面的多元性。生态翻译学通过对"翻译—语言与文化—人类/社会—自然界"关系序列链，从翻译、语言学、文化科学、人类学、生态学等翻译研究的角度、跨科研研究。开放性的翻译批评通过积极吸纳多学科、多领域的最新研究成果而得以充实和发展。研究生态开放的翻译研究和翻译批评，在翻译批评制度的开放的基础上具有开放的特点。该系统对生态翻译批评开放，也是对语言学、文化科学、人文社会学等相关学科的开放。生态翻译学自身尚处于建构之中，生态翻译批评体系也必须具有开放性才能得以不断调整和完善。该体系不是一个自我封闭、自我循环的孤立系统，而是一个可以变化、追求优化的动态系统。

生态翻译批评体系是规定性和描述性相结合的体系。翻译批评是一种评价活动，自有其学科意义上的规定性。翻译批评"从规定性转向描写性"是当前翻译批评三大转向表现之一。描述/阐释和评价可以看作是翻译批评的两大职能要素。描述活动是指向客体的，描述的对象是客观存在的事实。评价活动需要言之有据，则必须以描述活动为基础。严肃的翻译批评可以使用描述性方法进行分析，采用规范性方法进行判断。作为体系构建指导理论的生态翻译学本体理论自身也具有描述性，描述和阐释了"何为译""谁在译""如何译""为何译"等翻译理论的基本问题。翻译批评体系包括翻译批评的环境、批评主体、参考框架、批评对象、批评参照和批评产品消费者六大要素，可以分别描述和分析"批评环境如何""谁来批评""据何批评""为何批评""如何批评""据何评价""批评什么""批评结果如何"等一系列与翻译批评活动密切相关的基本问题。该体系的描述性为批评实践中的描述活动提供了基础。能够明示批评体系要素的批评纲要就是生态翻译批评实践中描述方法的具体运用。

基于生态翻译学的系统开放性，生态翻译批评体系的建设扩展了批评视野的" 关联序链"。无论是从生态学、翻译批评研究、语言学、文化学、人类/社会学等多个角度来研究翻译批评，都展现了整体综观、互动关联、多元互补、动态开放、平衡和谐的翻译批评理念。

二、生态翻译学的研究范式

（一）生态翻译学的研究对象

1. 翻译内涵分析

（1）翻译目的。翻译实践是一项十分复杂的社会活动，它涉及不同学科和不同领域，因此造成众说纷纭、各执己见的现象也在所难免。翻译活动在思维、寓意和美学等各层次有各自的活动内容、表现形式与传达目的等要素。任何翻译从本质上看都是一致的，但不同类型、不同目的的翻译具有不同层次的要求，并要受到不同层次的活动规律的约束。无论翻译实践涉及哪个领域，翻译的层次是不变的，只是其中的内核发生了不同，这就为不同翻译实践的标准制定提供了依据。

翻译本来就是人类一种有目的的社会化行为。译者的目的直接影响其翻译材料的选择和翻译方法的运用。翻译内容和翻译方法都是十分重要的。翻译是一种语际转换工作。任何语言都可规划为具有某种特性和特质的一个系统，但语言系统毕竟不同于物理化学等自然科学的系统。翻译目的因人、因地、因时、因事发生变化，主要包括以下方面：

第一，促进文化的交流与融合。翻译可以有不同的目的，无论是为科学还是为政治，一般都是把一种文化中的所有，而另一种文化中的所无，或者两种文化中都有但又不完全相同的内容进行译介，而这种译介活动就是广义上的文化交流。各民族文化在各个历史时期的发展并不平衡，因为受到各种因素的限制且不同民族文化存在很大差异。客观而言，任何一种文化都有其优秀成分，而作为世界文化的一个组成部分，这些优秀成分也应当保存下去，并为世界文明的发展做出贡献。人们倡导文化交流，这是各个历史时期人类已经付出努力的结果，同时也是今天以及未来所有认真从事翻译工作的人们应坚定追求的一个基本目标。

翻译促进了文化交流，交流推动了人类文明的发展；文明的发展使世界各民族之间更大规模、更频繁的交际成为可能，反过来又对翻译提出了更高的要求。因此，只提文化的交流已经不够，还应有文化的融合。经济是基础，文化是上层建筑。现在世界经济正趋向于一体化，任何一个民族要其他民族全部接受自己的文化是难以办到的，而民族间不交流也是不可行的。未来的世界应当有一种包容了各民族文化的优秀成分的世界文化，这种世界文化的形成要靠各民族文化的交流和融合。

任何一种严肃认真的翻译活动客观上都是文化的交流，而文化的交流势必带来文化的融合，各民族文化中的相同或相通的成分也在逐步增加。从这个意义上讲，文化的交流和融合是翻译活动的结果，把它作为翻译的目的提出来，一方面是为了使人们在今后的翻译活动中具有较强的目的性，另一方面也是以此来考查翻译理论涉及的其他问题。

第二，促使人类不再需要翻译。翻译的最终目标是使人类不再需要翻译，并不是讨论人类都使用一种语言的可能性，而是从翻译工作本身来探讨一种最佳境界或目标，以及此种目标对翻译诸方面可能产生的影响。世界正在变小，人类大范围交际的可能性和必要性都在增长，随之而来的是对翻译的量与质的要求也在提高。大多认真从事过翻译活动的人们都知道这种帮助人们相互理解的工作之艰难。特别是在对信息发出者的情况了解不充分、难以全面准确把握信息，并且无法明确了解信息接收者情况的情况下，即多数笔译活动，要求将原文的信息以及表达风格等准确传达给读者是相当困难的，甚至有时是不可能的，因为这种困难有很多因素在其中起作用。

造成这种问题的原因大致包括：一是译者水平有限。大多数从事翻译活动的人都存在对原文的意义、风格等不能完全吃透或在译文中无力准确再现的问题。尽管人们在努力提高自己的知识水平，但人生有限而知识无穷，即使是少数通晓两种或多种语言的天才，也难以做到，因为语言是文化的载体，通晓两种语言难，要通晓两种语言所代表的文化更是难上加难。二是语言本身存在的种种不可译性。例如汉语同音字多，由此产生许多借助同音字的歇后语。将这些歇后语翻译到其他语言中几乎是不可能的。三是由文化差异造成的译入语的读者对原语文化理解上的局限性。如果读者群没有必要的文化基地，光靠译者个人的努力，要使翻译过来的文字在译入国中产生原文国的那种效应也是不可能的，毕竟不同的民族的思维方式、风俗习惯等各不相同。

综上所述，完全的"信"，完全的等值，就一部作品或一门人文学科的翻译来讲是不太可能的。只有当语言相互之间不再存在不可译性，人类的文化不再存在差异，只有到那时，才能达到完全的"信"，而那时也许就不再需要语际翻译了。翻译的最终目的是人类不再需要翻译，还有其他方面的考虑。

首先，语言是一种交际工具，而不同语言的存在显然使人们的交际增加了困难。人类从很早以前就意识到各民族使用不同的语言是人类社会进步的一种阻碍。人们为了学习其他民族的语言花了那么多精力。即便如此，仍有许多宝贵财富因为语言阻碍而没有发挥其应有的效益。如果人们把学习其他民族语言的精力用于学习其他知识，如果人类各民族的精神财富都充分发挥了效益，人类文明的进步将会更大些。其次，目前有数百种语言处于即将消失的边缘。从人类发展的角度来看，人类社会使用的语言种类将会越来越少。最后，翻译促进文化的交流，交流必然带来融合。融合是翻译活动的结果，也为进一步的翻译活动创造有利条件。无论是从人类的发展，还是从翻译本身的要求来看，都可以把翻译的最终目的确定为通过文化的融合使人类不再需要翻译。

（2）翻译形式。翻译过程从逻辑上可以分为两个阶段：必须先从源语言中译码含义，然后把信息重新编码成目标语言。所有的这两步都要求对语言语义学的知识以及对语言使用者文化的了解。除了要保留原有的意思外，一个好的翻译，对于目标语言的使用者来说，应该要能像是以母语使用者说或写得那般流畅，并要符合译入语的习惯（除非是在特殊情况下，演说者并不打算像一个本语言使用者那样说话，例如在戏剧中）。

翻译的形式有口译、笔译、机器翻译、同声传译、影视译配、网站汉化、图书翻译等，随着通信技术的发展和成熟，又诞生了真人服务的电话翻译，所以形式越来越多，服务也越来越便捷。从翻译的物质形态来说，它表现为各类符号系统的选择组合，具体可分为以下四类：

第一，有声语言符号，即自然语言的口头语言，其表现形式为电话通信、内外谈判和接待外宾等。

第二，无声语言符号，包括了文字符号和图像符号，其表现形式为谈判决议、社交书信、电文、通信及各种文学作品等印刷品。

第三，有声非语言符号，即传播过程中所谓的有声而不分音节的"类语言"符号，其常见方式为：说话时的特殊重读、语调变化、笑声和掌声，这类符号无具体的音节可分，语义也不是固定不变的，其信息是在一定的语言环境中得以传播的，比如笑声可能是承载着正信息，也可能承载着负信息，又如掌声可以传播欢迎、赞成、高兴等信息，也可以是传递一种礼貌的否定等。

第四，无声非语言符号，即各种人体语言符号，表现为人的动作、表情和服饰等无声伴随语言符号，这类符号具有鲜明的民族文化性，比如人的有些动作在不同的民族文化中所表示的语义信息完全不同。不仅如此，无声非语言符号还能强化有声语言的传播效果，如在交谈时，如果伴有适当的人体语言，会明显增强口头语言的表达效果。

以上四大类符号既可以表达翻译的原码，也可以表达翻译出的译码，它们即可以单独作为原码或译码的物质载体，也可以由两种、三种、四种共同组成译码或原码的载体。

翻译的运作程序包括了理解、转换、表达三个环节，理解是分析原码，准确地掌握原码所表达的信息；转换是运用多种方法，如口译或笔译的形式，各类符号系统的选择、组合，引申、浓缩等翻译技巧的运用等，将原码所表达的信息转换成译码中的等值信息；表达是用一种新的语言系统进行准确表达。

综上所述，翻译实际上是一种特殊形式的信息传播。整个翻译活动实际上表现为一种社会信息的传递，表现为传播者、传播渠道、受者之间的一系列互动关系。与普通传播过程不同的是，翻译是在两种文化之间进行的，操纵者所选择的符号不再是原来的符号系统，而是产生了文化换码，但其原理却与普通传播相同。

（3）翻译过程。翻译的过程就是译者理解原文，并把这种理解恰当地传递给读者的过程；了解翻译过程，可以帮助译者有步骤地、科学地来进行翻译工作。按照正确的步骤来进行翻译，对培养翻译能力和提高译文质量都有很大好处。四个基本翻译过程为：分析原文，将原语转换成译语，重新调整译文，约请有代表性的读者检验译文。

分析原文就是细致处理词位的所指意义和联想意义、研究句法和语篇结构。理解和领会原文是从事任何翻译的基本功力。翻译中大多数的失误都是因为没有把握好这一关。如果译者确实理解了原文的含义，又能得心应手地驾驭译语，那么翻译就是一个很自然的驾轻就熟的过程。

翻译过程涉及从用原语思维到用译语思维的转换，这正是翻译中最关键的一步，这时原文的内容也就一步到位。转换的明晰程度越高越好。结构重组就是组织译文中的词汇特征、句法特征和语篇特征，从而使所针对的读者能够最大限度地理解和领会译文。对于一位优秀的译者来说，整个过程几乎是自动进行的，实际上就像人们使用母语讲话一样。

虽然检验译文与分析、转换、重组这三个基本过程可以分开来讨论，但是这三个过程是下意识地同步进行的。水平高的译者不用去考虑怎样把主动变为被动，把名词化的动词变为从句，或者在提到某一个人的时候，也要去考虑是否需要把名词变成人称代词。译者如果对如何重组译文感到为难的话，那他们大概是在还没有具备运用译语的必要能力之前就开始从事翻译了。

尽管检验译文与分析、转换、重组这三个过程有所不同，但就迅速显示译文中存在的问题而言，这是一个十分重要的环节。过去译文的检验大都是指定一名懂得原语和译语的人来进行原文和译文的比较，测定译文与原文的对应程度。这个方法的问题是，这位懂得双语的鉴定人可能已经熟悉文本和内容的类型，用不着花太多精力能理解译文。对译文进行正确的评估，只能是通过检测只懂译语的读者代表的反应来实现。

有效的检测方法包括四种：第一，邀请几位读者代表朗读译文；第二，仔细分析朗读者的面部表情；第三，请听过译文朗读的人向没有听过朗读的人讲述内容；第四，填空检测法。其中，最有效的检测方式之一是请几位水平高的人来朗读译文，译者一边看着稿子，一边标记朗读时打磕巴、误读、用错词替换、重复以及语调把握不定的地方。如果两个或几个水平相当的人都卡在同一地方，这些地方明显就有问题。造成朗读不畅的问题包括：高层次的词汇、句法不顺，缺乏过渡词，并列的词汇中辅音群发音浊重，没有表示疑问、命令、讽刺、反语和省略的标记词等。这种检测方法并不能告诉译音应该怎么去修改译文，但能够指出译文中需要修改的地方。

当不同的人朗读译文时，译者要仔细观察他们的面部表情，特别是他们的眼神，这样做是很有好处的，因为表情和眼神可以反映出他们对译文内容和形式的理解和领会的程度。细心而又善解人意的观察者很快就能发现朗读者是读懂了译文还是对内容不知所云；对译文的内容感兴趣还是觉得枯燥无味；读来饶有兴致还是认为译文的确太难而无法诵读。

对译文内容的检验，最好是请一个人朗读或默读译文，然后让他向其他人讲述内容。如果有两个或几个人在理解上犯了相同的问题，那么译文显然就需要修改。当然，如果原文本身有意要含混模糊，则可另当别论。

填空检测法也是测定译文可读性程度的有效方法。这个方法是每四个词后面空一处，再请人根据上下文要求填入恰当的词。在至少五十个空隙内正确填写多少词汇，有效地展示了转换概率的范围，从而也决定了译文的可读性和可理解性程度。这个方法也可以变通一下，即每九个词后面空一处，再请人朗读译文，然后计算朗读者填错的地方，并提出修改意见。

与以上这些邀请读者代表参与译文检测的方法相比较，听取有经验的翻译或编辑的内行意见或许要更好些。有经验的翻译或编辑知道语际交流的基本原则，懂得使用文字的艺术。

（4）翻译价值。

第一，理论价值。翻译本身并非理论，它的所谓理论价值，并不是指它作为理论的价值，而是指它对于翻译研究和翻译理论有价值。换言之，翻译作为翻译理论的直接研究对象，是翻译理论赖以发生和发展的物质基础，因而它对于翻译理论有价值。翻译理论乃至翻译学作为独立学科的健全和发展，在很大程度上都依赖于翻译这一物质基础的存在和发展。离开了这个基础，翻译理论的存在和发展就无从谈起。反过来，翻译理论通过翻译的描写和总结，又可以给这个活动提供指导，带动翻译实践的更好发展，使它在人类文明向前发展中不可或缺的作用得到更好的彰显。

在这个意义上，翻译实践是前提，它不会因为翻译理论的存在而存在，但因为有了它的存在，翻译理论的存在才能成为可能。同时又往往因为它的发展，翻译理论的发展才成了有源之水、有本之木。翻译对于翻译理论的价值也在于此。

翻译的历史，实际上就是政治、经济和文化的交流史。翻译史与文学史、文化史是应该等量齐观的。一个优秀的译者要了解翻译的意义才能更好地加强对翻译事业的了解，更好地做好翻译这份工作。对于翻译的功能、意义和地位，古往今来，有着许多不同的见解。因为所处的时代不同，翻译所带来地位与作用不同，从而译者对于翻译的认识肯定就会有所变化。

随着经济的发展，各国之间的交流日益加深，翻译在当今社会的重要性有进一步加强的趋势。市场需求的新的译者数量都在不断增加，各个行业各个领域都需要翻译人才。意识到翻译的重要性之后，才能够更好地在翻译领域作出努力，才能更好地看到自身价值。

第二，美学价值。意境为语言艺术作品通过形象描写所表现出来的境界和情调，它是所描述的景象和所表现的情意相交融的产物。意境的追求和创造，是修辞上获得最佳表达效果所必需的。在文学翻译中，译者以追求原作的意境为己任，以再创造等同的意境为目的，以实现翻译之美学价值。具体而言，译者不仅要动笔，而且要运用情感翻译。译者要通过翻译走近创造者的创作过程，了解他们的心理活动、心理状态以及个性，甚至追寻他们的艺术思维，获得其审美意象。

成功的审美作品，总是能够真实地折射出创作者心灵深处的人格特征。译者从作品中了解作者，认识作者，甚至变成作者，与作者达成共识，这是一个由此及彼、由浅入深的过程。译者对作者的认识以及与作者的心理同构是交叉进行的。在认识作品的过程中认识作者，认识作者反过来更好地认识作品；对作品的进一步认识又加深译者对作者的进一步了解。

传统心理学将人们的认识界定为"知""情""意"心理运动三阶段，即由逐渐广泛并深入地认识（感性认识），继而有相应的、投入性的情绪体验，然后有了主体意识的觉醒而发生有行为倾向的意志（主体意识）。在整个艺术鉴赏与创造过程中，译者的心理活动呈有意识到无意识再到意识的走向。译者意向性地认识作品与作者，在不知不觉中与作者心神交融，与作品心物交融；然后译者再走出作品本身，回到自我意识中进行信息的加工制作，由形象感知转为抽象思维，在与作者达成美的共识之后，进而实现艺术再创造。这是一个逐渐形成的意象整合的过程。译者在认识过程中不断地将作品各个部分在心理上加以整合。译者通过心理综合对作品形成审美意象之后，再来感知审美意象。这是更高一级的感知，有别于认识开始时的感知。新的感知将进一步作用于意象的心理综合直至形成一个整体意象。

文学翻译的艺术再现活动是超然的，其中译者所操作的不是有形结构，而是超越时空的物象。因此，需要作者能够凭借直觉对形式结构之外的意义加以抽象地概括与形象地整合。译者与作者之间贵在默契。译者根据从作品中所获得的感性信息，建构与作者相近的审美意象，从而体会到原作中的艺术境界。译者将循着作者的想象，跟着作者的思路，进入原作的心境。

第三，语言价值及社会文化价值。就形式而言，翻译是一种语言转换活动，因此应该树立一定的翻译语言价值观，而翻译语言价值，就是如何认识翻译活动对语言产生的作用和影响问题。翻译就其形式而言是一种符号转换活动，任何翻译活动的完成都要经过符号转换这个过程。符号的转换性由此成为翻译活动的特性之一。而探讨翻译的语言价值对符号转换活动所带来的一些基本问题也应予以关注。

翻译的价值还主要体现在社会文化层面，社会的变革、文化的发展，往往和蓬勃开展的翻译活动有关。翻译可以引发对特定文化乃至社会制度的变革，也可以推动文明向前演进。此外，从社会文化的角度来考察翻译现象，可以使不同时期的翻译文学得到更为合理的解释。

2. 生态翻译译境

一般情况下，翻译环境和翻译生态是以一个整体存在的。在特定的生态环境中，译者无时无刻不在起作用，但是译者也受其他翻译主体的制约。译入语文化规范和社会政治权力对译文有所牵制。翻译生态环境对所有翻译主体来说都不可改变、逾越，属于一个统一体。例如，单单只是追求个人利益、对严格审校制度不在意、眼光局限等行为都会颠覆过去的翻译生态环境的序列与翻译环境的秩序，这与翻译伦理相违背，就破坏了翻译生态环境的整体要求。

宏观、中观和微观是翻译的生态环境的三个层次。以上讨论的主要是宏观的"大环境"，或是一般环境。从宏观角度看，不同国家有不同的语言政策和社会政治制度，不同的语言群体有不同的翻译政策。从中观角度看，即使是同一个国家，在翻译生态环境中，文学翻译和应用方面也不完全相同；从微观的角度来看，翻译研究的自身的内部结构，如批评、理论、应用与历史等。

生态翻译学的关键术语是翻译生态环境，这主要是由于在早期生态翻译学的研究中，译者文本通过翻译描述进行移植而进行了选择活动。选择活动的目的是适应翻译生态环境，翻译的过程可以被理解为译者的适应与选择，因此，原语、译语、原文所展现的"世界"，即社会、语言、文化、交际，还包括读者、作者、委托者等相互关联协作的整体，指的就是"翻译生态环境"。

3. 译者

翻译的各个生态系统之间也一定要彼此相互关照，进而可以有效地相互帮助、相互促进。观照以译者为代表的"翻译群落"作为整体,翻译生态系统不仅具有关联、平衡、整体、动态性,同时生态翻译学也研究重视"人"的因素、重视译者的优势和特点。译者在"翻译群落"生态系统中有义务管理好各种关系,承担起实现生态理性的责任,履行维护生态和谐、保持生态平衡的义务。

4. "三生"主题

翻译生态、译本生命和译者生存是"三生"的含义,讲的是以"生"字为线索展开研究和论证阐述,表明"生"是生态翻译学发展之基石。

生态翻译学是翻译适应选择论的继续和深化,"以译者为主导""以译者为中心"不是翻译适应选择论所选择的翻译中心。所谓"三者",顾名思义,讲的是"译境""译本""译者"三者之间的关系问题,它以"关系"为线索展开研究和论证阐述,表明生态翻译学是探讨此三者关系的"关系学"。尽管立论线索不同、观察视角各异、研究指向有别,但"三生"和"三者"都基于"译境""译本"和"译者",这些是相通的,都是生态翻译学的核心内容和研究对象。

(二)生态翻译学的研究方法

1. 矛盾法

矛盾法认为,矛盾的共性具有普遍意义,但矛盾的共性又包含于矛盾的个性之中。作为一个整体性的研究,生态翻译学相较于普通翻译学,它是一种"特殊性的"和"个性的"探究。因此,从方法论的角度来看,可以说,凡是适用于一般翻译研究的常规的通用的、"共性"的方法,对于生态翻译学的"个性的"或"特殊性的"研究而言都是适合的。与此同时,在一定程度上生态翻译学与以往的研究也有很大的不同,所以,生态翻译学有其独特的翻译研究方法,这充分展现出生态翻译学的"个性"和特色。

2. 相似类比

"相似类比"是生态翻译学研究的重要方法之一。采用相似类比方法,在某种程度上具有实施性,主要表现为一定程度上翻译生态和自然生态以及它们之间存在的联系、类似和同构。研究表明,在很多层面上自然生态和翻译生态有很强的类似性。第一,生态学强调生态环境与生物体相互影响、相互作用,而翻译生态也是如此。第二,生物与生物之间、生物与生存环境之间在自然界中彼此相互作用进而达到生态平衡,翻译生态也是如此。第三,在于不同种类的两个个体之间互利共生,这是一种生物间的互惠互助关系。在自然生态中,人类有目的、有意识的活动能够对生态关系或多或少起起到改造、促进、抑制和重建的作用。在翻译生态中,相同的"翻译群落"的有目的、有意识的活动也能够对翻译生态环境起到改造、促进、抑制和重建的作用。第四，相似的适用原则在两个生态体系中存在。第五，类似的现象和运作方式在两个生态体系都存在。

3. 概念移植

既然"相似类比"的方法在生态翻译学研究中运用是有根据的、可行的，那么，"概念移植"作为生态翻译学研究的另个重要研究方法，也就顺理成章了。这里所说的生态概念移植，可以包括多个层面，既可以是生态概念的移植，也可以是生态原理的移植，还可以是生态术语的移植等。但这些不同层面的移植，本质上又都是一种生态概念的移植。

"整体思维"的哲学理念必然会作为方法论反映在中国学者的研究行为之中。只要是从生态理性、生态系统的角度重新审视翻译，那就一定要思考系统的平衡协调、关联互动与整体和谐，否则便不是生态视角的翻译研究了。

第二章 生态翻译学视域下的文学作品翻译

第一节　文学作品翻译及其风格分析

一、文学作品翻译的认知

"文学翻译是一种文化行为，总是受到译入语文化中意识形态、文学观念、文学体制、经济等方面因素的影响。不同的时期，文化语境不同，文学翻译选择也就有不同的价值取向"①。

（一）文学作品翻译的主、客体

主体与客体是两个哲学概念。主体在哲学上指有认识和实践能力的人，是相对于客体而言的；客体在哲学上指主体以外的客观事物，是主体认识和实践的对象。就文学翻译而言，其主体涉及原文作者、译者和译文读者；其客体为原文文体与译文文本（the Source language text and target language text，简称为 SLT 和 TLT）。在原文作者、译者和译文读者三个主体中，译者发挥主导作用。

从接受美学的角度分析文学阅读和文学翻译，两者都是作者与读者的对话。然而，文学翻译的对话过程相对于文学阅读要复杂得多，因为前者是二元双向进行的。译者面对原文文本是读者，同时又是译文文本的作者。换言之，译者在文学翻译中同时身兼原文读者和译文作者的双重身份。当然，其中的对话也须通过两种媒介，即原文文本和译文文本。不过，文学阅读和文学翻译有一点是相同的，即两种对话都是间接进行的。如果两者的媒介是相同的，即文学阅读和文学翻译用的是同一种文本，从理论上讲，则其文学价值的体现应是相同的。然而，事实不然。作家的作品在完成之后，没有同读者见面之前，只能称

---

① 余玲. 文学翻译与大学英语教学［M］. 北京：中国原子能出版社，2019：17.

为"第一文本",因为它只是处于一种"自在"存在状态。一经读者阅读,作品便摆脱了原来的"自在"存在状态,而成为"自由"的存在,即体现其文学价值的"第二文本"。如果说"第二文本"是在"第一文本"的基础上经由读者的阅读过程再创造的结果,那么译者需要在"第二文本"的基础上经由"共鸣""净化""领悟"等深层接受和阐释过程创造"第三文本"——译作。这是译者和普通读者的最大差别。普通读者对文学作品的阅读和理解可以是表层的,可以是浅层的,也可以是深层的。其效应因人而异,因性别、年龄而异,也受时空和接受动机的影响。然而译者对原作文本的阅读理解必须是深层的。"第二文本"的文学价值在译者的阅读和接受过程中的体现,一般说来,总是大于普通读者在接受过程中的体现。否则,译作在成为"第三文本"时将与原作会产生更远的距离。译作读者从译作中获取的信息量将少于原作读者从原作中获取的信息量。

由此可见,译者在翻译活动的主客体关系中处于中枢地位,起主导作用。尽管如此,这并不意味着译者可无视原作作者与译文读者的存在、信马由缰地翻译,他必须关注自己在翻译过程中与原作作者和译文读者间的关系,即翻译的主体间性。翻译主体间性直接或间接地涉及如下几层关系:

(1)作者—译者—读者关系

(2)原作—译作关系

(3)原作文化—译作文化关系

(4)译者—当下环境的关系

在处理这几层关系时,译者解读原作的主观性、译者的文化取向及译者的文化修养是主要的影响因素。但是,译者的主体性是有限度的。

首先,在其主体性作用于客体——原文文本时,译者与原文作者构成一种主体间性。这时译者应当意识到原文文本是作者的创造物,是作者主体性的具体体现,文本的意义是作者特定时期的真情流露、意图显现。译者不能无视原文作者的意图,不可脱离原文文本意义而随心所欲,也不能完全抛弃原文文本的艺术表现形式而另起炉灶,因为译者与作者之间不是主仆关系,亦非仆主关系,而是一种平等的主体间的对话关系。虽然说文学翻译是"再创作",但这种创作属于"二度创作"。"二度创作"与创作的区别在于后者可以天马行空,随心所欲,将个性特点表现到极致,而前者不可,它势必要受原作的制约。所谓"二度创作"就意味着制约,具体而言,译者发挥主体作用创造性,有一个"度"的掌握问题:译者的创造性必须在原作设定的界限里进行,必须忠实地再现原作的意和形,必须尽量适应和满足原作的风格要求;译者的个性切忌过分暴露,喧宾夺主……总而言之,译者的主体性和创造性的发挥,必须以不损害原作的思想内涵和艺术风格——特别是艺术风格为前提。要实现这一目标,译者在文化取向方面就要做出适当的妥协和平衡,归化、异化，还是两者结合，这是每个译者都必须面临的选择。

其次，译者的主体性作用于客体二——译文文本时，译者与译文读者构成主体间性。这时的译者与译文读者是直接的主体—主体关系，而原文作者与译文读者则是间接主体—主体关系，因为后两者间的对话交流是通过译者，准确地说，是通过译文文本进行的。这时的译者，对于客体一（原文文本）是读者，而对于客体二（译文文本）则是作者。理论上讲，客体一与客体二所承载的信息量应该是相等的。但文学翻译实践表明，这种命题只能是一种理想。道理很简单：因为作者与读者在个人修养、生活阅历、文学态度、审美理想、感知体验方式乃至意识形态、人生观等诸多方面具有不同的参照系。一旦文本创作终结，作者创作时的心境及由上述参照物所产生的语境便被固定在文本中。这时作者与文本分离，文本便成了等待被读者阐释的"符号世界"。

就文学翻译而言，译者与原文文本作者的参考系不同，与译文读者的参考系也很可能相异（尽管可能处于同一语言文化环境）。这方面的差别必然会影响译者对原文文本中的符号、代码、结构，特别是召唤结构中空白的填充与解读。众所周知，读者的阅读理解活动虽然由文本引起，但不完全受文本控制，读者所处的当下文化生态环境与原文作者创作时的文化生态环境大相径庭，与译者的处境也未必相同。因此，原文文本在脱离其作者之后，便向一切时代、一切阶级、一切阅读共同体的所有读者开放，向一切可能的、现实的、历史的语境开放，甚至进入了文本间的世界，因此对作品诞生前的历史上的其他文本，也具有了某种文本间的意义。由于先前那种面对面交流中的意义确指性消失了，文本便开启了阐释多样性的一切可能，文本的意义进入无限的生成之中，所以便产生了"一千个读者就会有一千个哈姆雷特"的命题。同一原文文本出现多种译文文本的现象不足为奇。

在文学翻译中，译者作为三个主体中的主导者，理应将原文信息尽可能多地传递给译文读者。与此同时，他也应意识到，一部文学作品的意义潜能不会也不可能为某一时代的读者所穷尽，更不可能为某一个别读者所穷尽。译者只是成千上万读者中的一员，而非他们的代表，将原文文本中未定性的解读空间留给译文读者，一则对原文作者和译文读者都是一种尊重，二则也不失为在译文中再建召唤结构的有效策略。

（二）文学作品翻译本质与特点

文学翻译是一个极其复杂的文学活动，对其展开的研究同样具有很大的复杂性。本书仅从文学翻译的两个关键词，即"翻译"和"文学性"入手探讨其复杂性。

1. 多重因素介入

汉语中"翻译"一词可以作动词、名词、修饰语而词形不变，而在英语中则有不同的词形，如 translate，translating，translation，translations。这些词不仅词形不同，在表意上也有差异。translate 和 translating 是翻译过程；可数的 translations 则是翻译的结果，即通常意义上的"译本"；而大写字母开头的 Translation 是对翻译现象的抽象表述。虽然这几个词的所指不同，但是出发点或者说词根都是"translate"。"translate"的行为主体是"人"，他/她应该为"translate"这个动作的全过程负责，他/她与一般人的差别在于他/她具有 trans- 的能力。翻译所涉及的原文、源语文化、译者、译文、译入语文化等多重因素中，每个因素都是可变的因素。原文由于读者的阅读而具有开放性意义，这是"一千个读者就有一千个哈姆雷特"效应；源语文化与译入语文化都处于历史的流变之中，这使得对产生于源语文化或者进入译入语文化的文本的解读都有了历时性特点。

每个时代都会有自己的文学思潮和文化形态，文本框架内的主流诗学引导译者将原文改写为符合社会审美取向或者诗学特征的译文。在翻译过程中，译者作为诸多因素中最活跃因素，首先以读者的身份进入对原文本的阅读评价之中，在对选定文本的翻译中，其文化身份、民族认同、意识形态、价值取向、审美标准等都会介入从理解到翻译的过程，这些因素的干预是同一原文本能够拥有多位译者和不同译文的原因。在社会现实中，意识形态就像一张无形的网，对翻译的影响无处不在。不同译者翻译的译文在译入语文化中接受的情况差异很大，影响译本接受的因素很多，如译者在译入语中的权威地位、译入语的文化诗学、译入语社会对原文本国的热情、两国交往关系的程度、源语国与译入语国在国际上的话语权等。对翻译多元化的关注带来的翻译研究范式的转变是当代翻译理论界的一大特点。翻译理论家从各自的研究立场出发，在翻译理论模式与研究方法上互相借鉴，对翻译活动做出了各自不同的描述。

翻译研究缘起于翻译活动，翻译活动最大的特点就是自身带有方向性。认识翻译活动中的方向性关系到翻译研究的方向性，关系到我们探讨翻译中各种问题的角度。翻译活动是将一种语言翻译为另一种语言，译者是完成翻译活动的主体。从译者的角度出发，将外语翻译成母语的过程是"向内"翻译过程，将母语翻译成外语的过程是"向外"翻译过程，这两种不同方向的翻译过程反映在译者身上不一样，其翻译效果与译本接受度自然也不一样。在当代文化学派的"翻译并不是发生在真空中"的叙述中，包含了作为翻译行为主体的"译者也不是生活在真空里"这样一个逻辑推理。译者的生长环境和知识背景使他对外来事物的判断有了"文化预设"标准，因此他就失去了做一个"法官式"译者的条件。

当代的各种翻译理论普遍强调了译者的主体性，实际上就等于承认了译者受文化（通常是母语文化）影响将自己的文化观作用于译本上，这一点比较突出地表现在译者将外语文本翻译成母语文本的过程中。当然，在今天全球化的语境下，人们的生活环境发生了变化，很多人有机会到国外生活和学习，他们对国外的文化、生活方式有较好的认识和体验。但是由于他们的母语文化观念形成于早期的受教育阶段（一般认为从家庭教育到高中这一时期），文化观念一旦形成，他们就会自觉地用它来衡量一切外来文化，即使是生活在国外的环境下，他们的母语文化也仍然发挥作用。因此，任何人都不可能成为一个摆脱了母语文化影响的译者，其翻译依然有文化倾向。

现实翻译中，会出现一个译者用母语以外的另外两种语言完成语际翻译的情况，但多数局限于小语种或者古代语言之间的翻译上。从译者角度来看，"向内"或者"向外"翻译在翻译目的、翻译策略、翻译效果、译本接受等方面均有不同，翻译研究因此具有了方向性。在翻译研究中，许多研究者试图建立一种普遍的原理以说明翻译中普遍存在的现象，但是由于其研究对象方向性的存在，这些试图阐释普遍原则的理论通常只能说明翻译中的一种情况。因此，在翻译研究中阐明研究的出发点和立足点是非常必要的。翻译研究中的方向性意识在研究者设定译学界的术语时就产生了，如源语、译入语、目标语、指定文本，以及由此衍生的源语文化、目标语文化等，这些术语在具体的文本分析中都会因译者的文化归属而有具体的方向性指向。

2. 翻译中的文学性再现

翻译研究如果将研究的对象设定为非文学翻译，如科技翻译、法律文献翻译、说明书翻译等，从语言对等的角度研究译文原文的对应关系是可以的。但是，当我们的研究对象设定为文学翻译时，仅从语言层面上对语言转换的单位、转换的方式进行研究，则无法解决文学翻译中所包含的人文特征。翻译研究发展到今天，特别是经历了西方翻译理论界倡导的"文化转向"之后，已经承载了厚重的文化内涵和文学特征，这使得翻译尤其是文学翻译不仅是语言层面上开展的活动，而且具有更多的文学和文化研究的属性。语言作为文化的载体，它在转换时必然受到不同形式的意识形态的影响，这就决定了翻译实践及翻译研究的人文性质，而非"科学"一词所能解释得了的。文学翻译的本质是什么，究竟应该怎样描述它的本质特征，至今仍是一个有争议的问题。当前较为流行的说法是：文学翻译是一门艺术，它是译者让译文在译入语国家延存和产生影响的再创作活动。把翻译当作一门艺术，也就承认译者独立的创作空间，承认社会对它的反作用，承认翻译活动的开放性。

文学翻译的本质在于译作的"文学表达"，也就是在翻译过程中体现出作品的文学性，因此文学翻译的评价应被纳入人的审美系统中来。同时，文学翻译在审美创造上又有着明显的局限性，这是它同其他艺术创造的最大差异，也是它本质特征的另一个方面。文学翻译对原作的依赖性和从属性限制了译者艺术创造的自由度。文学翻译与非文学翻译的区别，第一，表现在对象的不同。文学翻译的对象是文学作品，具体而言，就是小说、散文、诗歌、纪实文学、戏剧和影视作品。而非文学翻译的对象是文学作品以外的各种文体，如各种理论著作、学术著作、教科书、报刊政论作品、公文合同等。第二，表现于语言形式的不同。文学翻译采用的是文学语言，而非文学翻译采用的是非文学语言。第三，翻译手段不同。文学翻译采用的是文学艺术手段，带有主体性、创造性，而非文学翻译采用的是技术性手段，有较强的可操纵性。鉴于文学翻译与非文学翻译的区别，我们对二者的要求也大不相同。如果说我们要求非文学翻译要以明白畅达、合乎该文体习惯的语言准确地传达原作的内容，那么对于文学翻译，这样的要求就远远不够了。文学作品是用特殊语言创造的艺术品，具有形象性、艺术性，体现作家独特的艺术风格，并且具有能够引人入胜的艺术意境。所以，文学翻译要求译者具有作家的文学修养和表现力，以便在深刻理解原作、把握原作精神实质的基础上，把内容与形式浑然一体的原作的艺术意境传达出来。在翻译领域里，由于对文学翻译的本质特征认识模糊，译者有时会因看不到对象的差异、翻译目的的不同而陷入自说自话的境地。

在中国古代文学理论中，文学性往往通过诗论集中表现出来并被概括为"诗意""韵味""兴趣""神韵""意境"等术语，西方则有"诗性"之说。俄国形式主义文论则明确以"文学性"作为文学理论的起点。文学理论发展的历程显示：文学创作不断进化，对于文学规律的认识及理论表述随之而生成。"文学"这一概念逐渐形成了一些相对稳定的内涵，这些内涵反映了人类对文学活动的相对一致需求，可能正是建立关于"文学"的基本共识与理论尝试的基础。关于文学的基本共识主要集中在两大方面：一是创作与文体方面；二是文学观念方面。在创作和文体上，"诗"（韵文）和"文"（散文）两大类文体样式至今仍然是最流行的文体。其中，"诗"（韵文）所具有的语言和思维的特征（与"诗意""诗情""诗思""诗言""诗象""诗材""诗境""诗兴""诗性""诗学"等术语共生互明），成为"文学性"的重要标志。文学观念方面最大共识主要有四方面表述——语言、情感、形象、想象大量见于中国和外国文学理论的修辞论、意境论、文采论等，无一不是由语言的特性体现出来的文学性，具体表现在以下方面：

（1）文学语言张力较强。中外文学理论中被经常论及的文学特征与语言性有关：追求"言外之意"关乎"言"，运用隐喻象征依靠"言"，文学思维（主要是想象）也离不开"言"。无论何种新锐极端的文学理论学说，都无法逃脱语言性的问题。西方文学理论近来又重归语言本体的分析，这都说明语言性在文学性中起点的、根本的意义。相关的论说遍及整个文学理论的历史。与日常语言不同，文学语言表现的是"言有尽，意无穷"的意境，这就为翻译设置了难题。

（2）情感表现具有复杂性。审美情感既是文学自身的特点，也是文学创作要考虑的重要方面。因此，作为审美情感的语言呈现的文学情感性是使文学具有审美性的最重要因素。换言之，文学用以抒情，文学的发生来自人的感情活动。中国古代大多数文论认为"情性"在特殊的语言方式（如吟咏）中得以表现，是写"诗"或行"文"的基本特点。西方文论中的情感（心灵）本质论也极为丰富，这一认识几乎贯穿了整个西方文学理论史。当代美国文学理论家苏珊·朗格（Susanne Langer）在她的《情感与形式》《艺术问题》《心灵：论人类情感》等著作中都反复论说了情感在艺术（包括文学）中的核心意义，并得出了一些重要的结论，即一首抒情诗的主题（所谓"内容"）往往只有一线思路、一个幻想、一种心情或一次强烈的内心感受；抒情诗创造出的虚幻历史，是一种充满生命力思想的事件，是一次情感的风暴，一次情绪的紧张感受。对此，古今中外的文学理论在很大程度上予以认同。

（3）意象审美和形象塑造。文学的形象特征得到了古今文论家的广泛认同。在关于文学起源的古老言说中，无论中国的"感物"说还是西方的"模仿"说，都包含了文学摹写自然景物或社会人事之"象"的认识。文学将审美感受形象化的特点也得到了中外理论家的反复陈说。在西方文学理论中，从亚里士多德的《诗学》开始就讲文学的"临摹其状""制造形象"。在现实主义的"典型形象"论中，在象征主义和20世纪欧美"意象派"（Imagism）诗论中，文学的意象性始终作为文学的本质因素被反复论及。意象（形象）性是文学与其他艺术形式的共性，意象（形象）性使文学区别于其他语言形式的意义就在于在"言""意"之间增加了"象"的环节，将审美意蕴通过形象化方式（比兴、象征）间接地传达给读者。中外文学理论都承认，文学文本的基本样式是通过文学语言塑造生动、可感的艺术形象，许多文学理论涉及的范畴和流派与文学的意象（形象）性有关。

（4）想象与虚构的运用。想象与虚构关系到文学的思维特质，是由情感（心灵）性决定的。《韩非子·解老》论"象"时说："人希见生象也，而得死象之骨，案其图以想其生也，故诸人之所以意想者皆谓之象。今道虽不可得闻见，圣人执其见功以处见其形，故曰，'无状之状，无物之象'。"作为观念的"象"虽然得自客观物象（即"生象"），其本义并非实物的形状外貌，而是由此及彼、由局部想见整体、在想象中形成的主观之"象"、意中之"象"。中国传统文学理论历来极为重视想象，并将想象性视为文学的特质。在中国传统诗学中，"兴"最富于文学本体因素的概念，而"兴"的重要含义就在于言外之意的审美想象。王夫之在《船山古近体诗评选三种·唐诗评选》中言："非志即为诗、言即为歌也。或可以兴，或不可以兴，其枢机在此。"有"兴"才可以称得上"诗"。想象是文学赖以存在的基本因素。

西方文学理论也极为重视想象和虚构的意义。达·芬奇说："在想象的自由方面，诗人可与画家比肩。"卡勒强调文学的一个基本特征就是文学一直具有通过虚构而超越前人所想所写的东西的可能性。文学思维是一种创造性思维，主要就表现在其想象意义以及对现实的虚构关系上。

由此可见，文学的丰富内涵及其与各类文化现象的复杂关系造成了"文学"普遍性理论存在的困难，也为文学翻译的欣赏与批评带来了诸多争议。对文学翻译的认识需要在对文学认识的基础上加以提高。

文学翻译的过程也是文学审美的过程。文学翻译的审美特征主要表现在两个方面：第一，文学翻译再现原作的艺术美；第二，文学翻译是一种创造性的活动，具有鲜明的主体性，其创造性的程度是衡量审美价值的尺度。从文学翻译活动的内涵看，它是一个由阅读、体会、沟通到表现的审美创造过程。在这一过程中，译者通过视觉器官认识原作的语言符号，这些语言符号映射到译者的大脑转化为概念，由概念组合成完整的思想，然后发展成更复杂的思维活动，如联想、评价、想象等。译者阅读原作时，头脑中储存的思想材料与原作的语义信息相结合，达到理解和沟通，同时其主观评价和情感也参与从阅读到翻译的全过程，译者主体对原文的解读令其通过译语最终表现出来的东西可能是正确的，也可能是谬误的。然而，不管译作正确与否，翻译活动本身无疑是一种创造，因为它涉及译者的想象、情感、联想等审美心理因素。对于文学翻译的审美本质，我们还可以从译者与原作的审美关系来理解。以往研究文学翻译，人们偏重从哲学认识论的角度看待翻译过程，注意力往往集中于译者的正确理解与表达。译者作为翻译主体，在翻译过程中是被动的，只能亦步亦趋地跟在原作后面翻译。这种以理性为中心、以语言学原理为基础的翻译模式对于非文学翻译无疑是正确的，但对于文学作品来说就未免过于简单了。文学作品是一个复杂的艺术整体，它的内容丰富多彩，可以是一个人的内心独白，可以是一个人的瞬间感受，可以是一幅宏伟壮烈的战争画卷，可以是一段富有诗意的爱情故事，可以是整个社会的缩影，也可以是某一段奇特生活的写照。

总而言之，文学作品容量极大，并且处处流露着艺术美。在文学翻译过程中，译者与原作之间是审美关系，译者的审美趣味、审美体验和审美感受直接关系着能否准确传达原作的艺术美。在翻译活动中，译者是原作艺术美的欣赏者、接受者和表现者。从欣赏、接受到表现，有一个重要环节，即译者的审美再创造，或者叫作心灵的再创造、情感形式的再创造。从国外接受美学的观点看，文学作品要体现自身的价值，必须通过读者阅读。艺术作品为人们提供一个多层次的未定点，人们通过阅读和理解填补空白，将其具体化，最终使作品的意义从语言符号里浮现出来。译者凭着超出常人的文学修养和审美力，阅读、透视和体会原作的方方面面，再以其创造能力把体会和理解表现出来，最终完成翻译过程。译者的审美视角、审美力和表现力因人而异，所以一部原作会有多部不同的译本。

文学翻译有别于一般翻译。由于翻译对象是文学文本，原文文本自身具有很强的文学性，因而文学翻译要求再现原文的文学性。文学翻译目的是要传播异域文学与文化，这就要求其翻译文本必须符合读者对文学作品的审美需求和接受心理。但是，由于文化传统和文学体系的不同，如何在文学翻译中完美地再现原文的文学性，甚至对原文文本进行再创造，是文学翻译中的一大难点。

（三）文学作品翻译目的与功能

在一般情况下，人类的任何行为都具有一定的目的，都要实现某种功能；文学翻译也不例外。有关翻译策略的一切选择都取决于翻译行为所要达到的目的，而文学翻译，其目标是全面再现原文的审美意义且译文必须具有与原创作品一样的文学功能；译文读者期待充分领略原文的情感和思想，同时能够与原文读者获得一样的阅读享受。这样的目标决定了译者的翻译过程就是创作文学作品的过程，而译文读者对译文的接受则是另一个再创作行为。从目的与功能的角度来考察文学翻译一定可以更直接、更清楚地看到创作乃是文学翻译的根本性质。

翻译的功能主义理论的创始人是凯瑟琳娜·赖斯，她在 20 世纪 70 年代初就提出应该通过原文和译文的功能比较来评价译文，到了 20 世纪 80 年代中期，她和学生弗米尔共同发展了功能理论，认为虽然语言具有说明、表现及呼唤三种功能，但是翻译应当主要受控于占主导地位的功能，即受控于原文的"skopos"（希腊语，意为"意图""目的""功能"），当译文与原文的功能一致时，它便可以被称作"忠实"的译文。弗米尔提出的目的论则是功能主义翻译理论的重要内容，它要求所有翻译遵循"目的法则""连贯性法则"和"忠实性法则"。由此可见，功能派翻译理论把目的论放在最为重要的位置。文学翻译也是一样，其目的和功能无疑操控着整个翻译活动的全过程。

关于文学翻译的功能主义观，诺德在其《目的性行为——析功能翻译理论》一书中做了详细的分析和描述，主要论及的关键词有：信息发出者或作者，意图，接收者，媒介，时间、地点与动机，信息，效果或功能。他认为文学翻译活动与文学创作存在着密不可分的关系。读者对文本及作者均寄予期待；文学文本描绘的并非"真实的世界"，而是建立在真实世界基础上的想象的世界，就是文学文本的表达功能重于指称功能；文学文本的读者必须具备文学阅读能力；时间、地点和动机对文学翻译非常重要，因为它们将影响到原文所携带的文化特征向译入语场景的转移。判断一个文本是否属于文学作品要看该文本是用怎样的方式来反映现实世界，反映的程度如何，同时读者又是如何做出相应的联想。

翻译是创作发挥某种功能的译语文本，它与其原语文本保持的联系将根据译文预期或所要求的功能得以具体化。翻译使得由于客观存在的语言文化障碍无法进行的交际行为得以顺利进行。文学翻译便是为了创作能发挥文学功能的译本，既然文学作品是作者创作的成果，那么文学译作同样应该是创作的成果，它应该再现原作的文学目的与文学功能；换言之，文学翻译的过程也是创造文学作品的过程，译者在此过程中起着积极的作用，并根据不同的语境因素，运用相应的表达方法，通过自己的重新创作，赋予译文相同的目的和功用。

（四）文学作品翻译的多视角性

文学翻译是不同文化作品之间的交流和意义的传达，文学翻译在中外文化交流中起着重要的作用，对中国社会文化的影响十分显著。

1. 文化思想方面

文学翻译对于催生新的社会文化思想大有裨益。文学翻译在给中国带来了新的文学体式和新的艺术手法的同时，还促进了中国文学理论的产生和发展。随着中国文学翻译事业愈发壮大，不同国家、不同语言、不同文化的作品大量译介为中国的文学创作提供了更宽广的视野和更丰富的资源。

2. 艺术表现形式方面

文学翻译所带来的大量的新颖的文学表现手法在中国文学中得到了广泛的运用。例如，文学翻译中通俗易懂的表现形式就给中国的散文带来了生机和活力。诗歌的风格也更加自由和通俗，表现形式更加多种多样。近现代的文学翻译更是推动了传统的文学形式的革新。例如，著名翻译家林纾翻译的《巴黎茶花女遗事》就完全打破了古典小说章回体的传统，提高了小说这一文学形式的地位，扩大了影响力。此外，徐志摩、闻一多、戴望舒等学者和诗人都翻译出版了很多外国诗人的名作，他们的文学理论以及文学表现形式都推动了中国新诗的形成和发展。一些现代的作家，如巴金、鲁迅、茅盾、冰心等都在他们理论的基础上创作了一些广为流传的名著，推动了中国新文学的发展进程。

3. 美学价值方面

在时代的进步和艺术的发展下，美学已经逐渐成为一个独立的艺术分支学科，它最主要的研究价值是关注美学本身，加强对自身价值的关注。艺术作品和文学作品本质上都是对美的诉求和期盼，美学的表现形式也是多彩多样的，例如残缺美、不对称美等，这些都是美学价值的表现形式之一。在英语文学翻译当中，一定要将美学价值渗透在翻译工作的本体当中，这样得出的翻译结果才能够被更多的人欣赏，也能够更好地表达英语文学作品的价值。美学价值这一概念明确地表达出了文学作品当中应当具有的美学追求，因此在整个翻译过程当中，必须要高度地还原其艺术价值和语言价值，才能最大限度地提高翻译质量。

对于英语文学而言，汉语和英语属于不同的语言体系，因此在阅读的过程当中，翻译者必须要熟悉这两种语言之间的转化，才能够正确地掌握英语作品的真实含义，正确地转述英语作品当中作者要表达的内容。除此之外，在翻译的过程当中，不能仅仅停留在对英语语言的直译水平上，更重要的是必须要不断改进翻译的技术，提升语言技巧，做到翻译过程的信、达、雅。换言之，不仅要正确地对英语作品进行翻译，还应当将原本的英语作品转化为符合汉语表达习惯的文字本体，不仅保留作品原作者真实的含义，还应当将文学作品当中的语言特色尽可能地还原出来，将英语文学作品当中的历史文化和风土人情展示在读者面前，不仅成功地保留原作者想表达的含义，还应当结合英语作品国家所在地的民族特征和历史风貌将英语作品的本体还原出来，在英文翻译的过程当中尽可能地体现出作品的美学价值和艺术特征。

（五）文学作品翻译的审美再现

1. 审美再现的基本过程

"审美再现"属于翻译审美活动中的一个环节。在文学作品翻译的过程中，审美再现首先需要译者从宏观上把握全文，采取一定的翻译策略，然后再开始逐字逐句地翻译。在此过程中，译者的任务主要包括三个：造句、成篇、选择用词和用语。在这三个任务中，最关键的要数造句，因为句子是翻译文学作品中的关键因素，只有将每一句话都翻译准确，才能将整篇内容联系到一起。此外，选择用词和用语则贯穿审美再现的整个过程。

（1）制定宏观翻译策略。在一定程度上，译者翻译的过程与作者创造的过程是类似的，在开始动笔翻译之前，译者需要有一个情绪上的"酝酿"。这种酝酿其实指的就是宏观翻译策略的制定。大致而言，译者在制定宏观翻译策略时需要重点考虑以下方面的内容。

第一，文体选择。文学作品所包含的文体种类是很多的，如小说、诗歌、散文等，译者在文体选择方面受制于原文的文体，换言之，原文采用的是哪种文体，译文一般也会采用这类文体，不可擅自更换。如将一首英文诗歌翻译成汉语，译者就需要首先确定译文也应该是诗歌的文体形式。

第二，选择译文的语言。中西方对应的语言分别是汉语与英语，但这两种语言又可以有很多种下属分类，如汉语中又包括方言、普通话，从时间上还可以分为现代汉语与古代汉语，这些因素都是译者在动笔翻译之前需要考虑到的。

第三，取舍篇章内容。这里暂且不考虑舍去篇章中某部分内容中所缺失的文化审美价值，但这种翻译方法确实是存在的。在某些特殊的情况下，如出版社要求译者仅翻译一部作品中的部分内容，根据国家图书出版法规或者涉及政治敏感问题需要删减部分内容等。

（2）造句。在翻译文学作品句子的过程中存在以下两类译者。

第一，以句子为划分单位的译者。以句子为划分单位的译者具有强烈的宏观、整体意识，十分注重作品整体意象的有效传达，甚至在有些时候还会牺牲一些词语与短语，以此保证整个句子能够表达顺畅、传神。这类译者之所以能够以句子作为划分单位，是因为他们在前期审美整合的过程中做出了非常大的努力。在审美整合的前期，原作品中的信息处于一种有机、系统、活跃的状态中，当进入审美再现的环节后，这些信息就可以随时随地被激活，在这种状态下译者就可以统筹全局、运筹帷幄，从整体上做出合理安排。

第二，以字、词为划分单位的译者。以字、词为划分单位的译者往往会逐字逐词地翻译，然后将翻译出来的内容堆砌到一起组成句子，通过这种方法译出的句子读起来往往十分拗口，带有强烈的翻译腔，所组合成的句子也不够和谐，自然更不用去考虑其所带来的审美价值了。对于这类译者，除了他所使用的翻译方法不当之处，更大的原因在于其并没有深入去思考与把握作品整体的审美取向。此时，译者从前期审美过程中所获取的信息处于一种无序的、零散的、杂乱的状态，译者自己的大脑中都没有从整体上形成审美信息，自然就不能从整体上传达文学作品中的意象了。

由上述内容可以看出，在翻译文学作品时译者应该以句子为划分单位，从整体上把握作品的艺术审美价值，进行全方位的思考。在这一环节中，译者还需要考虑到原作中的语言美、结构美、艺术美、形象美等，然后通过造句来体现出原文中的历史人文内容。在充分考虑这些方面的内容后，译者进行全面、深入地思考，然后找出各个点的最佳契合，在此基础上动笔翻译，充分再现原文句子中所体现的艺术美。

（3）组合成章。当译者将原文中的所有句子都翻译出来之后，就形成了一部完整的译文。然而，即便将每一句话都翻译得非常完美，但译文从整体上来看不一定就是完美的。对于一篇刚完成的译文而言，译者还需要处理好整体美与局部美的关系。具体而言，译者需要处理好以下方面的问题。

第一，检查译文的连贯性。为了准确对原文进行翻译，译者有时候会调整原文中句子的表达顺序，如将前后两个句子的表达进行颠倒等，因而在译文成篇以后就非常有必要从整体上检查一下译文的连贯性，主要包括三个方面：①译文句子与句子之间的连贯性；②译文段落与段落之间的连贯性；③译文中主句的意思是否被突出。

第二，检查译文的风格与原文是否一致。通常而言，译文的风格应该与原文保持一致。在检查整篇译文连贯性的基础上，译者还需要查看译文的风格与原文是否一致。如果原文品是一种简洁明快的风格，但译文从整体上看起来臃肿呆滞，那么译者就需要对译文进行调整，删除冗余的词语、啰唆之处，尽量保持译文的简洁与明快。

可见，在译文初步完成后，译者还需要经历一个调整和修改译文句子、字词等的过程。经过调整之后，译文不管是部分与部分之间，还是整体与部分之间，都会形成一个有机统一的整体，进而才能体现出语篇的整体美。

（4）选择用词与用语。选择用词与用语可以贯穿整个翻译过程的始终，这里再次提出该问题主要是为了突出该环节的重要性。译者在造句、组合成章的过程中都会遇到选择用词、用语的问题，而想要选择出对的、传神的字或词是非常不容易的一件事。对于译者而言，在选择用词、用语时通常需要注意五个方面：①原文中起画龙点睛作用的用词、用语；②原文中文化背景信息丰富的用词、用语；③原文中具有丰富含义的用词、用语；④原文中的用词、用语在译入语中找不到对应表达；⑤原文中使用专有名词的地方。

在修改、润色初稿时，为了保证译文表达方面的贴切与完美，译者可以站在读者的角度来阅读译文，通过读者的思维对译文进行思考与解读，看译文阅读起来是否顺畅，是否会产生歧义，是否符合译入语读者的表达习惯等。

2. 审美再现的影响因素

文学翻译中影响审美再现的因素主要包括以下三个方面。

（1）原文在审美上的结构以及作者在写作过程中的审美心理。译者在翻译过程中应该在这方面实现最大限度的顺应，充分尊重原文的审美结构与作者的审美心理。

（2）译入语读者的审美心理与标准。这方面因素同样对译文审美再现产生着一定的影响，不过其影响的大小要视情况而定。通常而言，译者在翻译时心中都存在假定的读者群，译文审美需要考虑该读者群的审美心理与标准。例如，我国著名翻译家傅东华在翻译《飘》时就对原文进行了删减，他认为文章中一些冗长的心理描写与分析和情节发展关系不大，并且阅读起来还会令读者产生厌倦，因而就将这部分内容删除了。可见，他就是在充分考虑读者审美心理的基础上对原文进行了有效处理。

（3）译者自身的审美心理与标准。作为翻译的主体，译者自身所具有的主观因素必然会影响到译文审美再现的效果。

上述三个因素影响着审美再现的效果，译者需要尽力协调好这三者之间的关系，找到最佳契合点，从而最大限度地再现原文的艺术美。

（六）文学作品翻译中的差异分析

文化因素在文学翻译中占有举足轻重的地位，正确地处理文学翻译中的文化差异对于提高翻译作品质量和促进各国之间的文化交流有着至关重要的作用。

随着全球经济、政治和科技的一体化，多元文化并存势在必行，文化在各国交流与往来中变得极为重要。受其影响，文化成为文学翻译作品中的一个重要因素。在今天的社会中，翻译已不再仅仅被看作是语言符号的转换，而被看作是一种跨文化交际的行为。翻译成为一种文化模式的转换。人们用"intercultural communication"（跨文化交际）、"intercultural cooperation"（跨文化合作）、"acculturation"（文化交融）等一系列术语来替代"翻译"。因此，怎样更加准确、恰如其分地处理文学翻译中的文化差异是创造完美翻译作品的要害。下面从以下不同的角度探讨尽量减少文化差异的翻译方法。

1. 体裁的差异

翻译实践是与翻译作品的文体紧紧相连的。不同文体的翻译作品有着各自独特的语言特征。只有在同时把握源语和目的语两种语言的特征且能熟练运用两种语言的情况下，译者才能创造出真实体现源语风格的翻译作品。作品语言风格的不同就意味着所蕴含的文化因素也各不相同。例如，就科技体裁的文章而言，其所承载的文化因素较少。在这类作品的翻译过程中，准确如实地将源语信息内容转化成目的语远远比对两种语言文化的转换要重要得多。相反，在文学体裁的作品中，如小说、诗歌、散文等，文化就成为翻译中应考虑的重要因素之一。假如忽略了文化因素，译作就只是由词汇和句子堆积起来的躯壳。在读者眼里，失去了文化的译作也是没有灵魂的作品。因此，优秀的译者在文学翻译实践中应充分考虑如何处理不同体裁作品中的文化差异。

在所有的文学作品中，诗歌是富含文化因素最多的一种文学体裁，无论是其形式或内容都充分展现了它自身的文化特性。例如，英语的十四行诗和汉语的七律诗都体现了各自浓厚的文化特色。在翻译实践中，除准确地再现诗的内涵、风格和原作者的思想外，还应译出诗的文化特色。许多翻译技巧，例如增补、注释、回译、替代等，都可以用来解决翻译中出现的文化差异现象，从而使目的语读者能够充分体会源语的文化风格。众所周知，汉语语言重视意合（Parataxis），而英语语言注重形合（Hypotaxis）。汉语意合的典型特征就是语言中有许多无主语句和不完整的句子，但是，在正常的英语语法中，句子必定有主语。因此，在英汉翻译中，可以通过增加或删减主语、宾语、关联词等来实现语言和篇章的连贯以及解决两种语言文化差异的矛盾。

例如，唐代诗人李白的《静夜诗》中的"床前明月光，疑是地上霜"可译成符合英语形合的特征，译者按照英语"主谓宾"（SVO）结构的语言模式，增加了主语"I"、关联词"if"和谓语动词"see"；译者采用诠释的方法，将"床前明月光"译成了"Abed, I see a silver light"。替代也是通常用来弥补文化差异的一种翻译技巧。例如，"众人拾柴火焰高"可译作"Many hands make light work"。这里，译者根据英语读者的文化习惯用"众人干活活不累"替代了"众人拾柴火焰高"。再如，"胆小如鼠"被译作"as timid as a rabbit"。当汉语转换成英语后，"兔子"代替了"老鼠"，因为英语国家的读者在他们的文化氛围中认为"兔子最温顺"，而不理解"胆小如鼠"。其他类似的例子还有：如鱼得水 like a duck to water；多如牛毛 as plentiful as blackberries；一箭之遥 at a stone's throw；水中捞月 to fish in the air；身壮如牛 as strong as a horse。

翻译之前，认真研究文学作品的体裁和语言特征是处理文化差异的一个要害。译者应根据英汉两种语言的特征，采用增加、注解、替代等不同方法尽量减少英汉两种语言之间的文化差升。

2. 动态对等的差异

为使源语和目的语之间的转换有一个标准，减少差异，从语言学的角度出发，根据翻译的本质，可以提出了闻名的"动态对等"翻译理论，即"功能对等"，这一理论指出"翻译是用最恰当、自然和对等的语言从语义到文体再现源语的信息"。有关翻译的定义指明翻译不仅是词汇意义上的对等还包括语义、风格和文体的对等，翻译传达的信息既有表层词汇信息也有深层的文化信息。"动态对等"中的对等包括四个方面：①词汇对等；②句法对等；③篇章对等；④文体对等。在这四个方面中，意义是最重要的，形式次之。形式很可能掩藏源语的文化意义并阻碍文化交流。因此，在文学翻译中，译者应以动态对等的四个方面作为翻译的原则准确地在目的语中再现源语的文化内涵。

为了准确地再现源语文化和消除文化差异，译者可以遵循三个步骤：第一，努力创造出既符合原文语义又体现原文文化特色的译作。然而，两种语言代表着两种完全不同的文化，文化可能有类似的因素，但不可能完全相同。因此，完全展现原文文化内涵的完美的翻译作品是不可能存在的，译者只能最大限度地再现源语文化。第二，假如意义和文化不能同时兼顾，译者只有舍弃形式对等，通过在译文中改变原文的形式达到再现原文语义和文化的目的。例如，英语谚语 "white as snow" 翻译成汉语可以是字面意义上的"白如雪"。但是，中国南方几乎全年无雪，在他们的文化背景知识中，没有"雪"的概念，无法理解雪的含义。在译文中，译者可以通过改变词汇的形式来消除文化上的差异。因此，这个谚语在汉语中可以译作"白如蘑菇""白如白鹭毛"。再如，英语成语 "spring up like mushroom" 中 "mushroom" 原意为"蘑菇"，但译为汉语多为"雨后春笋"，而不是"雨后蘑菇"，因为在中国文化中，人们更为熟悉的成语和理解的意象是"雨后春笋"。第三，假如形式的改变仍然不足以表达原文的语义和文化，可以采用"重创"这一翻译技巧来解决文化差异，使源语和目的语达到意义上的对等。"重创"是指将源语的深层结构转换成目的语的表层结构，也就是将源语文章的文化内涵用译语的词汇来阐述和说明。

例如：He thinks by infection, catching an opinion like a cold.

译文：人家怎么想他就怎么想，就像人家得了伤风，他就染上感冒。

在此句的英文原文中，原文的内涵并不是靠词汇的表面意义表达出来的，而是隐藏在字里行间里。

因此，如按照英汉两种语言字面上的对等来翻译，原句译为"他靠传染来思维，像感冒一样获得思想"，这样，原文的真正意义就无法清楚地表达。事实上，在汉语中很难找到一个完全与英文对等的句型来表达同样的内涵。于是，译者将源语的深层结构转换成目的语的表层结构，即用目的语中相应的词汇直接说明、解释原文的内涵，以使译文读者更易接受译作。

根据翻译理论，文化差异的处理是与从语义到文体将源语再现于目的语紧密相连的。只有当译文从语言形式到文化内涵都再现了源语的风格和精神时，译作才能被称作是优秀的作品。

3. 创造性叛逆的差异

在文学翻译中，译者经常思考究竟是按照源语规范直接翻译源语文本，还是依照目的语规范再创源语文本使其更像目的语的文本，更能为目的语读者接受。事实上，创造性本质蕴藏于任何文学翻译作品中。在某种程度上，翻译作品不仅仅是源语文本的再现，而且与源语文本相比较是一种再创造。创造性叛逆是一个与文化差异处理直接相关的术语。正是由于它的存在和使用，出现了许多超过原作的优秀的翻译作品。例如，诗人惠特曼认为弗雷里格拉（Freiligrath）翻译的德语版的《草叶集》远远地胜过他自己的原作。

创造性叛逆广泛存在于文学翻译中，它具有以下两方面的目的。

（1）满足目的语读者的文化思维和习惯并使他们较容易地接受译作。例如，法国小说家巴尔扎克的小说 *La Cousine Bette* 和 *Le Pere Goriot* 直译为汉语应是《表妹贝德》或《堂妹贝德》以及《高里奥大伯》，但是为了缩短目的语读者和原作之间的距离，翻译家傅里根据人物性格特征和作品独特的背景将这两部作品译为更符合中国读者习惯的《贝姨》和《高老头》。傅雷的翻译在中国读者中广为流传以至原作的法语标题渐渐为人们所淡忘。

（2）用强行的方式向目的语读者介绍源语，包括源语的语言和文化知识。例如，在翻译 T. S. 艾略特《J. 阿尔弗雷德·普鲁弗洛克的情歌》中的："Should I, after tea and cakes and ices, have the strength to force the moment to it crisis!" 时，译者为了向中国读者介绍欧化句型，将其译为："是否我，在用过茶，糕点和冰食以后有魄力把这一刻推到紧要关头"。从中国读者的角度出发，这个翻译的句子无论是从意义还是从句型结构而言，都与他们所能接受的文化相差甚远。但译者使用创造性叛逆的手法再现了源语的风格和内涵。

创造性叛逆的使用为解决许多文化差异上的矛盾和问题提供了一种新的思维方向。然而，在文学翻译中，值得注意的是创造性叛逆绝对不能毫无止境、不经思索的乱用。在使用创造性叛逆之前，译者首先还应遵循一定的翻译标准或原则，例如严复的信、达、雅，奈达的动态对等，钱钟书的"化"等；其次，在处理一些特殊的富含文化底蕴的意象时，用创造性叛逆来满足目的语读者的需要或推介源语概念。另外，译者应记住滥用创造性叛逆会导致对读者毫无益处的"坏译""误译"或"错译"。

从以上分析可以得出，文化是文学翻译中极为重要的因素之一，如何处理源语和目的语之间的文化差异直接影响翻译质量和效果。只要译作能够生动、全面的再现源语作品并为目的语读者接受，处理文化差异的方法就是合理的、恰当的且值得在文学翻译领域内宣传和传播。

（七）翻译中文学作品语言的处理

1. 文学语言处理原则

（1）忠实原则。英语翻译中的忠实原则，就是严复提出的"信、达、雅"翻译三原则中的"信"的原则。在古今中外的翻译活动中，"忠实性"始终成为人们关注的焦点。翻译理论家或者翻译家，无论中西，都遵循着"忠实性"的原则。因此，忠实性原则在翻译中起着举足轻重的作用。

第一，功能的忠实性。功能的忠实性就是要使译文忠实于原文，关键要在功能上忠实于原文，即原文具有怎样的功能，译作也尽量具有这种功能。语言有六种功能：①表情功能，表达信息源（作者、说话者）的思想感情；②信息功能，反映语言以外的现实世界；③祈使功能，使读者去感受、思索、行动，换言之，它使读者做出文本所期望的反应；④美感功能，使感官愉悦；⑤应酬功能，使交际者之间保持接触，也反映交际者之间的关系；⑥源语音功能，指语言解释或命名自身特点的功能。因此，译者在翻译时，就必须挖掘原文，弄清其具有的功能，使自己的译文也能够如同原文一样，忠实地传达出原文的功能，使译文读者读译文时的感受与原文读者大致相同。

例如：中国人见面常用的客套话和寒暄语是"吃了吗"或"上哪去"，说话者真正的目的并不是想要问对方到底吃过饭没有或者是想知道他想去的地方，而是用这样的客套话来展开双方之间的交谈，实际上起着一种应酬功能的作用。因此我们就会翻译成打招呼的形式，例如，Hi/Hello, How are you? 或者 Good morning/afternoon/evening，等等。如果翻译成了 Have you had your meal? 或者 Where are you going? 从表面上看来是忠实于原文，但是实际上却失去了其应有的功能忠实与意义忠实。

第二，文体的忠实性。不同文体对于忠实性的要求其含义是不同的。如在科技翻译中，忠实性是指译文完全准确再现原文的意思，而在文学翻译中，忠实性是指译文除了要准确再现原文的意思，还要再现原文的风格（包括修辞、选词、造句、韵律等）。

一是准确性是科技翻译的核心。由于科技英语所表述的是客观规律，而且科技文章要求行文简练，结构紧凑，因此在翻译科技文章时，译者必须尽量使译文与原文保持风格一致，不可随心所欲。

例如：Just what is fever? Simply defined, it's a state in which your body temperature has risen abnormally. 如果把 your（你的）翻译出来，就把科技文章的风格给破坏了。因为这个定义不论对于谁，都是具有普遍性的，因此，可把 your 一词删掉不译。全句可译为：什么是发热？简言之，就是体温不正常上升的情况。

二是再现原作风格。再现原作风格是文学翻译的精髓文学翻译中，译者不仅要再现原作的思想而且要再现原作的风格。要使译作读者像原作读者一样受到感染，得到美的享受，译者要用符合译语表达习惯的自然的语言完全再现原作。如在丁尼生的一首小诗歌中的前几句。

例如：Sweet and low，sweet and low，Wind of the western sea；Low，low，breathe and blow，wind of the western sea.

译文：西边海上的风啊，你多么轻柔，多么安详；西边海上的风啊，你轻轻地吹吧，轻轻地唱。

在原文中，诗人多运用反复、联珠和头韵等修辞格，因此在翻译的时候就不仅仅是单纯的翻译了，而是要再现原文所展现的形、意、音美。上述译文就很好地展现了这一点，不仅再现了原文的风格，而且读起来朗朗上口。

但是，在应用文的翻译中，原文如果是正式问题，那么就要转译成译语中的相应格式。例如翻译以下请柬：

刘先生及夫人：

谨定于 2023 年 3 月 2 日星期二晚 7 时举行晚宴，敬请刘先生及夫人光临。

地址：武汉市武汉路 20 号

请回复。

邀请人：王林

邀请时间：2023 年 2 月 26 日

译文 1：

Feb. 26，2023

Dear Mr. and Mrs. Liu，This is to invite you to the dinner party on Tuesday，March 2，2023 at 7：00 p. m.

Looking forward to your coming.

Address：20 Wuhan Road，Wuhan

R. S. V. P.

Sincerely yours，WangLin

译文 1 是非正式文体，因此仅传达了原文的意思，而没有兼顾其文体，对于请柬来说就显得过于随便，与需要请别人赴宴的那种恭敬背道而驰。

译文 2：

Mr. Wang Lin

Request the pleasure of the company of Mr. and Mrs. Liu

At dinner on Tuesday, March 2, 2023 at 7：00 p. m. at 20 Wuhan Road, Wuhan

R. S. V. P.

译文 2 是正式请帖，符合译语应用文所要求的固定格式。

需要注意的是，虽然我们强调翻译的忠实性，但是由于不同语言具有各自特点及文化的差异，有时很难做到内容与形式的统一。因此，判断译文是否忠实，还需根据外文及译语的习惯，联系上下文，从整体上看它是否正确地表达了原作的内容和风格。我们既要强调译文的流畅性，又要强调译文必须忠实于原文。所以，在翻译实践过程中，要有推敲琢磨、一丝不苟的精神，力求使译文不仅忠实而且传神，以保存原作的"丰姿"和风格，这就是翻译忠实性原则的具体体现。

（2）流畅通顺原则。在做到了"信"这一步之后更高的要求就是"达"。所谓译文流畅通顺原则，就是"达"的原则。"达"主要是指语言通顺易懂、符合规范。译文必须是明白通畅的现代语言，没有逐词死译、硬译的现象；没有语言晦涩、拗口的现象；没有文理不通、结构混乱、逻辑不清的现象。要做到通顺，就必须把英语原文翻译成合乎汉语规范的汉语，译文必须是明白通畅的现代汉语。

例如：His addition completed the list.

有些译者将该句翻译成"他的加入结束了名单"或"他的加入完成了名单"，这样的翻译尽管可以使读者勉强看懂，但总使人有别扭之感，不像是地道的汉语，根本就不符合汉语的表达习惯。关于上句，我们不妨把它翻译为"把他添上，名单（上的人）就全了"。

译文不通顺，问题往往出在语言逻辑转换上。换言之，英语句子结构和中文句子结构是不同的。例如，一个单词在句子中位置不同可以导致句子意思大相径庭。因此，针对"通顺"这一标准，本节将着重从英汉两种语言的语序和定语的位置这两方面进行对比。

第一，英汉语序的特点。"英汉两种语言的语序各有特点。英语注重主语，汉语注重主题"①。英语句子结构较严密，汉语句法结构比较松散。英语中多长句、从句，而无主句很少。汉语中多单句、短句无主句较多。因此，可以酌情把英语的长句和从句拆成汉语的短句、单句。

例 1：Social science is that branch of Intellectual enquiry which seeks to study humans and

---

① 郝彦桦，李媛. 当代英语翻译与文学语言研究［M］. 成都：电子科技大学出版社，2017：71.

their endeavors in the same reasoned orderly, systematic and dispassionate manner that natural scientists use for the study of natural phenomena.

译文：社会科学是知识探索的一个分支。它力图像自然科学家研究自然现象那样，用理性、有序、系统和冷静的方式研究人类及其行为。

该句是用两个定语从句连接起来的长句。我们可以参照原句的句型，把该句翻译成一个环环相套的汉语长句。原译"社会科学是一个力图像自然科学家用理性、有序、系统和冷静的方式研究自然现象那样研究人类及其行为的知识探索的分支"。虽然这句翻译完全符合原句的逻辑，但读上去非常拗口，因为它不具有汉语句子简短、精练的特点。我们可以把句子化整为零。

例 2：In general the tests work most effectively when the qualities to be measured can be most precisely defined and least effectively when what is to be measured or predicted cannot be well defined.

译文：一般而言，如果能够精确界定待测特性，测试最为有效。如果不能明确界定有待测定或预测的目标，测试效果最差。

我们可以根据两个 when 把原句拆分为两句来翻译。

第二，定语的位置。英语中单词作定语时，通常放在它所修饰的名词前面，汉语中定语的位置也大体如此。有时英语中也有后置的，但在汉语里一般都前置。如果英文句子中名词前的定语过多，汉语译文则采取定语后置的方法。较长的定语从句可以另起一句，单独译出。有时，在译文中可以把同位语当作定语译出。

例 1：He is a goal oriented person.

译文：他是一个有追求的人。

例 2：The desire that men feel to increase their income is quite as much a desire for success as for the extra comforts that a higher income can obtain.

译文：人们希望增加收入的愿望，同他们希望获得成功、希望高收入能带来特别舒适的愿望非常相似。

（3）语言美感原则。"信""达""雅"三个标准从易到难，而"雅"就是翻译的最高要求和最高境界，也就是在语言流畅的基础上同时照顾到语言的美感。在翻译的过程中为了达到"雅"的标准，务必注意以下方面。

第一，透彻理解之后再着手表达，否则表达的结果会令人不解。

第二，切忌在翻译时把汉语和英语对号入座，逐字逐句的对号入座的结果往往是翻译不通的。

第三，切忌擅自增减词意，增减意义与翻译技巧中经常提到的增词法与减词法不是一回事。

要实现英语翻译的语言美感，就要大家将直译过来的汉语意群再加工，选用的词汇要准确，句子结构要符合我们的表达习惯。在准确理解画线部分英语句子的含义后，如何用通顺优美的汉语将其表达出来是关键。表达是理解的结果，是把已经理解了的原作内容选择适当的译文重新表达出来。由于两种语言存在着语言、语法以及表达方式上的差异，所以在翻译的时候必须做相应的调整和改变，使我们的读者阅读译文时感到自然流畅，体会到语言的美感。

但是在英语翻译中一味求雅，可能会导致两个问题：一是伤害原文的意义和风格；二是损害译文本身的表达和风格统一，还可能影响译文本身的表达和通畅。

关于过度"高雅化"，有两个"陷阱"需要特别提到。一是所谓"四字格"，用得好固然出彩，用不好只会出问题。在"walled iy"前加上"高墙环卫、固若金汤"、在"Lincoln"前面加上"出身卑微、躬耕陇亩"，算不得高雅，只能算英语翻译"四字格强迫症"。二是文言文。用文言文翻译培根，倒也贴切，但用来翻译现代英语，还需慎重，不能过于求雅。其实白话文经过百余年的发展，已经成熟，如果使用得好，同样可以清晰流畅、简洁有力，甚至也可以达到优秀文言文的音乐美。

（4）时代性原则。译者在翻译文学作品的过程中以译文读者的主观能动性和接受能力为重心。而不同时代的译文的读者由于社会背景、文化修养、审美情趣等各不相同，对译本的要求也不尽相同，这就要求译者在翻译的过程中充分考虑译文读者的这些关于文化的、审美的、语言的、政治的、经验的等带有历史性和主观性的期待视野，从而满足那一特定时代读者对翻译作品的需求，使文学作品传达出其应有的文化和艺术魅力。文学作品的翻译需要具有时代适应性，这又需要我们从两个层面上去深入理解和探讨。

一方面，文学作品本身具有时代性。文学作品源于一定时代的生活，反映一定时代的生活。作家的阅历、素养、情趣及其在文学语言中的反映都是一定时代的产物，他既无法超越，也无法落后于所生活的时代。所以说，语言的时代风格，是同一民族的人们在同一个历史时代运用语言的各种特点的综合表现。同一民族的同一时代的人们，由于共处在相同的时代条件下，在语言运用上受着相同的社会环境的制约，往往有许多相同或相近的特点，表现出相同的时代风格；不同时代的人们在社会政治、经济生活、思想文化等方面都有差异，这些差异反映到语言应用上，便会呈现出不同的时代风格。

另一方面，文学译品也具有时代风格。翻译史证明，伟大的文学作品在每一个时代都有每一个时代的译本。这是因为每一个时代都有它对伟大的文学作品的理解，都要求伟大的文学作品为自己的时代服务。为了传达好原作风格，译者必须深入了解作者所处的时代，对作品做透彻的理解；但是仅仅做到这点还不够，翻译还需要注重效果，即不能不顾读者对象和时代需要。因此，风格的翻译必须是辩证的。换言之，译者不能一味追求原作风格，一味追求与原文的适应性，而不顾时代的发展与变化。诚然，译者应当尽力保证译文对原文的适应性，但是必须看到，时代是发展的，语言的交流效果也是发展的。

所以，我们的原则是，我们的文学译品一般要采用现代语言，原文中对当代人来说是古文的东西，可以译得古色古香；对当代人来说是通俗文字的东西，可以译得通俗些。在文学作品的翻译中，正是由于时代的变迁、文化背景的差异等种种客观因素造成了译文读者对同一问题的不同的期待，才使得翻译必须具有时代适应性。译文读者千差万别，他们有着各自的期待视野与审美要求，而且随着时间的变化、体验的加深及时代的变迁，读者对同一部作品的理解也会发生变化。他们对译语的审美层次会不断提高，形成"视野的变化"。

翻译的最终目的是给读者阅读，因此，译者必须要考虑现实读者群体的接受水平。一部译作，如果语言陈旧，没有时代气息，不符合读者的审美习惯，就必然会被淘汰，一种新的译本就必然应运而生。而随着时代的发展，各种新思潮、新文化的涌入，人们的认识水平和文化素养也逐步得到提高，这一变化也正是反映了不同时代的人们对译作的期待视野是随着时代的发展，社会的进步而不断变化着的，作为译者，我们所关注的是如何满足广大读者不断变化了的期待视野，使翻译的作品适合当下读者的文化期许和审美情趣。

总而言之，在翻译实践中，任何理解和解释都依赖于译者的前理解。因此，译文语言也就不可避免地留下译者前理解的印记，反映当时所处年代的语言和社会文化环境特征。前见作为历史的存在物具有历史性，理解具有历史性，因此，作为理解的实现方式语言也具有历史性。译文语言不仅体现了语言本身的演变，而且也反映了社会生活的变迁、民族文化的发展和翻译思想的转变。

2. 文学的双关语处理

（1）双关语译为相同的双关语。翻译基本上是一种语言转换活动，但又不是一项纯粹的语言转换活动，因为语言作为文化的载体，往往带有一定的文化特色。双关语虽然是各民族都普遍使用的修辞格，但它具有浓厚强烈的民族色彩，是很难翻译成别种语言的。在双关语的翻译中，如果能够既传达原文的内容，又保存原文的形式和文化特色，内容形式浑然一体，形神俱备，当然是最好的。英汉语言中带有共同认知特征的比喻型双关语往往相对容易，一些其他类型的双关语在翻译实践中也不乏成功的例子。具体如下：

例 1： Perhaps from some vague rumour of his college honours, which had been whispered abroad on his first arrival, perhaps because he was an unmarried, unencumbered gentleman, he had been called the bachelor.

译文： 也许是因为他初来时大家交头接耳传他在大学里有过学位，也许是因为他是一位没有结婚、无拘无束的绅士，他便被称为光棍学士。

例2：That home is home though it is never so homely.

译文：家虽不佳也是家。

例1中用"光棍"和"学士"并列来翻译原文中同音同形异义双关，也与原文对应。例2巧妙地利用了汉语中"家""佳"谐音，正好与原文相对应。

（2）双关语译为不同的双关语。双关语翻译如果能够形神俱备，自然是完美的，但双关语不论是何种类型，表达的都是两重甚至是多重的意义。翻译者如果通过变通，或对原来的语言形式进行调整，或兼之以情境内容的改变，或兼之以稍嫌牵强的措辞，以不同的双关语翻译或改译双关语，尽可能求得神似。虽然得意而变形，但与原文基本上功能对等，也仍不失为上策。换言之，双关语的翻译不能破坏原文的主题思想和文化内涵。

例1：You see the earth takes twenty-four hours to turn round on its axis.

译文：要知道地球绕轴转一圈要用 24 个小时。

例2："Talking of axes," said the Duchess. "Chop off her head！"

译文："说什么头，"公爵夫人说，"把她的头砍掉！"

上述例子中 axis（轴）和 axes（斧头）为同音异形异义双关语，在难以对应的情况下，译文对形式作了局部调整，使用"钟头""头"与原文表达基本相同的效果。

（3）双关语译为类双关语。如果没有可能完整复制原文音、义、形特点，也可努力以相近的语义或形式将双关语译为类双关语。这种方法多用于利用多义手段构成的双关语。通常的做法有两个方面：一是在基本达意的前提下，借助各种各样的带有文字性质的修辞手段，如重复、头韵、双声、押韵、对照、对偶等，尽可能保留或再现原文双关语的音形效果；二是借助比喻手段、同义词手段等，尽可能在双关的两重或多重意义之间找到某种关联。

例1：Julia, best sing it to the tune of—Light of Love.

译文：朱丽娅，可你要唱就按爱的清光那个调子去唱吧。

例2：Lucetta：lt is too heavy for so light a tune.（The Two Gentlemen of Verona）

译文：露西塔：这个歌儿太沉重了，和轻狂的调子不配。

上例中译者主要借助谐音"清光"与"轻狂"基本将原文中的同音同形异义词双关语移植过来。

（4）双关语译为非双关语。在很多情况下，由于双关语的意义相互关联不大甚至毫不相干，在汉语中更难找到对应表达方法或在它们之间找到某种关联。常见的处理方法，或是抛开原文语音特征，以非双关语形式复制原文双关语的一层或两层意义，或是采取加注释的方法，或是采取综合的方法。例如：

例 1：Seven days without water makes one weak/week.

七天不喝水让人变虚弱。

不折不扣的七天构成一星期。

without water 是多义词组（"没有水"和"不折不扣"），make 为多义动词（"让"和"构成"），one 兼不定代词（一个人）和数词（一），weak 和 week 为同音异形异义词。

上例则是采取了注释的方法。若原文语言形式重点不是表达某种思想意义或文化内涵，而是通过语音手段强调戏谑、幽默等效果，如儿歌、童谣、文字游戏、谐趣诗、绕口令、歌词等。译文常用牺牲语义或牺牲部分语义而取音韵效果的方法。

（5）非双关语译为双关语。非双关语译为双关语即在翻译一段不含双关语的文字的原文时，译者自己创造双关语。不过，很多人认为，这并非翻译工作的任务。然而，这种方法并不陌生，在商业广告翻译中，不论是英译汉还是汉译英，译者或厂家往往挖空心思，尽可能使译文既保留其与原文接近的读音，选择能够激起人们情感或消费欲望的褒义词。徐振忠将这种方法称为谐音双关法。例如：

Coca-Cola 可口可乐（饮料）

Pepsi Cola 百事可乐（饮料）

Parliament 百乐门（香烟）

Mild Seven 万事发（香烟）

Decis 敌杀死（农药）

Saturn 杀草丹（除草剂）

Benz 奔驰（汽车）

Goldlion 金利来（服饰）

Rolex 劳力士（手表）

Maxam 美加净（化妆品）

Arche 雅倩（化妆品）

Giant 捷安特（自行车）

Contac 康泰克（药品）

在翻译实践中，也有对双关语删除不译，或者将双关语原封不动照搬到译文中然后加注解的，或综合运用以上手段的，在此不做赘述。从根本上说，英语双关语的翻译在很大程度上取决于创造，取决于对英汉语言中双关语本身的结构特点的了解，更取决于译者对汉语的驾驭能力、翻译技巧和翻译经验的积累。

（八）文学作品翻译的价值研究

1. 小说翻译及其价值体现

不同的文本类型，译者寻觅的着力点全然不同。对于信息型文本，信息的传递自然成为翻译之重，语言表达只求准确、规范、易懂。对于表达型文本，如小说，译者必须尽量在忠实于原文的基础上使其译文通顺连贯、语言优美，同时展现原文的风格。即翻译小说时，译者需依循源语文本的类型及特点开展翻译工作，以达到林语堂之"忠实、通顺、达美"标准：既忠实于原文，又符合汉语表达习惯，还不失原文的风采。基于英汉两种语言的多重差异，译者通常会采用词性转换、视角转移这两种基本的翻译方法，以巧妙地缩小这些差异，减少"翻译腔"，从而翻译出高质量的译文。

（1）小说翻译的词性转换。"英语属印欧语系，汉语属汉藏语系，两种语言在词汇、语法与语序上均存在极大差异，词语结构对应翻译不仅不可能，而且会使译文生硬僵化"[1]。因此，翻译时应在准确理解原文的基础上选择恰当的表达方式，适当进行词类转换，使译文流畅自然。

例1： When to the third knocking there was still no answer, he gently opened the door.

译文： 敲了三下，还是无人应答后，他轻轻推开房门。

原文中的名词"knocking"与"answer"分别被译为"敲"与"应答"。英语是静态语言，以名词为核心；汉语是动态语言，以动词为核心。英汉语言的这种差异使译者汉译时往往不能将原文的词类对号入座，只有适当进行词类转换，才符合汉语的表达习惯，增强译文的可读性。"knocking"是由其动词"knock"派生而来的名词，而"answer"在这里是个具有动作意义的名词。若不进行词类转换，则不符合汉语的行文习惯，也无法凸显这两个词的动作意义。

例2： Gerald noticed that a leaf of die screen had been folded back, revealing a small cretonne—covered chair, with an openthe flip book downward in its seat.

译文： 格兰德注意到那个屏风被人折回去了一扇，露出一把小椅子，印花棉座垫上扣着一本打开的翻页书。

原文中的副词"downward"被转译为动词"扣着"。"downward"是个副词，表示"向下"的一种状态。本例中，译者将其巧妙地处理为具有动作意义的词——"扣着"，"扣"这个动词形象贴切地描述了"向下"这个动作，"着"这个助词又补充表明了一种持续的状态。这样的译文简而有力，丝毫没有意义的缺失。

---

① 张云霞. 小说翻译的两大基本技巧 [J]. 开封文化艺术职业学院学报，2020，40（6）：43.

（2）小说翻译的视角转移。语言是多角度的，在翻译中，译者可以从多角度、多方面看待并思考问题。遇到难题或深陷僵局时，译者不妨换个角度思考，从主体、空间、时间及正反视角看待翻译问题，或许就能"柳暗花明"，绝处逢生。

例 1："Where's the Bell?"

Gerald had found the hotel in a reference book.

译文："贝尔酒店在哪里？"

贝尔酒店是格兰德在一本旅游手册中找到的。

本例属于主体视角的转移。就"主体"与"客体"而言，汉语注重主体思维，倾向于选择人或其他有生命的生命体做主语；而英语注重客体思维，主语既可以是生命体，也可以是无生命体，如抽象概念。但是在本例中，译者反其道而行之。通过主体视角的转移，译者将原文中的人称主语"Gerald"处理为译文中的宾语，而将宾语"the hotel"处理为译文中的主语"贝尔酒店"，这是译者考虑上下文联系紧密程度的结果。

例 2：As soon as they entered the town, the big bell began to boom regularly.

译文：他们刚出站，就听见大钟"当—当"地响起。

本例属于空间视角的转移。空间视角与方向密切相关，即前后、左右、上下、内外等。原文中的动词"enter"表示"进入"，词组"enter the town"指"进入这个小镇"。汉译时，动词词组"enter the town"被译为"出站"，这是采用了空间视角转移的翻译方法，主要出于对原文与上文的衔接性的考虑。

与其他翻译文本不同，小说翻译需要译者在实现忠实与通顺的基础上，对小说的人物性格、韵律节奏、词语美俗等尽心研究，使之切合汉语的习惯表达与标准，且尽量传达出原作的文化特征与语言特色。这无疑给诸多译者带来了极大挑战。但是词性转换与视角转移等恰当的翻译技巧可以帮助译者从容应对这些挑战，完成高质量的译文。

2. 散文翻译及其美学价值

"散文是指以叙述或描写为主的表达真实情感的文学体裁，具有语言灵活、题材广泛、篇幅短小、情感丰富等特点"[1]。散文是一种语言形式，与传统诗歌的韵律结构不同，一般而言，散文是一种超越诗歌、小说等文学的文本形式，包括回忆录、传记等。散文的精髓是"形式自由，思想集中"，作者可以用自然的、口语化的语言，通过叙述、描写和论证的方式表达自己的情感。散文的优点是它可以像小说一样生动，像诗歌一样自由，像辩论一样尖锐。

对大部分人而言，只有在欣赏诗歌的时候，意境才会出现在他们的脑海里。其实意境

---

① 杨丹. 翻译美学理论视角下的散文英译 [J]. 散文百家（理论），2022（3）：89.

也是散文的一部分，尤其是抒情式散文。中国古典山水诗中很多都是运用直抒胸臆的手法来营造意境，而散文中，作者也可以将自己的主观情感传递到客观的场景中，或是将场景与情感进行融合以表达自己的思想感情。因此，客观的景物不再是平常的景物，而是充满了主观的感觉，这就是所谓的意象。在散文中，当客观事物进入作者的眼睛里，就会被作者赋予主观的意象，从而营造不同的意境。意境在散文中占有很高的地位，散文在营造意境方面与诗歌有一点不同，那就是文本的长度。散文不需要压缩文字来隐含真实的情感，可以用多个层次来营造意境。翻译美学理论视角下的散文英译分析具体如下。

（1）散文翻译的音韵之美。译者需要注重翻译的音韵审美，在翻译过程中，译者不仅要关注原文的情感和内容的表达，更要关注原文的韵律之美。通过幽默的语言表达作者的思想，可以吸引读者的阅读兴趣。同时根据散文的特点，译者必须关注散文的情感体现，注意作者的文本风格。在一定程度上，作者的写作风格是由其意识形态、经历决定的。因此，翻译者要尽力体现作者的写作风格和特色，使读者真正领会到作者要表达的思想感情，从而展现散文的音韵之美。

（2）散文翻译的意境之美。意境阐释是散文翻译中的一个至关重要的环节。译者是读者和散文作者之间的媒介，因此译者要做好充分的准备，理解原文的真实意义，重构作品的意境，使读者可以更好地理解作品。在这一过程中，译者可以将独立的意象与词句组合在一起，构成散文的意境，以满足读者的期待视野。而理解意境的最好方法就是了解散文中的审美成分，这对意境的重构有很大的帮助。根据接受美学理论，译者必须保持期待视野，他的主观观点不能被客观事物的描述所左右，译者应通过理性而客观的方式来实现散文的翻译。同时译者要把握作者的背景、生平、生活经历以及作者写作散文的目的，从而根据自己的经验和预见性对作品的意境进行重构。此时，译者有权选择哪些词语可以忽略，哪些信息应该更详细，以便于读者阅读和理解。在这一过程中，不必逐字逐句翻译，只要能与原文的韵味相对应，有效地传递原文的意境，满足读者的视野期望，亦可实现翻译的美学效果。

（3）散文翻译的遣词之美。在文学翻译中，文化因素与文学翻译密切相关。由于汉语和英语属于两个不同的语系，所以句子结构、表达方式和思维方式都不同。翻译过程是在做跨文化的交流。译者在翻译过程中，要了解作者的艺术风格，从而掌握作者的语言特点，保持原作的韵味。由于在两种语言中没有完全对等的翻译，这就增加了翻译者在目标语言中找到准确词汇或术语的难度。同时散文对于词语的选择也非常考究，译者要注重合理选择译文的词汇，使翻译的作品富有表现力和生命力，从而展现散文的美感。因此，在进行翻译时，对于译者来说，要时刻注意文化差异，根据东西方思维方式的不同，可以将翻译思想分为几个不同的方面。例如，中国人把世界看成是人与自然的和谐融合，以主观的方式学习事物。相反，西方人偏向理性思维，他们认为人与自然是绝对分离的，以客观的方式分析事物；与此同时，中国人特别注重建立在头脑中的具体形象，而西方人更喜欢抽象思维。因此在翻译的过程中，译者要考虑文化的差异和特征，在翻译英文时要偏重逻辑分析，其作品中的描写要更趋向于客观，充分利用充满意境的汉语，在英语的句子结构中营造美感。

（4）散文翻译的句式之美。翻译过程中审美的差异主要体现在文化的差异与共通性、译者的主观性与翻译的客观性等方面。每个人的审美观念都不一样，不同的人对散文中的意象有不同的看法。而且，即使是同一个人对同一个意象的理解也可能因为时间、条件等因素而呈现出一定的差异。因此，译者应基于自己审美经验、审美认知、教育背景和审美意识，合理调整翻译方法和句子结构，运用句式之美使译文的读者充分体会作者的情感，从而实现视域的融合。

散文的英译对翻译人员有三个基本要求。译者要对原文进行全面的理解，即从语言和文化层面进行理解。为了再现原文的特色，译者应做到以下三点：首先，不仅要掌握双语，还要掌握双语文化，能做到字里行间再现文化的韵味，只有拥有这些技巧才能将原文原汁原味地翻译出来；其次，在主观层面上译者的思想应与原作者保持一致，因为作品中的形象和意境都是原作者创造的。译者越了解作者，对翻译的把握就越好；最后，译者应该努力了解作者的真实思想和情感，同时译者需要提高自己的审美认知能力，因为他们的审美认知水平越高，对原文的理解就越深刻，翻译的质量也就越高，从而合理揭示出散文的意境，翻译出理想的作品。

综上所述，译者要想做好散文的英译，就要合理诠释散文的意境。意境在散文中占有很高的地位，可以填补读者在阅读时的"空白"与"期待视界"，从而实现与作者心灵上的交流。对于译者来说，他们是原文的第一读者，要想体现翻译的美学，首先要熟练掌握双语及其文化，通过合理的翻译手法和技巧，结合自己的思想和经验，做到字里行间再现文化的韵味，将原文原汁原味地翻译出来。此外译者也要努力了解原作者的真实思想和情感，从而翻译出理想的作品。

3. 诗歌翻译及其价值追求

文学虽然是书面上的一种语言表达方式，但透过文字表象才是真正的美学价值所在，作为一种介质使作者和读者产生精神上的直接对话，让作品能够从语言层面的艺术传递出精神层面的价值。当文学作品输入另一种语言系统和文化环境时，这一过程叫作文学创作翻译，可以简称为文学翻译，从本质上讲属于一种审美活动。审美活动实际上就是将文学翻译实践和翻译美学原理相结合，亦是将原作者和译者相联系。译者基于美学原理对原作进行审美分析，通过翻译以另一种语言文本阐述，再以最佳的语言表达方式还原原作全部特点，这一系列翻译活动便是对文学翻译的审美再现。同样，从译文的审美价值可以体现译者的翻译素养及审美能力，高质量的翻译作品需要译者具有丰富的翻译实践经验和不断提高的审美能力，这种审美能力需要先掌握不同时期和不同国度原作品的时代背景和写作特点，再以熟练的翻译方法和技巧完成语际转换实现原作的审美价值。

文学翻译和翻译美学原理之间是具有一定联系的。诗歌是一种特殊的文学体裁形式，诗歌翻译是文学翻译中最难的一种形式，诗歌的美要求协调、对称并客观阐明美的特质。译者要将原文视为本原并解析原文的审美情感，通过语际转换重构并与读者产生情感共鸣，使读者赏心悦目。

将诗歌翻译视为艺术的创造，呼吁译者在翻译过程中创造审美并发挥主观能动性，在译文之中最大限度地注入审美和美感能力，同时尽可能从读者的角度出发达到最高的期待值。译者对于语言的审美并非自觉的，翻译美学原理为译者提供了一定的理论基础，译者通过理论研究的辅助在语言审美上发挥审美判断的主观能动性，研究与分析原作的审美观，更加了解原作创作的目的和意图、贴近原作的审美标准，并在译文中将原文本的美学要素最大限度地融入译文中，使译文更忠实于原文且更具美感。一部文学作品是具有艺术性和艺术价值的，译者要通过美学原理认识到翻译的科学性与艺术性，以翻译过程中对其审美价值的考虑为基础，用最贴近原作的审美标准在译文中再现审美价值。

（1）诗歌翻译追求词意之美。

例1：Thou hast made me endless，such is thy plea sure. This frail vessel thou emptiest again and again，and fillest it ever with fresh life.

译文：你使我万世永生，这是你的快乐，你一再倒空我的心杯，又一再斟满崭新的生命气。

本段选自泰戈尔诗集《歌之花环》第23首，是《吉檀迦利》开篇的孟加拉国语原作。诗中的"thou"意为"你"。诗中将"made me endless"译为"万世永生"，四字结构言简意赅，不仅体现了汉语特点，而且含义表达准确。"frail vessel"原本表示"脆弱的器皿"，译成"心杯"恰到好处地体现了"脆弱易碎"与"器皿"之意，同时是一种修辞手法，具有简洁的词意之美。"fillest"译文用的是"斟满"而不是倒满之类词语，更具有古风韵味。文中用了两个"一再"表达"again""ever"，

（2）诗歌翻译追求音韵之美。

例1：The fields breathe sweet，the daisies kiss our feet，

Young lovers meet，old wives as unning sit，

In every，these tunes our ears do greet，

Cuckoo，jug-jug，pu-we，to-witta-woo！

Spring, the sweet Spring!

译文：旷野上弥漫着甜美的香气，雏菊轻吻我们的脚尖，

年轻的情侣在这里相会，年迈的妇人沐浴着阳光休憩，

每一条街巷，都有这样的旋律回荡耳畔，

布谷，布谷，啾——啾，噗——喂，吐——喂嗒——呜！

春天啊，多么美妙的春天！

本段选自英国诗人托马斯·纳什的《春之景》。译文通过拟声词"啾——啾，噗——喂，吐——喂嗒——呜"对仗还原原文"jug-jug，pu-we，to-witta-woo"布谷鸟的叫声，为诗歌注入活力，尽显春天生机盎然之景。"sweet""feet"对应"香气""脚尖"，还原原文的押韵韵脚，句式工整对齐，依然具有韵律感和节奏感。

（3）诗歌翻译追求意境之美。

例1：The fountains mingle with the river,

And the rivers with ocean,

The winds of heaven mix forever,

With a sweet emotion,

Nothing in the world is single,

All things by a law divine,

In one another's being mingle; Why not I with thine?

译文：泉水与河流交融，

河流涌入大海，

天上的风啊总是怀揣着，

甜蜜的情怀；

万物皆不孤独，

全在天赐法则下，

与另一事物丝缕相缠；

为何唯你我例外？

本段选自英国浪漫主义诗人雪莱的抒情诗《爱的哲学》，诗歌语言优美凝练，情感真挚。诗中作者运用拟人的手法，用"交融""涌入""怀揣"等动词赋予泉水、河流和风情感，表达男女之间追寻爱情、难舍难离的感情。最后一句，译文同样用疑问句，将读者带入诗中引起情感共鸣，引发思考。文字呈现一种意境，衬出艺术氛围，使情感升华。

"诗歌翻译是文学翻译的灵魂体现，最丰富的内涵是意境美，重构诗歌翻译的形式美

和意象美，再现艺术美是一个非常复杂且艰难的过程"①。本书以翻译美学理论为基础，分别从词意、音韵和意境三个角度，分析国外著名英文诗歌汉译中"情"与"美"的审美再现。由此可见，在译文中重构再现原作的审美价值，让读者心中能够与原文读者产生情感共鸣，译者在翻译过程中扮演着至关重要的角色。

4. 电影台词翻译及其价值

作为重要的语言传播介质，英语电影台词具有连接不同文化背景受众群体的作用，并且能够反映出特定的人类内心情感。但是对于不具备英语文化基础的电影受众群体而言，必须通过了解英语电影字幕提供的电影台词翻译，进而实现良好的文化交融效果。在此过程中，负责翻译英语电影台词的技术人员应当秉持促进英语文化传播的宗旨目标，密切结合各个受众群体的地域差异、族群差异、观念认知差异与民俗信仰差异，遵循传播英语文化的基本思路来实施英语台词翻译，以达到最佳的英语台词翻译效果。

（1）电影台词的基本特征

第一，易懂性与通俗性特征。作为重要的英语文化传播媒介，英语电影日益受到受众群体的喜爱。英语电影旨在借助丰富并且生动的影视作品情节来表述人类内心情感，激发跨越不同文化的感情共鸣，进而达到增强文化交融与沟通的效果。在此前提下，英语电影台词应当避免运用晦涩与深奥的语句，确保运用易懂的通俗语句表述方式来增强电影受众对于英语电影内容的直观理解，尽量运用简单的英语表述方式来制作电影台词。唯有如此，英文电影的受众群体才能做到透彻理解并且全面把握英文电影的主旨内容。反之，对于英语电影如果选择了晦涩的抽象台词表述方式，那么将会加大对电影台词的理解难度。

第二，明确性与简洁性特征。英语电影台词切忌运用烦琐的语法表述方式，而应当尽可能运用简洁的方式来描述人物情感或表述事件场景，确保电影受众能够做到正确掌握英语台词中的基本要点，据此达到直观了解整个英语电影主旨内容的效果。在此前提下，英语电影需要运用简明的电影台词来表达人物感受或者描述事件过程，增强英文电影的吸引效果。从英语电影受众的角度来讲，多数电影观众也更加易于接受简洁易懂的英语电影台词。

（2）电影台词的翻译方法。英语电影台词并非局限于简单的语句表层含义，而是涉及更深层次的电影台词内涵，因此需要受众对此进行深入的挖掘与分析。作为负责翻译英语电影台词的技术人员来讲，翻译电影台词的人员承担着传播英语电影文化以及沟通不同文化背景受众的重要职责，必须保证运用正确的电影台词翻译方法，运用英语电影台词作为媒介来实现文化交融与文化沟通的效果。翻译工作人员首先需要明确英语以及其他语言之

---

① 王悦. 翻译美学视域下英文诗歌汉译的审美再现［J］. 文教资料，2021（15）：29.

间的潜在文化差异，对于文化差异予以充分的尊重，如此才能做到正确转换英语台词内容，为电影受众呈现真实的电影台词内容。在翻译英语电影台词的过程中，主要涉及如下的电影台词翻译技巧与方法。

第一，转换英语电影中的原始台词。原始的英语电影台词如果无法被不同文化背景的受众群体理解，那么必须借助台词含义转换的方法来进行处理。"根植于不同文化背景的英语电影台词将会呈现明显的台词内容差异，因此作为翻译技术人员务必重视转换台词翻译的文化背景，如此才能保证不同文化背景中的受众群体都能做到正确理解电影台词本身的含义，而不会产生台词理解中的偏差"①。

从英汉文化差异的角度来看，英语电影中的多数台词都建立在英语文化背景的前提下。因此在进行台词翻译时，必须运用文化背景转换的方式对其进行处理，确保拥有不同文化背景的电影受众都能做到正确领会电影台词内容，避免由于差异性的英汉文化背景造成错误的电影台词理解现象。在此过程中，台词翻译人员需要做到紧密结合英语文化及汉语文化的差异性背景，充分体现外来文化融入本土文化的重要意义。经过适当的英语台词内容转换，保证英语电影台词符合特定文化背景下的受众认知习惯，避免偏离电影受众的文化认知背景。

例如，在 *A Song of Ice and Fire*（冰与火之歌）这部英文电影中，守夜人在形容邪恶势力时运用了"dragon"这个词汇，因此带有贬义词汇的寓意内容。因此对于"dragon"的英语单词翻译时，台词翻译人员应当做到充分结合特定的电影内容背景，避免将其直接翻译为"龙"的含义。通过运用台词转换分析的方法，能够判断出上述的英语单词在多数英文电影中都象征着反面的内容，因此通常可以将其翻译为"魔头"等词汇含义，避免造成电影观众对于英语电影内容的误解。

第二，在电影中移植不同文化背景。中英文化背景之间具有显著的差异性，在翻译英语电影台词时需要做到充分关注特定的文化背景，合理运用文化背景移植的方式来进行电影台词的翻译处理。目前面临国际化的全新时期背景，各种不同文化不再表现为彼此隔绝的状态，而是逐渐实现了全方位的文化交融，吸纳多样的文化优势并且包容文化差异性。在此基础上，作为台词翻译人员必须认识到移植英语文化背景以及汉语文化背景的重要意义，善于运用文化背景移植的方式来赢得受众的喜爱，增强不同文化背景观众在观看英语电影时的亲切感，充分促进文化融合与文化交流。

例如，对于"teach a lesson"的英语词组在进行翻译时，如果遵循常用的英语固定句法搭配方式进行翻译，那么将会翻译为"给予一个教训"。但是实际上，简单遵循固定英

---

① 谌美玲. 英语电影台词翻译中的文化传播分析［J］. 现代英语，2020（3）：45.

语句法搭配的电影台词翻译方式无法保证达到较强的受众吸引效果，因此需要台词翻译人员运用灵活转化的方式来进行台词翻译，以增强英语电影台词的吸引力。台词翻译人员若能做到正确运用移植文化背景的做法，那么将会明显增强电影台词的吸引效果，避免受众陷入理解台词含义的困惑中。经过全面的文化移植与分析，最终可以将"teach a lesson"的英文词组直接翻译为"给某人上了一课"，上述翻译方法既包含了"教训"的含义，又显得十分形象。

第三，融合并移转英汉文化差异性。在某些情况下，英语电影台词的编创人员要运用细腻的语言描述方法来表达台词内容，进而达到吸引英语电影受众的效果。但是运用细腻笔触进行人物刻画或事件细节描述将会增大台词翻译时的难度。翻译技术人员如果遇到以上的情形，通常无法直接运用转化英汉文化背景或简单翻译台词字面含义的做法来进行处理，因此必须运用融合各种文化差异的方式予以应对。经过文化差异的融合与移转处理，能够达到增强英语电影台词文化包容性的效果，并且还巧妙结合了不同文化背景下的电影台词内容。

例如，在 Dead Poets Society（死亡诗社）的英语电影中，基廷老师运用了"dinosaur"这个词语来形容顽固不化的人。对于"dinosaur"的英语电影台词在进行翻译处理时，如果将其翻译为"恐龙"的英语字面含义，那么很难保证充分吻合电影台词的本意，对此应当给予必要的转化处理。但是如果将其翻译成比较隐晦的电影台词内容，则会减弱英语电影的生动效果，无法达到迅速吸引不同文化背景受众的目的。因此，经过全面与综合的考虑，最终可以将其翻译成"老顽固"的电影台词内容。翻译人员通过运用上述的英语台词翻译做法，既可以达到保留英语词汇本意内容的效果，又增添了俏皮与生动的英语电影氛围。

（3）电影台词翻译的文化价值传播。从本质上讲，翻译英语电影台词并不是简单局限于翻译表层的台词内容，而是要透过英语台词的表层语句内容，达到帮助电影受众深入理解英语电影内涵的目标，激发电影观众对于观看英语电影的强烈热情与兴趣。在翻译各种类型英语电影台词的实践过程中，作为翻译技术人员首先应当保证运用正确的方法来转换翻译英语台词的背景，同时还要做到紧密结合英语台词的文化背景来源，确保运用巧妙的方式来融合不同的背景文化，呈现生动与丰富的英语电影内容。在此前提下，英语电影台词翻译过程主要应当涉及如下的文化传播要点。

第一，正确定位电影台词翻译过程。电影台词翻译过程具有增进受众群体对于电影内容了解程度的作用，并且还能达到传递电影文化内容的目的。为了达到正确定位电影台词翻译工作的目的，台词翻译的具体负责人员应当明确自身的文化传递责任，通过不断提升自身专业素养的方式来保证实现良好的电影台词翻译效果。面对抽象与复杂的英语电影台词内容，翻译技术人员应当灵活选择多种不同的台词翻译法，避免局限于狭隘的电影台词翻译思路。在平日的业务训练中，翻译技术人员应当充分把握并且透彻理解各种文化背景，做到熟练转化英语台词内容，体现电影台词翻译对于促进英语文化交融的重要意义。在此前提下，电影台词的具体翻译技术人员应当保持正确的电影台词翻译定位，运用正确的电影台词翻译方式来呈现完整的英语电影台词内容，以突显电影台词翻译的重要价值与作用。

第二，传递英语文化的电影意象。文化意象具有抽象性，需要借助生动与直观的电影台词作为传播载体，从而被更多的受众群体所了解。翻译英语台词并非简单局限于转化语言表述的方式，而是涉及英语电影蕴含的特定历史背景及人文习俗差异。因此在台词翻译的过程中，一定要深入了解电影相关的文化背景及文化渊源，完美地展现英文电影中的特定文化意象，从而为电影受众带来全面而深入的文化输入。在传递英语文化意象的过程中，翻译电影台词可以达到构建直观的电影人物形象及深入开展电影文化交流的效果，增强了英语电影受众对于电影文化意象的感受与了解。翻译人员务要保持谨慎的心理状态，避免由于错误的英语台词翻译方法从而造成误导电影观众的情况产生。

此外，传递英语文化意象的做法还应当充分关注英语台词本身蕴含的审美内涵，对于电影台词的潜在审美含义予以深入的挖掘。与日常交流运用的英语表述风格相比，运用在英语电影中的英语台词表述方式具有更加显著的审美特征，台词翻译人员应当重视运用社会性与人文性的视角来看待英语电影的台词翻译操作，进而对于抽象的英语电影意象予以正确的传递，增强英语电影蕴含的审美价值。在必要的时候，翻译技术人员可以发挥自身的联想，合理表述英语电影的审美意境，并且将人类内心情感融入翻译电影台词的环节与过程中。

第三，搭建英汉文化间的沟通桥梁。目前，英语电影已经成为沟通各个受众群体的重要桥梁，尤其是对不同文化背景的电影受众群体而言更是如此。英语电影传递着人类共有的内心情感，因此可以通过激发电影受众内心情感共鸣的做法来搭建文化沟通的桥梁，促进全方位的电影文化交融，以拉近不同文化背景群体之间的情感距离。具有差异文化背景的电影受众在观看英文电影的过程中，其内心将会产生相似的情感反应，因此可以达到成功促进不同文化群体交流的目的。

英汉文化交流必须借助特定的文化传播媒介才能实现，其中典型的文化传播媒介就是英语电影。在进行电影台词的转化与翻译时，基本要点在于充分保证具有差异文化背景的不同受众群体都能做到正确领悟英语电影的内涵，杜绝电影台词中的歧义现象产生。翻译技术人员应当运用优美与生动的英语词汇来描述英语电影台词，以增强英语台词对受众的吸引力，搭建不同文化背景的受众群体进行情感沟通的桥梁。

综上所述，英语电影台词的翻译涉及很多的文化背景内容，翻译人员需要做到紧密结合特定的受众群体文化背景，避免出现不符合受众文化背景及习惯思维的翻译结果。从英语文化传播的角度来讲，翻译英语电影台词应当秉持促进文化交融的宗旨目标，借助电影台词翻译来帮助电影观众理解电影台词内容，从而促进全方位的英汉文化交流。

5. 剧本翻译及其价值研究

尽管影视剧剧本属于文学虚构领域，但是如果把剧本中所包含的社会活动类型进行细化，那么它所对应的人类交际领域却不仅局限于虚构领域。人类交际领域中产生了各种各样的社会活动类型，这些社会活动类型又可被概念化为语类。因此，一部影视剧剧本可涉及多种人类交际领域、多种社会活动类型，那么自然也对应多种语类。本书以美剧剧本片段为例，分析影视剧本的语类，发现影视剧剧本不仅仅是对白，它还包含各种各样的语类，如告别、劝解、仪式、争吵、颁奖等，而且分析影视剧剧本的语类并理解它们的交际目的、主题和表达方式，对于影视剧的正确翻译至关重要。

（1）影视剧剧本的语类及分类方法

第一，英语影视剧剧本的语类。影视剧包罗世间百态，自然就有各种各样的社会活动，相对应的就是各种各样的语类。

人类社会交际活动的主要领域可以分为十五种，即科学领域、虚构领域、行政领域、法律领域、神话领域、诗歌领域、道德领域、批判领域、技术领域、政治领域、经济领域、宗教领域、宣传领域、逻辑知识领域、日常交际领域。在这十五种人类交际活动领域中，存在着各种各样的社会活动类型。其中在虚构领域中可能会有小说、剧本、故事、轶事等社会活动类型。剧本这一社会活动类型又包含了舞台剧剧本和影视剧剧本。影视剧剧本包括电影、电视剧和视频等。而我们主要讨论的对象正是电影和电视剧剧本的语类，因为对影视剧剧本语类的分析对于影视剧翻译有着重要的意义。

第二，英语影视剧剧本语类的分类。要分析影视剧的语类首先要对其进行分类。"语类这个概念比较复杂，它有一定的社会交际目的，并受到历史、社会、语境等各个因素的影响"①。所以，我们不能单纯地用语篇特征来进行分类，还可以利用认知语言学中的原型原理来将语类范畴化。有种语类是由典型成员和非典型成员组成的。典型成员是该范畴的正式成员，非典型成员就是该范畴的非正式成员。那么，在具体范畴化的过程中，要确定某一语类并划分其典型和非典型成员，需要运用几个重要参数：主题（内容），话题的参与者及其关系，传递方式（口语、书面、公共、私人），交际目的（语义和语用功能）。在确定某一社会活动类型的这几方面特征后，完全与其一致的就是该社会活动类型对应的

---

① 孔倩. 英语影视剧剧本的语类及其翻译处理 [J]. 上海翻译，2014（3）：29.

语类的典型成员，部分一致的就是非典型成员。所以在给语类分类的重要参数中，"主题"和"交际目的"是最重要的，确定是何种语类，关键看这两个参数。

下面就用以上方法来对一美国影视剧剧本的语类进行分类。

Gia Goodman：For a friendship to work, you have to be completely honest. Which is something I have absolutely no problem with. But you…you run from the truth.

Logan Echolls：Only when it's chasing me.

Gia Goodman：Do you know what I think？I think you use sarcasm and anger as a way to keep people from getting too close to you.

Logan Echolls：You know, I do. But it doesn't always work.

Gia Goodman：Tell me what you think about me. Seriously. Be completely honest.

Logan Echolls：Gia…

Veronica Mars：Dance with me.

Logan Echolls：Oh, God. You know, when I dreamed of this moment, *I've Had the Time of My Life*'was always playing. Oh, what can you do?

这一段的主题为：Logan 和同学 Gia 在学校舞会的对话，Gia 一直对 Logan 有好感，借这个机会向他表白，看看 Logan 对自己的感觉。交际目的就是向喜欢的人吐露心声，表达爱意。我们就此确定该社会活动的语类为：向人示爱。说话人之间的关系是：朋友，Gia 对 Logan 有好感。语言比较随意。传递方式：口语体。

（2）英语影视剧剧本语类理论对翻译实践的价值

第一，英语影视剧脚本语类分类与翻译的关系。确定语类时，最重要的因素是话语的"主题"和"交际目的"。当然，这并不表示语境配置中的语旨和语式不重要。好的翻译不仅要能让观众听出话语的主题，还要用恰当的话来表达主题的艺术效果。根据这个原则，本书对 veronica mars（校园神探）片段的字幕版翻译进行分析。

Gia Goodman：For a friendship to work, you have to be completely honest. Which is something I have absolutely no problem with. But you…you run from the truth.

Logan Echolls：Only when it's chasing me.

Gia：对于友谊，你必须彻底真诚，真诚这东西，我对此没有问题。但是你，你在逃避真诚。

Logan：只有被逼的时候才会逃避。

Gia Goodman：Do you know what I think？I think you use sarcasm and anger as a way to keep people from getting too close to you.

Logan Echolls：You know, I do. But it doesn't always work.

Gia Goodman：Tell me what you think about me.

Seriously. Be completely honest. Logan Echolls：Gia…

Veronica Mars：Dance with me.

Logan Echolls：Oh，God. You know，when I dreamed of this moment，I've Had the Time of My Life was always playing. Oh，what can you do？

Gia：你知道我怎么想的吗？我认为你用讽刺和愤怒防止别人来接近你的内心。

Logan：我是这样的，但是并非总是成功的。

Gia：告诉我，你怎么看我。说真的，别骗我。

Logan Echolls：Gia…

Veronica：和我跳支舞。

Logan：哦，天啊，你知道吗，我梦想中这一刻，背景音乐总是"我曾经度过美好的时光"，哦，你说我能怎么办呢？

这段话的交际目的就是 Gia 向 Logan 表白。同时也要说明 Logan 对 Gia 并无兴趣，只是 Gia 一厢情愿。从字面上看，每一句的意思都对，做到了忠实通顺。但整体上这一段的交际目的传达不明确，主题也不清楚。读完字幕版翻译后，我们感觉不到这段对话要说的主题。而且书面语很多，诸如"彻底真诚""我对此没有问题""逃避真诚""防止别人接近你的内心"等，语式不符合口语体的要求，读者或观众也感觉不到表达主题的艺术效果。

第二，用语类理论指导英语影视剧剧本翻译实践。在影视剧中，因为对语类把握不准确而无法正确翻译的脚本例子还有很多。例如，对于影视剧里出现的仪式这个社会活动类型，其语类就是仪式用语，我们在理解和翻译的时候就不能把它错误地解读成别的语言，而是内容要符合仪式这一主题、传递方式、语义和语用功能，文体也都要符合仪式语的特征。

下面用《绝望主妇》第一季第一集中的一段对话为例来分析语类对脚本翻译的影响。

SUSAN：I brought some champagne. I thought we should all have a toast.

SUSAN：All right ladies，lift'em up. To Mary Alice，good friend and neighbor. Wherever you are，we hope you1 ve found peace.

LYNETTE：To Mary Alice.

GABRIELLE：To Mary Alice.

这段是 Alice 的朋友们在帮她收拾完遗物后在她家门口进行的对话。Susan 端着酒杯，让大家一起来为 Mary Alice 干杯。根据我们的感知，这一段应该属于一个小型的告别仪式。一般在告别仪式上我们要对逝去的人表示尊重，因而会用很多敬语。语言特点严肃而庄重。告别仪式的参与者一般都是逝者的朋友或亲人。语用功能是与逝者道别，怀念她，并让她安息。

在把这段的语类确定为"告别仪式"后，我们来看看字幕版的翻译是否能够反映该段的主题和语言表达方式。

SUSAN：我拿了点香槟，我想我们应该干一杯。

SUSAN：好了，大家，举杯。为 Mary Alice，一个好朋友，好邻居。不管你在哪里，都希望你能得到安宁。

LYNETTE：为 Mary Alice。

GABRIELLE：为 Mary Alice。

很明显，字幕版的翻译并没有很好地反映该段对话的语类。Susan 说的第一句话"我想我们应该干一杯"。从字面上看，它确实可以是 I thought we should all have a toast 的翻译，我们很难挑出任何错误。但是，作为一个告别仪式，我们更好的翻法应该是："我想我们应该敬 Alice 一杯。"这才是仪式用语。Susan 又说："Wherever you are, we hope you've found peace." 字幕版给的翻译是："不管你在哪里，都希望你能得到安宁。"字面上也没有大错误，但是一般我们在送逝者的告别仪式上最准确的表达应该是："愿你的灵魂得到安息。"又如这句最简单的"To Mary Alice"，Susan、Lynette、和 Gabrielle 几乎同时说了这句话，那么把 to 翻译成"为"是否合适就有待推敲，在告别仪式上，我们更常说的是："献给 Mary Alice"或者"敬 Mary Alice"。所以我们可以把它翻译成：

SUSAN：我带了香槟，让我们敬爱丽丝一杯吧。

SUSAN：姐妹们，干杯，敬我们最好的朋友和邻居爱丽丝。无论你在哪里，愿你的灵魂安息。

LYNETTE：敬玛丽·爱丽丝。

GABRIELLE：敬玛丽·爱丽丝。

从以上例子可以看出，通过分析影视剧中语言的语类来理解它的主题和表达方式对影视剧的翻译至关重要。如果对语类理解不透彻，那么就会出现表面忠实通顺、实际不知所云的情况。

一部影视剧脚本是由不同的语类组成的，而语类是由社会活动的主题和交际目的决定的。因此，对剧本语类的分析对于翻译实践有着不可忽视的作用。

（九）文学作品翻译与教学的提升

1. 文学翻译与学生综合素质提升

深化我国教育体制改革，发展高等教育事业，要以德育为核心，以创新能力和实践能力为重点，全面提高学生的综合素质。现代社会的竞争归根结底是人才竞争，人才竞争实际上是人才综合素质的竞争。当代学生是未来社会经济发展的骨干，是社会进步和发展的栋梁，他们的自身素质直接影响着未来工作的质量。学校作为人才培养的摇篮，担负着培养高素质、创造型人才的历史重任。

文学翻译不是语言文字层面上简单的语码转换，而是更高层面上的美感体验与再现以及文化信息的传达。在文学翻译实践中，由于文化背景、思维认知模式以及语言之间存在固有的差异，英汉翻译的绝对对等很难企及。通常而言，文化的符号和载体是语言，文化的重要表现形式是文学。在文学翻译教学中，教师不能仅限于对学生进行单词和句法层面语义对等的翻译训练，还要更多地关注文学作品在篇章层面上的对等练习，以期翻译出原文文字层面、审美层面及文化层面的完美意蕴。因此，在翻译教学中要加强词汇、句法、语义和语用等方面的练习，提高学生的篇章理解能力、修辞运用能力及文化素养等。

美国语言学家兼翻译家奈达的"功能对等"理论对我国翻译教学具有积极的借鉴意义。奈达在《翻译科学探索》一书中提出了两种不同类型的对等：形式对等和动态对等。此后，他又把动态对等改为功能对等。奈达指出，翻译追求的是从语义到语体，力求译语中用最切近而又最自然的对等语言，以此重现原语信息的自然而切近的两种语言之间的等值。首先，要顾及的是信息内容的翻译，兼顾信息的语体，因而翻译是用最恰当、自然和对等的语言从语义到文体再现原语的信息；其次，是词汇与句法以及篇章层面上的对等，其中篇章对等是指语义对等和语用对等。由于形式仅存在于语言的词汇和句法层面，并不涉及语义和语用层面，因而翻译中如果仅局限于形式，就极可能将原语的文化意义遮蔽，从而阻碍不同文化之间的交流。

根据奈达的理论，在文学翻译教学过程中，教师应将培养学生在语用和文体修辞层面上对译文进行调整和艺术加工的能力作为重点，并充分考虑到原语与目的语之间的文化特征，以使翻译达到最切近的自然对等。但是，由于词汇与句法是翻译的基础，因而基于中国学生的英汉语言能力，文学翻译教学要先强化学生在文字层面上的语码转换对等练习，以培养其措辞能力，再逐渐过渡到审美及文化层面。

（1）词汇句法翻译对学生措辞审美能力的提升。根据功能语言学的观点，形式是意义的体现，形式在意义体现方面具有重要作用，是意义不可分割的一部分。因此，文学作品翻译的审美原则之一就是"形美"，即语言的表现手段（语言、文字等）和表现方法上的形式主义。中英文表述虽然有很大不同，但仍然有45%的中英文表述有对等的表达形式。"所以，在文学作品的翻译过程中，不必像有些译者所说的那样，必须采用意译，有时完全可以使译文在用词、句子结构、表现手法以及比喻手段等方面与原文一致"①。虽然不同的民族有不同的文化背景，但是彼此之间毕竟存在相同或相似之处，反映在语言文化里，便会出现某些契合现象。在翻译文学作品中的类似表达内容时，译者比较容易处理词汇与句法的对等问题。例如，中外文学作品中常用到大量的谚语和成语，其中就含有形式与内涵意义完全对等的情况。

例 1：他像大海捞针一样在茫茫黑夜里寻找金色的梦。

译文：He searched for his golden dream in the pitch dark of the night. It was just like fishing for a needle in the ocean.

例 2：照当时情况，他除了忍气吞声又能怎么办呢？

译文：As things stood，what else could he do but swallow the insult?

上面两个例句中都包含生动形象的成语"大海捞针"和"忍气吞声"，相对应的英语译文也都具有十分贴切的比喻意义和感情色彩。因此，在词汇句法层面练习的翻译实践中，要力求让学生斟词酌句，以达到形式与内涵的贴切对等。

此外，理想的诗歌翻译要求在形式、内容与韵律等方面均达到对等的效果。例如，在英国诗人罗伯特·彭斯的爱情诗 A Red, Red Rose 中就采用了"红红的玫瑰"来代表爱情。原文："O, my love is like a red, red rose/That's newly sprung in June/O, my love is like the melodie/That's sweetly play'd in tune."在中国文化中，人们也习惯采用"红玫瑰"的意象来代表爱情。因此，在翻译该诗时，在力求词义对等的同时，应该力求达到句法上的对等，以再现原诗的"形美"。该诗句可译为："啊，我的爱人像朵红红的玫瑰/六月里迎风初开/啊，我的爱人像支甜甜的曲子/奏得合拍又和谐。"

上述两个例句表明，在课堂教学实践中，通过文学翻译的词汇与句法层面对等练习，既可提高学生翻译措辞能力，又可培养学生对不同文化中"形美"的审美能力。

（2）语义对等与思维模式转换对学生文化宽容心态的提升。在大多数情况下，翻译中的完全对等和自然对等因语言结构和文化之间的差异，实际上是难以达到的。因此，根据奈达的理论，在文学作品的翻译中，译者应以动态对等作为翻译的原则，准确地在目的语中再现原语的文化内涵。在这种情况下，在课堂教学实践中就需要有目的地培养学生在目的语语义和句法结构允许的范围内尽量翻译出原文的精确意义，即再现原文的语义联想意义与修辞意义。

例 1：如今妈先当件大事告诉众人，倒显得妈偏心溺爱，纵容他生事招人，今儿偶然吃了一次亏，妈就这样兴师动众，倚着亲戚之势欺压常人。（曹雪芹《红楼梦》）

---

① 余玲. 文学翻译与大学英语教学［M］. 北京：中国原子能出版社，2019：173.

译文：If you make such an issue of it and spread the news, everyone will think you spoil your son and encourage him to make trouble and that once he's beaten you raise a big rumpus, relying on your powerful relatives to bully humble folk.

例2：非是我等要去寻他，那厮倒来吹毛求疵，因而正好乘势去拿那厮。（施耐庵《水浒传》）

译文：Although we're not looking for trouble with the Zhu's, since they've started the provocations, this is a good chance to go down and nah them.

例3：这是你自己的祖母。拜拜罢，保佑你生龙活虎似的大得快。（鲁迅《彷徨》中的《孤独者》）

译文：This is your own grandmother. Bow to her so that she will protect you and make you grow up strong and healthy.

例1中的"兴师动众"、例2中的"吹毛求疵"和例3中的"生龙活虎"都是汉语成语，均采用了修辞中的比喻，但是这三条成语在这三个上下文关系中，原来的比喻形象与实际意义有很大差异。因此，译者就不应按照字面的比喻意义进行直译，而需要灵活处理。在上面的例句中，"兴师动众"被灵活地处理为 raise a big rumpus，"吹毛求疵"被译成 start the provocations，"生龙活虎"被译成 strong and healthy。上述例子虽然在形式上并不对等，但翻译的目的语使读者感到更加通顺流畅，不但在更深层的语义上达到功能对等的效果，而且符合目的语的语义表达方式。此类语义对等的专项翻译练习可使学生在文学翻译过程中克服追求完全理想化的语义相符的趋向，从而冲破母语思维的桎梏，提高学生语义功能层面的整体翻译水平，并可达到培养学生对英、汉两种文化进行思维模式转换之目的，借此提高学生对不同文化的宽容度与理解能力。

（3）语用对等和篇章理解对学生文化素养的提升。翻译虽是原语与目的语之间转换的活动，但绝不是语码之间的简单转换，其最终目的是使译文传达出准确的信息以对读者产生预期的作用和影响。由于英、汉两种语言的文化背景之间的差异，同样的字面意义可能具有完全不同的隐含意义，而隐含意义才是说话人或作者所要表达的真正意义。在文学作品翻译时，为了避免原文诗意的丧失，就必须培养学生翻译的语用对等意识，也就是在翻译过程中基于两种语言的对比，根据语境确定话语的行事行为而进行的一种等效翻译。它追求的是在词汇、语法和语义等语言学的不同层面上，不拘于原文形式，只求保存原作内容，用译文中最切近、最自然的对等语句将该内容表达出来，以求等效。

翻译的难点并不在于文字的表面意义，而在于字里行间的言外之意，即话语的言外行为。汉语和英语有时在形式或表层意义上无法等值，但从语用角度来看，可以采取一些适当的翻译方法来解决文学作品中文化差异的问题。例如，通过对王维《鸟鸣涧》的两个翻译版本进行对比，就可以让学生清楚地看出文学翻译语用对等的优势。

原文：人闲桂花落，夜静春山空。月出惊山鸟，时鸣春涧中。

译文一：Man at leisure，cassia flowers fall. The night still，spring mountain empty. The moon emerges，startling mountain birds. At times they call within the spring valley.

译文二：I hear osmanthus blooms fall unenjoyed. When night comes，hills dissolve into the void. The rising moon startles the birds to sing. Their fitful twitters fill the dale with spring.

译文一力求达到忠于原文，但没有顾及诗人当时写作时的情景，从而给人一种词语生硬对应转换的感觉，使译文失去了原文的意境。译文二的第一行并没有直接译出"人闲"的字面意义，而是转而写出了听见桂花飘落但无心欣赏的心境。任凭桂花绽放和凋零而不去附庸风雅地欣赏，这就更加突出了诗人恬静的境界；第二行也没有直接将原文的"空"译出，而是转向展示出夜幕降临，群山融入虚无缥缈之中的景象，在语用层面真正地传达出原诗的意境；第四行也没有直译"春涧"，而译为"fitful twitters"，使读者身临其境闻得小鸟啾鸣之声的意境表达得栩栩如生。

通过上述两个译本的对比，可以使学生感受到文学翻译的意境美，进而使他们在文学翻译实践中超越原文的字词结构限制，充分考虑到诗歌创作的语用因素，即时代背景、诗人的心境等因素，力求准确生动地将原诗的形美、音美、意境美以及诗人的心境都完美地再现出来。

此外，在翻译实践中应该引导学生：不必一味刻意追求保留原文的字面意义和形象意义，可将原文的形象更换成另一个译文读者所熟悉的形象，充分考虑原文与译文的语用认知因素，从而完整、准确地传达出原文的内容，译出其隐含的意蕴。例如，下面这个常见的英文谚语翻译实例：When in Rome，do as the Romans do。如果按字面意义直译，读者可能感到迷惘，其实其隐含的意义就是"入乡随俗"，若译为"到什么山，唱什么歌"，则更为形象生动。

另外，由于受风俗习惯、民族心理、观察事物的角度等因素的影响，英、汉两种语言中的表达方式会存在许多不同之处。众所周知，"龙"在英、汉两种文化中的意义完全不同，所以汉语"望子成龙"中"龙"的形象在英译时就不宜保留，而意译为"to expect one's son to become an outstanding personage"。由于原文与译文的文化语境不同，一些比喻用法中喻体的比喻义也往往不同。例如，"多如牛毛"，as plentiful as blackberries（多如黑莓）；"像热锅上的蚂蚁"，as nervous as a cat on a hot tin roof（像待在热的锡屋顶上的猫一样紧张）；"骨瘦如柴"，as thin as a shadow（瘦得像影子）。

综上所述，文学翻译是一个复杂的过程，需要从词汇、句法、语义、语用方面对原作反复阅读，从文字层面、审美层面和文化层面采用多种方法进行艺术加工。而正因为如此，文学翻译对学生的综合能力具有更高的要求。在文学翻译教学实践中，根据奈达的翻译对等理论对学生从词汇、句法、语义和语用等方面进行综合训练，具有很强的可操作性。在具体教学实践中，初期阶段可对学生进行分项练习，然后结合学生对各分项练习的实际掌握程度，适宜地进行综合练习，在提高文学翻译能力的同时，达到提高学生综合素质的培养目的。

2. 文学作品翻译与教学效果提升

在外语学习中，翻译能力的培养是不容忽视的。翻译活动的开展有利于学生整体外语水平与综合运用能力的提高，将文学作品翻译引入外语的教学中会促进学生对外国语言文化的理解，提高学生的语言文学素养，提高学生的外语阅读理解能力和写作表达能力。

在外语教学历史上，翻译法的由来可追溯到 15 世纪和 16 世纪的欧洲，当时拉丁语的教学方法是语法翻译法的雏形，主要的教学目的是培养阅读能力。由于这种教学脱离了语言的情景，重点通过翻译来操练语法，学习十分枯燥。语法翻译法认为学习外语最重要的就是学习语法，因而教学时十分注重语法的形式而不注重句子的含义。因此，对这种教学法的批判主要集中在忽视语言技能、教学机械、脱离实际语言环境、不重视口语等几个方面。在 20 世纪五六十年代，对翻译法的批判尤为激烈，在语言教学界翻译法便渐渐地让位于后来的直接法、自然法和交际教学法等。

然而持有不同观点的语言学家们认为，翻译也是语言交际能力的一个重要方面，利用翻译教学可以促进学习语言的三个重要方面：准确、清晰和灵活运用能力。现在，在对语言的能力测试中，除了听说读写，还有一点"译"也是不可忽视的重要因素。而在现代的教学中，翻译教学的出现通常是在学生有了一定的语言基础上，结合实际语言的情景进行。和以往的语法翻译法的教学不同，它并不排除其他教学法的介入，也不再是单一以语法和阅读为教学目的，而是更加强调利用学生的语言能力，加强语言应用的准确性和灵活性。

（1）文学作品翻译教学的意义

第一，增强文化理解，提高文学素养。将外国文学作品引入教学并不是盲目的，在学生的语言基础知识达到了一定的水平之后，适当地介绍一些适合学生的文学作品，可以让学生对所学外语有一个更深层次的了解。由于外国文学作品作者的身份背景、写作习惯和语言运用思维与我们不同，学生会在阅读原作时比较立体地感受到目标语和母语的差异。同时，在两种语言的互译过程中，单凭语言知识进行转译会脱离原文的历史文化环境，造成误译。如果要在翻译的过程中以最恰当的方法表达这些文化要点，学生就需要在翻译的过程中搜集相关文化资料，从多角度、多层次来比较，特别注意词汇的文化内涵、语言的习惯表达和背景知识。从翻译的特性和过程看，学习和理解目标语言国家的文化历史有助于学习者使用外语的合适和得体，翻译活动有助于提高学习者对语言文化的敏感度，体会外国文化与本国文化的差异。

与其他功能性的文体不同，由于文学作品的文体特点，两种文化的对比在文学写作时更加突出。作品中引用的各种典故、格言和修辞方法等能加深学生对外语及外国民族生活方式的理解，提高他们对外国文化的领悟能力。另外，语言的教学不能总是停留在基础的语言知识教育，文学是语言应用的最高形式，即使不是外语专业的学生，适当接触国外原版的文学作品也可以帮助他们对外国的文字有感性的了解。

同时，培养文学素质也是现代社会对高素质人才培养的重要目标之一。文学作品是人们对人类社会观察的反映。通过阅读外国文学作品，可以开拓学生的视野，学生可以在理解和翻译文学作品时，了解国外社会和民族的人文风貌、历史发展、社会变迁、价值观念等，同时启发对自己所处社会的现状的反思，提高自身的思想境界和文化修养。

第二，促进外语教学。现在的外语教学注重学习环境的创造。外国文学作品恰好能够提供给学生良好的外语环境。虽然当书面的文学作品展现在读者眼前时，不如影视声像资料那么直观，但读者一旦深入阅读，立刻会被作品里的人物情节所打动，在文字阅读过程中所产生的感悟和对作品的理解往往比声像资料来得更加深沉。在理解外国文学作品时，学生需要完全用外语的思维方法来准确地理解，而在翻译表达的时候也要考虑到文化和语言的差异。有些作品中的人物事件的描写是与外国的历史社会相关的，学生在翻译的过程中对外国文化的理解会进一步加深。

另外，文学作品的翻译是一种教学的手段，教育界之所以对以往的翻译教学法存有疑虑，主要是因为翻译活动涉及母语的使用，即所谓的负迁移，是指母语知识对外语学习的干扰。语言学家们发现，在外语学习过程中语际间的干扰，即来自母语的干扰容易发生在学习的初级阶段。随着学习的深入，语际间的干扰就会退居其次。而在利用外语文学翻译进行教学时，学生的外语学习已经进入了中高级阶段，这时学生已经能够把握母语与目标语两者之间的转换，这种负迁移是相当有限的。

翻译这一行为是将一个语言单位，一篇文章中的部分或是全部从原语言译出到另外一种语言。文学作品的翻译实践可以促进学生语言应用的准确度，使学生学到地道的外语表达法，同时训练学生灵活使用自己的语言知识，用最恰当、最准确的语言表达最贴切的含义。另外，文学作品的篇章整体性很强，学生对文学作品的准确把握有助于他们的篇章理解能力。这种能力的培养对学生外语整体运用能力的提高，特别是外语阅读和写作能力的提高有很大促进作用。

（2）文学翻译教学提升的建议

第一，理论和实践相结合。在国内，有关文学翻译的教学有一些共同之处。总的来说，在整个翻译教学过程中，遵守的是"通过翻译学习翻译"的规则，没有一个完善的系统阐述理论基础与科学实践方法。由于在以往翻译课堂上，教师中心论的教学思想占主导，学生的实践相当有限。通常是学生先译，教师再讲评，教师一句一句地检查，然后给出范本来纠正。然而，文学作品与其他功能性文体不同，每个文学作品都有它的独特之处，学生对文学作品的翻译不能一味地强调对与不对，更要注重原文含义和风格的把握，这些文学微妙之处的翻译需要正确理论的引导。

文学翻译理论是翻译前辈们通过多年的实践总结出来的经验，帮助人们更好地处理文学翻译过程中的难题。在文学翻译教学中不能片面地认为翻译实践是教学中的唯一一环，而忽略正确理论对翻译的指导意义。虽然学生在有了一定的语言基础之上学习文学翻译，但由于他们从未系统地学习翻译理论和技巧，他们的翻译只靠平时的积累，学习效率不高。如果学生能够从前人的实践经验中学得精华，加以利用，那么就会事半功倍，提高他们的翻译能力。对理论有深刻理解的人在翻译时会有更加明确的目的性，翻译的方法和技巧也会掌握得较多。所以，教师应该适当地让学生了解翻译理论知识，如读者同等反应论、等效翻译论、翻译原则论，等等。但同时，教师应该把握的原则是，学生了解翻译理论是为了实践，并不需要他们做理论研究。

在翻译理论的指导下，文学翻译的实践是重点，学生正是要通过这一过程对外国语言和文化有进一步的学习。在文学翻译过程中，有两点要引起充分的重视：一是文学翻译是一个创造性的过程，学生在翻译实践中不应受到任何翻译理论的控制；二是教师在点评学生翻译习作时，范文只能作为参考材料，不应成为标准答案。因为文学翻译的过程本身也是一种创作，教师应该鼓励学生大胆尝试。

第二，突出讲评的作用。在文学翻译的教学中，讲评这一环节与一般的文学评论有所不同。和以往机械地与参考译文做对比不同，教师在课堂上应该更加突出学生的主体性，让学生自己参与评判。教师在讲评时不应作为主体，而应该把学生放在主要位置上，调动学生的积极性，让学生主动了解自己翻译中的优缺点，主动改正自己的错误。作为学习活动的主要参与者，学生先要自己理解文学作品，然后进行部分作品的翻译，再由老师和同学进行比较和评判。同时，学生也有机会对参考译文和同学的译文进行评判。在这种双向评判行为过程中，学生主体意识加强了，学习热情激发了，实践语言翻译能力和文学鉴赏能力都会有所提高。

另外，在评论译文的时候，学生应该被告知从哪几个具体方面着手讨论，如题目、关键词语、对情节发展起关键作用的连接处、文章体裁和风格等。学生在教师的引导下，互相评论，充分讨论他们在翻译过程中对原文的理解和表达上的差异，从而提高学生的阅读理解能力和语言表达能力。

学生之间的讲评应该是让他们对学习的进展有清楚的了解，学生之间的互相讲评是为了促进他们的学习，而不是起激化竞争的作用。教师要明确的是，学生的最大竞争对手是他们自己，他们要比较自己以前的和当前的翻译水平，从而督促自己有所提高。

第三，文学翻译教学与其他课程的关系。文学翻译教学是一个较为复杂的过程，因为文学翻译本身就是复杂的。文学作品的翻译要求翻译者对作品本身的理解要到位，同时具有良好的语言功底。翻译的教学过程不仅是两种语言的学习，也是两种不同文化的学习。严格的文学翻译教学包括许多不同的科目的学习，如文学体裁的特点、写作主题背景和历史文化背景、文学创作特点等。所以，从翻译专业的角度来说，文学翻译本身所要求的学科背景也是专业的。但对非语言翻译专业的学生来说，利用文学翻译来促进外语的学习也和外语其他的教学内容相互影响，相互促进。

现在的外语课堂上对语言教学的划分主要有阅读、写作、听力、口语和翻译。阅读和写作分别是语言信息输入和输出的一种重要形式。在当代外语的教学特别强调语言交际功能培养的环境下，虽然听说能力被教学界所重视，但读写译的能力仍然是非常重要的语言交际功能，读写能力的培养在语言学习中的重要地位是不能撼动的。在学生学习语言的一定阶段，阅读大量的外国原版文学作品会帮助他们巩固所学的语言知识，而进一步的语言互译行为更加促进了他们语言的表达准确度和流利程度。同时，在阅读课上和写作课上引入外国文学作品，也提高了学生翻译水平，阅读理解和写作表达恰好也是翻译的必要过程。所以，这三门课程的结合学习会促进学生的外语学习。

（3）文学作品翻译教学的提升策略

第一，教会学生体会文学作品中的情感要素。英语作为一门语言，具有独特的语言魅力，但是学生在进行英文写作的时候就会比较死板，无法表达出作品本身应有的思想感情。因此，教师在教学过程中要注重对学生在阅读原著方面的意识培养，在翻译文学作品时先将原著进行阅读，并且体会作者的用意和感情，结合原著体会文学作品中所表达的情感，这样才能在文学作品翻译时使用准确的词汇，对文学作品进行完好的翻译。在英文翻译中，诗歌的翻译是最难的，同时最能锻炼学生的翻译能力，如果直译过来，就不能展现诗歌中的韵味美，这就需要翻译者使用形象的比喻来进行翻译。

第二，教会学生把握文学作品的整体风格。不同的作家有不同的写作手法，不同的作品也有不同的风格，不同时期的作品有不同的写作手法，作品当中包含着文化要素。因此，文学作品翻译者应当结合时代背景、写作手法、作者写作风格等各个方面，从整体上把握所要翻译的文学作品的特点，研究作者的中心思想，把握文学作品的整体风格。只有这样，译者才能根据文章进行艺术加工，对文学作品发挥想象力，从而形成自己的翻译风格。要想完成高质量的翻译工作，翻译者在将原著认真研读的基础上，把握作者的作品主线和整体风格，加之译者的文学功底，对作品进行艺术加工。所以，老师要在教学时，帮助学生分析英美国家文学特点，分析英美文学作品的风格和不同作家的写作特点。

第三，教会学生处理好中西方的文化差异。中西方的文化差异对翻译工作是一项难题，翻译者在进行翻译时会受到固有文化的束缚，从而与原著母语有较大差异。英文翻译者在对英文原著进行翻译时，应该先了解作者所在地和所处时期的文化背景和人文特点，找出原著中中西方的文化差异。翻译者可以将原著翻译后进行艺术加工和再创作，减少在翻译之后让原著意思失真的误差。翻译者还可以查阅一些其他西方国家的文化特点，进行角色转换，假设自己置身于作者所在的时期和所在的国家，从而站在作者的角度进行翻译。学校在课程设置方面，应注意设置有关西方文化赏析和见解的课程，帮助学生更好地理解中西方文化差异。

第四，教会学生合理运用直译和意译。直译的翻译效果可以最大限度还原原著的语言风格，将原文完整展示出来；意译只能将原文部分保留，将原文进行再加工。直译和意译这两种翻译方法都是在英文文学作品翻译中常用的方法，只有将这两种方法合理进行运用，该直译的直译，该意译的意译，在合适的地方使用合适的翻译方法，才能让翻译出来的文学作品使读者感到舒服有趣，而不是枯燥无味，难以理解。只有将直译和意译这两种方法使用得当，才能让读者更好地体会原文的意思，感受原著的语言魅力，让学生真正对翻译工作感兴趣。因此，学校应当针对直译和意译的特点，帮助学生总结怎样恰到好处地运用直译和意译。

第五，教会学生对译文的润色技巧。翻译者在对作品完成翻译之后，应当进行检查和润色，这就要求译者有较强的理解能力，译者需要对译文进行思考，把握整体的语言风格，对原文有较好的逻辑思考，使译文的意思和风格等真实还原原著，上下文有较好的衔接，这样才能提高翻译的水准和高度。对于文学作品润色而言，整体考查了翻译者的综合素质。因此，学校应当聘请专门的教师，向学生传授润色技巧。

英语作为当前全球交流的主要语种之一，已经成为中国外语教学中的重要课程。而英文文学作品翻译不仅是一项单纯的翻译过程，还要求翻译者对文学作品的文化背景有所了解，译者必须要对中英之间的文化差异、语言特点和写作风格有独特的见解，使读者能够站在作者的角度进行阅读。翻译者要在忠于原著的基础上超越原著，这样文学作品的翻译才能更上一层楼。

在外语的教学中，翻译能力的培养是教学目的之一。将文学作品翻译引入外语的教学中会提高学生对外语的感性认识，提高学生对外国语言文化的理解，还能加强学生的篇章阅读理解能力。通过文学作品的翻译，学生能对英汉两种语言不同的表达形式有更进一步的认识，在进行翻译的同时，学生学会使用地道的外语表达方式，促进其语言的写作应用能力。因此，对于文学翻译的教学而言，要突破以往以教师为中心的观念，适当结合理论引导实践翻译，调动学生的主观能动性，提高学生的外语实际应用能力。

3. 文学翻译素养与翻译教学提升

译者素质、译者能力、译者素养三个概念的内涵和支撑条件不尽相同，呈现出一定的层级性和关联性。译者素质是指译者从事翻译活动必需的生理、心理、语言等主观条件，主要由陈述知识和以陈述形式表征的程序知识构成，是译者能力得以形成和发展的前提和基础。译者素质的培养是翻译教学关注的基础问题。译者能力是译者素质的外化，主要体现为译者应用程序知识解决翻译问题的思维和行为过程，也是译者将静态知识转化为动态知识的一个过程，更是译者逐步形成翻译思维和积累翻译经验的一个过程。译者能力是一种动态结构，而不是静态结构，与翻译的行为过程有着直接关系，以思维能力为核心的译者能力应是翻译教学关注的核心问题。译者素养是译者素质和译者能力综合发展的结果，主要表现为译者根据翻译情境和目的建构翻译的自主性、灵活性和创造性，是译者形成专家能力和可持续发展能力的主要标志。

译者素养是译者的翻译能力同译者必备的其他素养综合发展的结果。译者素养指的是译者在特定社会、文化情境下创造性地求解翻译问题、生成翻译产品所需的自主意识及其实践，具体包括学习者的语言素养、知识素养、策略素养、数字素养、批判素养和社会素养……语言素养指对语言资源与意义系统的体现关系的内部表征，表现为基于不同语言交际情景解释、协商、构建、表达知识和经验的自主意识及其实践。知识素养指对认知结构与外部世界的建构关系的内部表征，表现为获取、类化、加工、重构、应用和管理不同知识的自主意识及其实践。策略素养指对翻译问题与可选方案适配关系的内部表征，表现为识别劣构问题、设计解决方案、拓展问题求解空间的自主意识及其实践。数字素养指对数字技术与翻译过程的价值关系的内部表征，表现为运用数字技术检索、甄别、归纳、应用、创造和交流信息的自主意识及其实践。批判素养指对自有知识与外部知识的一致关系的内部表征，表现为基于已有知识和经验阐释、判断、评价信息、观点、决策、译品的自主意识及其实践。社会素养指对自我身份与社会网络的协同关系的内部表征，表现为在翻译环境下就自我定位、项目管理、协作学习、职业规范、社会责任等形成的自主意识及其实践。

素养教育这一目标指在教学内容选择、过程设计以及绩效评价三个层面得以渗透和体现。具体言之，立足经济、社会发展的动态和潜在需要选择教学内容，凸显翻译的情境性、现时性和交际性，促进学习者与外部环境的有效交互，训练学习者的语言能力和知识能力，逐步形成自主、灵活、创造性地应用语言和知识的素养；以翻译学习环境的设计为致力点，创建辨识、分析和求解翻译问题的认知空间，训练学习者的思辨能力、决策能力和创新能力，促进智能增量和技能内化，不断形成应对不同翻译情境的翻译策略素养；从交际功能角度出发对学习绩效进行多元评估，培养学习者的批判素养、职业素养和社会责任意识。教学内容与社会需要相适应，教学过程与翻译学习的认知要求相统一，翻译评价与行业标准和规范相统一，有助于实现翻译教学由离散性向系统性的转变，最终形成一个完整的、多维的、开放的系统，有利于培养学习者的学习能力、应用能力和社会能力，促进学习者逐步形成满足现实翻译情境需要的综合素养。

本书在反思、统合翻译能力研究成果的基础上，对译者能力这一核心概念进行了重新界定，提出了以高阶思维能力为核心的译者能力动态观和译者素养观，界定了译者素质、译者能力、译者素养三者之间的内在关系，提出译者素养应是翻译人才培养的终极目标指向。

译者素养观可从四个方面做出努力：①注重培养学习者适应时代发展和个人发展的素质，如学会学习、学会协作、学会发展；②突出学习者的主体性，把学习变成一种人的自主性、能动性、独立性不断生成和发展的过程；③倡导探究式学习，培养学习者的问题意识、批判意识和创新意识；④构建多元学习环境，培养学习者的社会能力和兼容能力。然而，需要指出的是，译者素养教育是一项十分复杂的系统工程，不仅需要翻译教育观念的转变，还需要一系列环境要素的支持，更需要借鉴学习科学的基本原理，对其应用问题进行深度和精细化探讨，并针对翻译教学实践层面，从理论基础、目标倾向、实现条件、操作程序、效果评价等维度出发进行建模和实证研究，以期形成可资借鉴的成果，进而对翻译人才的培养产生积极的推动作用。

从文学翻译素养培养角度看翻译教学的提升策略具体如下。

（1）加快英语翻译课程体系建设、增加文学翻译的比重、改革翻译学科的评价体系，具体可从以下方面着手。

首先，英语课程体系建设要保持学生语言输入与输出的平衡和互动。传统的英语教学过分注重听、读、背诵词汇这样的输入性教学，而长期忽略说、写、译等输出性教学，致使学生无法灵活运用所学的语言知识。此外，增设汉语语言文化课，使学生了解汉语言文化的魅力，并将其作为英语语言文化的有益补充。

其次，采用基于问题式的翻译教学模式，创设翻译任务、精选教学范例，通过学生对范例的自主翻译及反复推敲，最终发挥教师的点拨和点评作用。

最后，对翻译课程的评价体系应由形成性评价取代终结性评价，加大学生平时翻译实践的分值比重。翻译实践要侧重向文学翻译倾斜，引导学生欣赏英、汉两种语言的美，掌握两种语言表达的特点和差别。

（2）翻译教师要具备良好的中国文化修养、深厚的文学翻译理论基础和正确的翻译理念。

首先，在课堂上介绍西方文化的同时，也要传播中国文化。翻译教师必须精通英、汉两种语言。翻译是母语和目的语，即汉、英两种语言的互动，任何一种语言的薄弱都有可能导致翻译进程受阻。因此，作为翻译课程传授者的教师，不仅要向学生传播翻译技能，还要以自己对两种语言娴熟的驾驭能力赢得学生的信任。

其次，要重视中国的传统译论。古代的支谦引发文、质之争，道安认为"按本而传，不令有损文字"，近、当代中国有严复的"信、达、雅"，也有许渊冲的"三美论"；有钱钟书的"化境说"，也有傅雷的"神似论"；有林语堂的"忠实、通顺、美"，也有刘重德的"信、达、切"。这些理论大都是针对文学翻译的，且每一种翻译理论都有其美学和实践价值。翻译教师要引导学生掌握这些文学翻译理论的精华，同时要引领学生将其灵活地运用到文学翻译实践当中去。

最后，准确把握学生在翻译实践中存在的问题，并给出正确的解决方案。纠正学生"语法+词典"的翻译方法和由于把握不好忠实和可接受性的"度"而出现的"翻译病"。很多学生将文学翻译等同于文本翻译，字对字、句对句地进行翻译，忽略了文学翻译对两国文化传达的要求，致使文学翻译作品不具备传神的魅力，把握不好忠实和通顺。英语翻译课程应创新翻译教学模式，从文学翻译的特点入手，以提高学生的文学翻译素养为己任，肩负起传播中国文化的责任和使命，为中国文学"走出去"而努力。

（十）文学作品翻译中译者应具备的素质

任何翻译，不管是一般的日常翻译、科技翻译，还是文学翻译，其本质都是把一种语言中业已表达出来的信息传达到另一种语言中去。但是文学翻译与其他翻译有一个根本的区别是：它所使用的语言不是一般意义上的仅仅为了达到交际和沟通信息目的而使用的语言。

作为一名文学翻译者，首先应知道文学翻译是艺术再创作的一种。艺术再创作有三个基本要求：第一，其成果也必须是艺术品；第二，尽量忠实地表现原作者的思想感情和艺术风格；第三，使艺术再创作的欣赏者（读者、听众、观众）能获得如欣赏原作同样或接近的艺术美感。就文学翻译而言，这三个基本要求就体现为：译文也必须是艺术品，必须尽量忠实于原作，使译文读者能如原文读者一样领略到原作的艺术魅力。文学翻译者是原作者和译文读者之间的桥梁，既要对原作者负责，又要对译文读者负责。立志于文学翻译的人应具备如下基本素质。

1. 良好的政治素养

文学翻译要具备良好的政治素养。文学翻译者在从事翻译的过程中，先应该具备良好的政治素养。因为翻译是两种语言和两种文化之间的转换，在进行翻译的过程，势必涉及不同国家的交流和互动。如果文学翻译者缺乏良好的政治素养，则就很容易引起不必要的问题。因此，文学翻译者必须明确自己的立场，具有良好的政治素养，对原文进行仔细分析和推敲，从而能够将原文的思想和内容准确地翻译出来。

2. 扎实的外文功底

无论翻译哪国著作，都需要有扎实的外文功底。精通本国语文和被翻译的语文，这是从事翻译工作的起码条件。翻译外文，则要求译者读懂译文，忠实原文，介绍中国作品给外国人，对译者的外文要求则更高，译文一定要流畅，符合外文的逻辑语法、语言方式。只有具备深厚的外文功底，才能保证对原文的理解做到准确和深透，才能最大限度地避免理解偏差，避免望文生义和词不达意。

在翻译的时候，需要调动起译者的源语与目的语，所以文学翻译者应该有扎实的双语基本功，只有这样，才能灵活实现两种语言的转换。在平时，译者还要多阅读中文以及外文著作，从而逐步提高自己对语言的感知能力，让自己拥有良好的语感。如果在翻译的时候译者对原文理解得不够透彻，就很难将原文的意思传达出来，读者读起来也会觉得磕磕绊绊，更无法去理解原作的深层次意思了。

3. 雄厚的文学修养

文学翻译有其特殊性。文学是文字的艺术，是文化的一个重要组成部分，而文字中又有文化的沉淀。文字、文学、文化是一个难以分割的整体。文学翻译是两种语言文化的竞赛，是一种艺术；而竞赛中取胜的方法是发挥译文的优势，或者说再创作。不同民族由于其各自不同的生存环境和文化传统，往往形成各自独特的文化意象。如果在翻译中对此有意回避或无力处理，就有可能丧失原文中具有的民族文化色彩，从而造成信息传递上的偏差。

文学翻译者应具有扎实的中文功底，一个优秀的翻译者在重视外文学习的同时，千万不能忽视了本民族语言能力的培养。此外，文学翻译家不仅需要有作家的文学修养和笔力，还必须有作家一样对人生的体验，对艺术的敏感，具备较高的审美鉴赏力和形象思维能力，甚至需要有文学家的气质和灵感。

翻译是一种媒介，文学翻译者不仅仅需要掌握大量的单词，还应该对目的语国家的文化背景知识有深入了解，如果不了解文化背景知识，就很容易导致误译。对于文化知识而言，主要包含：第一，对于地理、风俗、艺术等而言，不同的国家有不同的规则与标准，这些不同都是文化差异的一种外在体现；第二，翻译时，会碰到一些专业知识，例如在翻译科技类作品的时候，就会出现很多的科技词汇；在翻译医药类作品的时候，就会遇到很多药品名称；在翻译法律类作品的时候，就会遇到很多的法律条文，所以，文学翻译家需要不断扩充自己的知识面。只有这样，才能尽量避免误译现象的产生。

当前社会处于高速的发展中，不仅仅出现了很多的新事物，并且也产生了很多的新知识，如果翻译人员停止学习的脚步，那么就无法读懂一些新出现的词汇，更不能进行翻译。如果遇到一些不太懂的词汇，译者可以借助网络去查询，所以文学翻译者应该拥有一定的信息技术能力。之所以要培养这一能力，是因为很多新词无法通过传统的查询方式查到，因为字典或者词典的更新速度无法追上新词的出现速度，所以，对于翻译者而言就应该掌握各种搜索技巧，从而在更短的时间内找到问题的答案，这样就可以节约自己的宝贵时间。

4. 准确的判断力

准确的判断力主要体现在翻译技巧上。不同的翻译手法有不同的翻译效果，在不同的译文中或面向不同的读者时，应采用不同的翻译方法。如外文翻译为中文、介绍给中国读者时，大可不必费力翻成中国人习惯的语言方式，而应把原汁原味的外国著作介绍给国人。一个读者，当他产生阅读外国文学作品的愿望，准备阅读的时候，对他想象的或心目中的外国文学就已经有了一个框架，有一种审美期待，希望欣赏到外国文学特有的韵味，领略到外国文学作品所蕴含的异国情调（包括异域的文化、风情、习俗、审美习惯等），而这一切又是与外国文学作品的语言表达形式紧密相连的。译者要根据不同的文体与原作者的写作风格、写作背景来选择合适的翻译技巧。

5. 艺术性的创造思维能力

文学翻译者必须具有创造性思维。作品中的人物塑造包括外貌、言行、性格、心理等诸方面，每一个角色都凝聚着作者的心血，体现出作者的感情以及写作技巧。众所周知，文学与其他艺术如音乐、绘画、雕塑，甚至电影等相比，是局限于语言框架之内的艺术。而语言之所以能产生艺术所要求的形象性、生动性，这与语言本身的历史文化积淀、与语言使用者本人的生活经验有着密切的关系。当在一种语言环境中产生的文学作品被移植到另一种语言环境中去时，为了使接受者能产生与原作同样的艺术效果，译者就必须在译语环境里找到能调动和激发接受者产生相同或相似联想的语言手法。这实际上也就是要求译作成为与原作相同的艺术品。在这种情况下，文学翻译与文学创作已经取得了相同的意义，文学翻译也已不是简单的语言文字的转换，而一种创造性工作。

6. 正确的翻译态度

要想读者满意译文，文学翻译者首先要有端正的翻译态度，有为翻译事业鞠躬尽瘁的精神。尽管文学翻译有一定的难度，但只要译者有强烈的翻译事业追求，有知难而上、殚精竭虑的精神，总会得到读者的赏识。翻译者在翻译过程中一定要做到多思考，虚心向前辈学习，努力使自己的译文尽善尽美。汉语的词语极其丰富，一词一句的褒贬色彩更可强化思想感情的表达。英语中一个简单的 slow，就可以译成"慢慢的""缓缓的""徐徐的""慢悠悠的""慢慢腾腾的""慢条斯理的"等众多词语。或雅或俗，或庄或谐，彼此都不尽相同，可见翻译的学问实在无止境。

此外，文学翻译者的高度责任意识也是很重要的。如果文化想要得到传播，那么就离不开优秀译者，对于译者而言，他们肩负的任务是非常重大的。所以，在进行翻译的时候，译者应该秉承高度的责任感。在具体的翻译过程中，译者在翻译的时候应该对原文进行深入阅读，厘清其中的关系，明确原文的主旨，在翻译的时候应该选择最合适的词语对原文进行再现，对于原文的任何细节都不应该忽视。

二、文学作品翻译的风格

（一）作家的艺术风格分析

"文学创作是高度个性化的艺术创造活动。作家从自己独特的角度观察和体验生活，选择他们感兴趣的东西作为材料，按照自己的审美理想和趣味对头脑中的生活印象进行艺术提炼和加工，融入自己的情感态度和审美评价，使头脑中的生活印象升华为审美意象，然后用自己独特的语言表达形式将其表现出来"[①]。在这一过程中作家的世界观、人生观、价值观和艺术审美观逐渐成形成稳定的思想艺术个性，它外化为作品的风格。

1. 作家人格与风格再现

影响作家风格的主要因素包括人格、性格气质、创作心态、审美理想、审美趣味等。风格是作品的核心要素，它是一种艺术格调，反映了作家思想道德、人格修养的境界。周仪在《翻译与批评》中认为诗歌有格调美，它是"人格的反映，即作家的人格和人格理想在作品中的投影"，人格是指作家的道德节操、思想作风以及生活态度的综合表现。在文艺创作中，不管作家自觉与否，总要按照自己的人格和理想去塑造形象，评价生活，也就因此表现出一定的格调美。话说"诗品出人品"也就是这样的道理。语言在文学中具有本体论的地位，作者是最具特色的特殊思维风格和审美风格，生命世界与精神世界的情感符号，形成语言和语言形式的意义显示了文学的特殊精神世界，语言是权力模式显示模式与创作的作者，应该在诗意的解释学中特别注意。

中国传统美学常以"气"来评价主体人格，将作家审美人格分为儒家之人格和道家之

---

① 贾延玲，于一鸣，王树杰. 生态翻译学与文学翻译研究 [M]. 长春：吉林大学出版社，2017：45.

人格。儒家美学追求主体的浩然之气、骨气和雄气。唐朝诗人王勃在《山亭思友人序》中认为大丈夫"得宫商之正律，受山川之杰气"，提倡"气凌云汉，字挟风霜"；陈子昂提倡骨气，其诗风"骨气端翔，音情顿挫，光英朗练，有金石声"。儒家美学强调主体养气，孟子说："我善养吾浩然之气"，"其为气也，至大至刚，以直养而无害，则塞于天地之间"蒲震元在《中国艺术意境论》中认为养浩然之气是中国传统文化中的一种理性精神，"促进人类不屈不挠的战斗精神""追求崇高的道德生活境界"。儒家的理想人格是圣人、君子和美人，孟子说："可欲之谓善，有诸己之谓信，充实之谓美，充实而有光辉之渭大，大而化之谓圣，圣而不可知之谓神"，提出"善、信、美、大、圣、神"的人格理想。《中庸》里说："淡而不厌，简而文，温而理，知远之近，知风之自，知微之显，可与人德矣。"

杜甫是儒家审美人格的典范，张戎在《岁寒堂诗话》中评价说："诗文字画，大抵从胸臆中出。子美笃于忠义，深于经术，故其诗雄而正。"宋朝张方平在《读杜工部诗》中写道："杜陵有穷老，白卷惟苦吟。正气自天降，至音感人深。昭回切云汉，旷眇包古今，"下面是杜甫的《登楼》和许渊冲的译文。

> 花近高楼伤客心，万方多难此登临。
>
> 锦江春色来天地，玉垒浮云变古今。
>
> 北极朝廷终不改，西山寇盗莫相侵。
>
> 可怜后主还祠庙，日暮聊为梁甫吟。

> It breaks my heart to see blooming flowers near the tower.
>
> The country torn apart，could I admire the flower?
>
> Spring comes from sky on earth and greens the River Brocade；
>
> The world changes now as then like white clouds o'er Mount Jade：
>
> Our royal court like polar star remains the same，
>
> Though the foe from the west borders put our land in flame.
>
> I'm sad to see the temple of the conquered king，
>
> At sunset in praise of his minister I'd sing.

原诗为诗人寓居四川成都时所作。在杜诗中登楼远眺、伤古悲今是常见的主题，最为诗界称道的是《登高》，这首《登楼》也是一首佳作。诗人经历了"安史之乱"的磨难，颠沛流离来到四川寓居，他关心国家的命运，牵挂人民的疾苦，登楼远眺，思绪万千。四川被誉为天府之国，安宁祥和，景色宜人，但诗人忧国忧民，无心欣赏美景。

2. 作品语言风格的再现

文学创作具有鲜明的个性化特色，首先作家从自己独特的视野来感受生活，从中选取自己感兴趣的若干片段作为创作素材，然后作家按照自己的审美理想和趣味对头脑中的生活印象进行艺术提炼和加工，使其升华为审美意象，它融入了作家的情感态度和审美评价。在语言表达阶段，作家在作品的遣词造句谋篇上表现出自己的语言风格。译者阐释原作风格首先要对作家的思想艺术个性进行全面深入的研究，在此基础上从语音、词汇、句法、篇章等层面对原作语言进行分析，把握作家的语言风格。同时，译者要充分发挥自己丰富的想象力，与作家（原作人物）进行深刻的移情体验，在脑海中再现出原作的画面、原作语言所描绘的场景，把握作家在刻画形象和表现意境上的风格特点。

就语音层而言，文学作品的音美与意美融为一体，起着刻画形象、传达思想感情、烘托气氛的艺术功能。英国诗人雪莱的诗歌节奏鲜明，音节响亮，音韵优美，富于气势。刘守兰在《英美名诗解读》中认为雪莱的抒情诗富于优美的意境、奔放的激情、细腻的刻画和强烈的音乐感。译者要善于识别原作语音层的风格标记，力求通过译语将其再现出来。下面是英国诗人勃朗宁的 pipa's song 和何功杰的译文。

> The year's at the spring,
>
> And day's at mom；
>
> Morning's at seven；
>
> The hill-side's clew-pearl'd；
>
> The lark's on the wing；
>
> The snail's on the thorn；
>
> God's in His heaven——
>
> All's right with the world！
>
> 一年正逢春，
>
> 一天正逢晨；
>
> 上午七点钟；
>
> 山腰露珠重；
>
> 云雀展翅飞；
>
> 蜗牛角伸长；
>
> 上帝在天堂——
>
> 世界万物均无恙！

原诗表达了诗人对大自然和上帝的赞扬。全诗共八行，每行包含五到六个音节。前七行 The year's at the spring/And day's at morn/Moming's at seven/The hill-side's dew-pearl'd/The lark's on the wing/The snail's on the thorn/God's in His heaven 的系表结构组成排比形式，at the spring、at morn、al seven 描写时间，on the wing、on the thorm 描写地点，既整齐划一，

又富于变化，节奏轻快活泼。末行 All's right with the world！诗人感叹世界多么美好。何译"一年正逢春，一天正逢晨；上午七点钟，山腰露珠重；云雀展翅飞，蜗牛角伸长"每行五个汉字，包含两顿，节奏齐整。动词"展翅飞""伸长"将原诗介词结构 on the wing：on the thorn 化静为动。

就词汇层而言，文学作品的词汇能够刻画意象，表现意境，传达意蕴。李咏吟在《诗学解释学》中指出，作家"话语风格的个性化往往是通过特定的用词习惯、句法构造、意义构成和审美情调来表现的"，一个风格成熟的作家有自己的"话语领域、情感领域、形象领域"，其作品的词语富于"弹性效果"，表现出"空灵凝重的美学意蕴，特殊的句法韵律效果，语词勾画形象的逼真生动性"。译者应从原作整体的语言结构和艺术效果出发，对原作的每个字认真分析和揣摩，领悟其思想情感内涵，译者要善于识别原作词汇层的风格标记，力求通过译语将其再现出来。

就句法层而言，作家不仅在作品的用词上精雕细琢，而且在词与词的搭配与连接上也精心构思。李咏吟在《诗学解释学》中谈道，文学创作是"通过充分的话语表达与自由句法去捕捉思想火花，还原生命情感，表现人生情景，描摹想象情状的过程"，作家"通过一个句法，一种语境去描摹一种情调，勾勒一种思想。语词在情调中生动地展现自己，在句法中自由地表现自己"，"当一个自由句法破口而出，信手书写而成，且具有独特的韵律效果又能自由地表达主体性情感与思想时，作家发现自己的创作色调"。有的作品语言空灵，清丽婉约，其句法追求"简洁性和灵动性"，"比较自由缠绵，每个语词都富有色彩质感和抒情灵性"；有的作品质朴自然，刚健清雅，其句法追求"单纯性、简单性"，每个语词都显得铿锵有力，思想具有一种穿透力；有的作品强调沉雄思辨，"尽量用思辨句法倾诉，使文学话语表达蕴涵着一种理性沉思的特性"，其句法繁复难解，"叙事抒情意象热衷于巨大事物，语调激昂，沉郁顿挫"。

（二）译者的艺术风格解读

译者作为翻译主体并不是冷冰冰的翻译机器，而是有思维、有感情的生命个体。他有自己的世界观、人生价值观、审美观、语言观，总是从自己的社会阅历、生活经验出发，按照自己的审美理想和趣味对原作的意象（人物形象）和画面、思想感情内涵、语言风格做出个性化的判断和评价，在译文中译者不可避免地要留下自己语言风格的印记，所以翻译是要重现原来的风格，也在一定程度上显示了译者的风格。

文学译作的风格具有时代性和个人性：一方面，产生于特定时代的译作受该时代的意识形态、诗学观、审美标准等因素的影响，其译风带有该时代的印记，翻译研究人员通过比较不同时代的美学研究，可以发现随着时代的演变，国家文学的变化和语言发展，也可以观察到同一作家给不同时代的人的不同印象；另一方面，文学翻译是译者主体的艺术再创造，文学译作必然会反映出译者的风格，尤其是翻译名家的风格能给译文读者留下深刻的印象，如晚清翻译家林纾的译文"文学渊雅，音调铿锵"。

1. 译者的审美趣味

作为主要艺术家的翻译有自己独特的审美品位，作家和作品的选择，倾向于在类似作品的生活经验和艺术美学中选择与自己相似的东西。译者被原作所深深吸引，产生浓厚的审美兴趣，就会与作者、原作人物产生强烈的思想和情感共鸣，内心深处就会产生一种无法抑制的冲动，想把自己所体会和感受到的传达给其他读者。译者对原作"知之、好之、乐之"，才能使译作让译语读者"知之、好之、乐之"。优秀的翻译家都不是那种无所不译的全才，而是专门从事某一作家作品翻译的专才。一个去译约瑟夫·康拉德的小说或奥尼尔的戏剧的人，如若自己心中对海洋没有深刻、亲切的感受，他的作品也不会真切。一个译曼斯菲尔德的人也应具有一颗精细、缜密的心。译者的审美趣味包括社会因素和个人因素，具体分析如下。

在社会因素方面，在《翻译的忠实概念》中，法国学者阿尔比说，翻译者不仅应该是"他属于语言限制的时代，而且也是一些语言哲学，政治观点，限制等审美因素，使他倾向于拥有这种翻译方法"。清末民初的翻译家梁启超把翻译当作一种社会革新的工具，其译介活动旨在唤起民众，所以注重传达原作的思想观念，以译意为主，正如他在《十五小豪杰》译后语中所说："英译自序云：用英人体裁，译意不译词，"由于梁启超的社会影响，这种译法成为时尚。在晚清，小说翻译者期望翻译的四个方面：一个是"切换到中文名称，地名，容易阅读记忆"；二是"改变小说风格，甚至准备内容适应小说读者品味"；三是"删除"无关的情节；四是"翻译补充——翻译的很多话题，原来没有找到。"

在个人因素方面，翻译者作为主体，个人因素不自觉地影响到他的翻译，他的认知结构、他的情绪、语言能力、感情素质在翻译过程中都拥有着巨大的作用。有些译者采用释意法"解释了句与句之间的关系，明确表达了其中所隐含的信息；甚至改变了句法"，关注"对整个文本的理解，忠实于意义"；一些翻译"限于原文的字面含义和句子结构"只关注"原来的词汇和结构，忠于语言"，采用字面翻译的方法。相同的文字翻译，翻译者可能会持有文字研究的目的，也有可能引入新的文学形式和表达手段，目标不一样，自然效果不一样。梁启超是学者型的翻译家，精通日语，他对欧美政治小说的汉译重在传播知识，政治目的性很强。文学翻译先驱林纾是作家型翻译家，更多的是按在翻译中是由王寿昌等人口述原著的内容，他负责笔述，这种译述夹杂着创作的成分。

2. 译者风格与作者风格

在文学翻译中译者往往优先选择与自己风格相近的作家和作品，但译者有时也会身不由己，必须面对与自己风格迥异的作家和作品，因此必须处理好自我风格与作家风格的关系，不能喧宾夺主，过分表现自我风格，而应以再现作家风格为主，使译作尽可能贴近原著风格。罗国林在《风格与译风》中认为翻译者应该适当地抑制表现欲望，"永远忠实于原创，谨慎自觉地利用原有的纪律，不要让自己的个性压倒原有的特征，而应该最大限度地抑制乃至隐藏自己的个性，使自己的个性服从于原著的风格。"许钧在《关于翻译的"风格"》中认为译者"不能只管自己的'个性'的流露，只顾自己'个性'的展现，不分场合，不分对象，不顾原作的氛围，不顾原作者对美学的研究不顾对自然的原始风格和对自然生态的自然语言的深刻理解。若有本质的冲突，如译者风格与作者风格的冲突，译者的本质流露越自然，就可能越与原作风格格格不入"。周仪在《翻译与批评》中认为风格是"每一位艺术家，包括翻译者，当然可以达到最高境界，一旦他们的实践形成，将是艺术活动的灵魂。在复制别人的作品时掌握这些风格，不要故意掩饰自己的风格，或者让自己的风格像隐藏在艺术活动中。他们的风格，都是自然而然，透露出明确的知识"，翻译和作家的风格应该是"平行相称，协调一致"。

在翻译史上凡是名家名译都表现了译者鲜明的风格，是"译"和"艺"的融合。译者力求忠实于作者和原作，但他必须充分发挥主体能动性，必然会把自我个性投射进译作。谢天振在《译介学》中指出文学翻译是创造性的叛逆，其创作表明，翻译者"在自己的艺术创作中可以更接近重现原作，主观地进行努力"，叛逆反映了"翻译过程中为了达到一定的主观愿望，翻译原来的客观偏差"。郭著章在《翻译名家研究》中认为鲁迅翻译日本文学作品，其译风如同其文风一样简洁凝练，既再现了原作"细腻的笔触"，又"不失表达上的优美与流利"，读来耐人寻味。

作家型翻译家在翻译过程中往往有一种表现欲望和创作冲动，他必须适当控制这种欲望和冲动，防止把翻译变成创作，用自我风格替代作家风格，刘宓庆在《翻译的风格论》中强调译者应使"翻译与原文的对应，力求'适合'的风格，目标语言应该适应原始风格，尽力做到'增一分则太强，减一分则太弱'"。

文学翻译是积极的富于创造性的艺术活动，译者自我个性的表露不可避免，对其刻意压制是不现实的，也是不可取的。译者如果完全放弃自我风格，就会变成毫无生气的翻译机器，其译作必然苍白无力，味同嚼蜡。译者要擅长于将自我风格融入作家风格中去，并在凸显出作家风格的同时将自我风格暗藏在译作的行间字里。译作风格是一种混合体，既反映了原作风格，也在一定程度上透射出译者风格。

3. 译者对原作风格的再现

在文学翻译中译者既要忠实再现原作和作者的艺术风格，又不可避免地要表现出自己的艺术风格，但再现原作风格是译者的首要职责。译者要再现原作的艺术风格，必须全面深入地了解作家的生活经历、创作生涯、世界观、社会观、人生价值观、艺术审美观、语言观，把握其思想艺术个性，剖析原作的语言结构，从语音、词汇、句子、篇章等层面把握作品风格。刘士聪在《汉英·英汉美文翻译与鉴赏》中认为风格是一种持久的吸引力，通过"声音节奏，艺术观念和气氛，个性化话语方式"的工作。译者要知人知言，必须深刻认识和了解作者，把握其内心世界，通过移情体验达到精神的契合，认真剖析原作，从语言、意象、意境等层面来准确把握作家风格。对作家的作品和其为人处世的性格要有深刻领悟和了解，并且越透彻越好，作家在写作时是以其思想和情感做主导，译者通过了解作者和研读作品后，在翻译时也要将自己处于与作家大体相同的思想和情感状态中，这是使译文"神似"的首要条件。

郑海凌在《风格翻译浅说》中认为，翻译是翻译原始风格的总体把握的关键，"具体到一个文学作品，翻译必须首先通过原来的语言，深入理解和实现原创作品的意图、思想含义、情节结构和人物形象、艺术手法和语言特征，特别是作者艺术追求的经验和原有的'艺术观念''文气'，找原作者的'声音'。整体把握原来的风格，然后从整体理解和经验的角度对原有的地方因素，如修辞特征、语法结构和词语无意义。许多人的经验表明，整体把握原来的理解风格和经验，原创艺术创作过程有时可以刺激翻译者的灵感，引起翻译和作者共鸣。"风格翻译是文学翻译的最高境界，并将原创风格转化为文学翻译，翻译过程中的翻译者应该了解原有的风格，擅长捕捉可以反映原始风格的最独特的标记，然后根据这些独特的印记选择适当的语言表达和复制。

作家鲜明独特的艺术个性外化为作品风格，构成作品艺术价值的核心要素。译者要再现原作艺术价值，就必须使译作在风格上与原著一致；重现原始风格，关键是重现单词的个性化方式。当我们翻译作家的作品时，通过他的语言翻译可以重塑他的气质，以不同作者表达的语言特征表现出翻译风格的另外一面，翻译者必须由研究作者开始，研究作者精神气质、思想观念、审美趣味。因此，纯粹的研究翻译技巧还不够，只有从根本上了解作者，翻译才是非常重要的。

第二节　文学作品翻译中的生态环境

生态翻译学视阈下，文学翻译是一个复杂的过程。正如其他科学或者艺术创作一样，文学翻译过程受其所处历史时期的各种主客观因素的制约和影响，这些影响文学翻译主体生存和发展的一切主客观因素形成了一个生态翻译环境，文学翻译的过程实际上就是译者适应外部生态翻译环境的选择性活动。生态翻译环境的具体内容包括地理环境、物理环境、政治环境、气候、空间、衣着、嗅觉以及工作环境等。

研究文学翻译的生态环境要先从"生态"说起。所谓"生态"是指生物之间和生物与周围环境之间的相互联系、相互作用的状态，即生物在周围环境中的生存状态。世界是一切生物共同的家园，自然界中生物与生物、种群与种群之间的和谐关系不能被破坏。同样，生态翻译也有一个和谐共生、平衡发展的问题。据此，生态翻译可表述为：翻译主体之间及其与外界环境之间相互联系、相互作用的状态。

从社会学角度看，文学翻译活动是由诸多行动者在特定的环境下共同参与、彼此结合起来共同完成的。文学生态翻译环境，是一个在翻译活动中有不同分工的生命体的组合，可以包括原文作者、译者、读者、翻译发起人、赞助人、出版商、编辑、译文审查者、译评人、营销者、版权人等。作为语言信息转换的翻译生产过程，翻译行动中的各个行动者，是在相互协商、相互作用下，形成的一个翻译网络，并为实现翻译的目的而共同维系着这个网络。文学生态翻译环境中的每一个角色都有自己的任务和作用，都是完成翻译活动不可或缺的。

变化是宇宙间万事万物的根本属性，文学生态翻译环境是个复杂的统一体，同时也在不断变化着，因此文学翻译的生态平衡当然也是一种动态而非静态的平衡。文学翻译系统中某一环节如果发生改变，引起不平衡，依靠其生态环境的自我调节能力可以使其进入新的平衡状态。正是这种从平衡到不平衡到又建立新的平衡的反复循环过程，推动了文学生态翻译环境整体和各组成部分的发展与进化。生态平衡的动态性体现出维护翻译系统的生态平衡不只是保持其原初稳定状态。文学生态翻译环境可以在人为有益的影响下建立新的平衡，达到更合理的结构、更高效的功能和更好的生态翻译效益。与此同时，由于任何生态环境都不是孤立的，都会与外界发生直接或间接的联系，会经常遭到外界的干扰，因此文学翻译系统的生态平衡又是一种相对平衡而不是绝对平衡。

文学生态翻译环境对外界的干扰和压力具有一定的弹性，其自我调节能力也是有限度的，如果外界干扰或压力在其所能忍受的范围之内，当这种干扰或压力去除后，它可以通过自我调节能力而恢复；如果外界干扰或压力超过了它所能承受的极限，即生态阈限，其自我调节能力也就遭到了破坏，就会衰退，甚至崩溃。如果文学生态翻译环境受到外界干扰超过它本身自动调节的能力，就会导致生态平衡的破坏。翻译系统的生态平衡是在一定时间内翻译系统结构和功能的相对稳定状态，其物质和能量的输入、输出接近相等，在外来干扰下能通过自我调节（或人为控制）恢复到原初自然的稳定状态。当外来干扰超越生态环境的自我控制能力而不能恢复到原初状态时即是生态失调或生态平衡的破坏。

生态翻译学视阈下，译者、目的语读者和翻译研究者三个翻译中的重要部分（即生态翻译学中三大功能团）与自然生态中生产者、消费者、分解者三大功能相对应。译语生产者创造了价值，而译语读者作为消费者，翻译研究者作为分解者也从另一个侧面创造了价值。三大功能群体之间，由能量流、物质流、信息流、知识流、能力流、价值流联结和贯穿，彼此相互关联、相互作用和影响，促成了整个翻译系统功能的运转和演化，也实现了翻译生物群落的自身进化。译者是在接受了生态翻译环境的前提下，又转过来以生态翻译环境的"身份"实施对最佳行文的选择。因此，在一切翻译活动中，"原文—译者—译文"形成了相互作用的三元关系。译者是翻译活动的主体，原文和译文相对于译者便是翻译过程的客体。运用达尔文的适应选择理论来解释，只有译者才是具有适应环境能力的生命体，原文和译文则是非生命体；而非生命体本身是不可能自动适应环境的。因此，胡庚申认为译者是翻译活动的主体，并提出了生态翻译的"译者中心论"，强化了译者生物主体在生态翻译系统功能中的主导地位。

文学翻译的生态结构包括：文学原作、原作者、译者、读者、翻译赞助人、文化背景（源语文化与目的语文化等）、政治环境、经济环境等。按照其发生作用的主体不同以及产生影响的不同，可以将它们分为两大类，即微观文学生态翻译结构和宏观文学生态翻译结构。所谓宏观文学生态翻译结构包括某一历史时期，对整个国家或者社会的文学翻译倾向、文学翻译选择、文学翻译发展有影响的相关因素，如国家制定的翻译政策等。微观文学生态翻译结构则包括影响单个翻译作品的相关因素，如译者、源语文本等。

一、文学翻译的自然生态环境

站在历史的洪流中不难发现，随着人类科学技术的发展，我们可以随意地根据自己的需要改变自然环境，自然环境对我们的影响和约束似乎越来越小，但应该意识到的是自然环境对于人类种种活动的影响是不可磨灭的，因为人类是自然界很微小的一部分，脱离自然的人类活动也是不可能存在的，自然环境已经以一种潜在的形式隐藏在我们的一切活动中。

文明的起源首先要依赖于地理环境。人的聚集、互动、生产乃至文明的产生和文化的发展需要一个相对温和宜人的地理环境。因此，地理环境作为一种横向决定因素，在相当大的程度上影响文化的发展方向或模式，奠定了文化的基础。中国文化体系与西方文化体系在地理环境层面具有很大的差异性。

我们现在所指的中西文化的概念，中主要是指以黄河中、下游流域及长江流域为轴心发展起来的华夏文明，或曰中国文化；西则主要是指以爱琴海、地中海为中心兴起的古希腊文明、古罗马文明、古埃及文明，或曰西方文化。从这一定义上，我们可以了解，中华文明的发祥地不是在沿海，而是在黄土高原上孕育和发展起来的，然后在华北平原，再后是往长江以南发展，历史上保持着长期的连续性和稳定性。因此在这种文化体系下，中国人自古以来很容易产生一种安逸无忧的社会心态。中国东临大海，古代由于水上交通不发达，造船技术与人的体质有限，当面对海洋时，只能进行沿海邻近地区的活动，而无法穿越大洋。因此，中国人很少或者说通常无法和大洋彼岸的人交往，对大洋彼岸的情况了解甚少，海路基本上是行不通的。一言以蔽之，古代中国只能在这种几乎封闭起来的空间里发展自己。

但是当时的中国土地肥沃，适合农耕，因而农业很发达。农业是向自然要粮食的，只要土地不流失，气候不恶劣，就可以长出庄稼来，就可以拥有较好的生存条件。只要不存在意外的天灾人祸，耕种者就可以永远留在那个地方，就可以安居乐业。久而久之，中国人深层心理结构中那种流动的感觉就不强烈，人们渴望安宁，渴望天下太平。中国文化的方方面面也逐渐适应了这种环境并渐渐衍生，最后发展出了一种独特文化。这种宜于安居乐业的环境孕育了特别发达的家庭形式，并孕育出"孝"这种极重要的维系家族乃至皇权的权威思想观念。溯其因，这都是由于环境赐予了中国人安居乐业的这种生存状态，这种状态必然要孕育并强化"孝"的观念，且进一步催生出儒家"以孝治天下"的伦理政治纲领。因此在中国人看来人性是美好的，自然是美丽的，而社会生活也是理想的，所以说人们崇尚和谐安定不仅代表了生活态度，也是社会心态的大势，至于现在也是。

西方的地理环境自古就不适于农耕，虽然它也有农业生产，但它的土地很不肥沃，树叶大都是针叶形的，地中海一带更是贫瘠。在这种土地资源条件下，西方人若不远走他乡就无法生存。与此同时，西方有远走的条件，虽然庄稼长不好，但可以长草，大片的平原上长满了草，非常适合游牧，因而西方游牧业发达。除此之外，地中海这种内海，虽然不产什么东西，可作为航路却很方便，不需花费过多人力、物力、财力就能拥有数不清的交通要道。地中海周围有很多国家，只要有船，彼此之间交往起来就很方便，可以进行海上的贸易，因而商业也相对发达。

商业与游牧二者的流动性都很强，具有开放性的特点，而且商业和游牧都面向大海。大海作为一种博大狂放的自然力的象征，能激起人们一种挑战的心理和启示：必须与大自然搏斗，征服大自然，否则无法与自然融合。故而西方人的生存感也很强，整个民族很强悍，勇于与大自然作斗争。西方人由于流动性强，所以家族分离是司空见惯的现象。西方自然环境的特点使得整个社会群体必然向流动性和开放性发展，同时也必然强调独立，强调个人主义。西方民族的战争性格也是由其所处环境造成的——要生存，就必须应对环境的挑战，这造成了西方人性格中的坚忍，也导致了西方各民族之间长期互相斗争不断。这种受自然环境制约的历史进程渐渐塑造了西方人的性格倾向：斗争，绝不后退。究其根本，这实际上是一种崇尚竞争取胜的社会心态，所以西方的发展迅速而有力，对于新事物的接受也比较容易，西方人对于文化的吸收不是批判而是学习，是学为我用以达到获胜。

综上所述，自然生态环境的差异最终形成了中国崇尚和谐安定的农耕文化，西方崇尚竞争取胜的海洋文化，而这决定了中西不同文化体系中的许多内容。在做文学翻译时，译者必须了解相关的背景知识，向读者提供附加信息，以帮助读者理解原文。

例1：In addition to his salary, Bernard receives a large monthly allowance from his Father—that is probably why he is able to spend money like water.

译文：除了工资，伯纳德还每月从他父亲那里得到补贴——怪不得他挥金如土，毫不在乎。

西方文明亦可称作海洋文化，英语中有很多语言表达都会和船、船上的工具、海水、海难、海风、鱼等有牵连，是海洋文化的一种展现。将英文译作汉语时应该相应转化，使得译文符合华夏农耕文明的特点。源语中的"water"转换成汉语译文中的"土"应该是非常合适的。

例2：When I undrew the curtain and looked out of bed, I saw him, in an equable temperature of respectability, unaffected by the east wind of January, and not even breathing frostily, standing my boots right and left in the first dancing position, and blowing specks of dust off my coat as he laid it down like a baby.

译文：我把床帷拉开，从床上往外看去，我看到他那份沉静平稳的体面派头，像沉静平稳的气温一样，举止作息，一点不受一月里那种东风的影响。连嘘翕呼吸都丝毫不含冰霜的凛冽；他就带着这种体面的派头，把我的鞋，像跳舞起步那样，左右平排分放，同时像放一个婴儿那样，放我的上衣，用嘴吹上衣上的微尘。

例3：How many winter days have I seen him, standing blue nosed in the snow and east wind?

译文：在许多冬日里我总看见他，鼻子冻得发紫，站在飞雪和东风之中。

中国与英国的地理位置不同，因此风向的意义各异。中国人认为东风是温暖的，是春天才会有的风，而西北风则是寒冷的。英国地处西半球的北温带，属海洋性气候，传递春天消息是西风，东风对于他们而言几乎成了寒冷的代名词。尽管如此，英文中"east wind"在译文中直接对应为"东风"还是会令一些译文读者费解的。钱哥川在《翻译漫谈》一书中曾认为此句的 east wind（东风），译成汉语应改为北风（朔风）或西风才好，这正是自然生态环境的差异造成的不同文化氛围。当然也有学者认为可以直译加注，以便最大限度地保持原作的风姿。不同的文化氛围造成的表达差异还可以通过下面的例子来加以说明。

例4：Shall I compare thee to a summer's day? Thou art lovelier and more temperate.

译文：我可否将你比作夏日？你比夏日更可爱更温柔。

在中国人心目中，夏天与酷暑炎热联系在一起，而英国的夏季则显得温暖明媚，是一年中最宜人的季节，如同中国的春天一样，给人一种美丽、温馨、可爱的感觉。如果了解这样的背景知识，在上例莎士比亚的这首十四行诗中，诗人将爱人比作夏天的心情，读者就不难想象了，但是如果译文读者缺乏对中西气候差异的认识，必然会一头雾水。

例 5：Those were days when the sun never set on the British flag nor rose on many an East End home.

译文：那是日不落大英帝国的黄金时代，也是伦敦贫民区千家万户从不见天日的岁月。

例 6："You won't find," he would say to Miss Rhoda, "that splendour and rank to which you are accustomed at our humble mansion in Russell Square..."

译文：他对萝达说："亲爱的小姐，你一向看惯了伦敦西城贵族人家的势派，他们排场大，品级高，我们住在勒塞尔广场的人家寒薄得很，不能跟人家比……"

如果不了解相关地理知识，大多数人也许会把例 5 误译为"那些日子里，太阳从未在英国国旗上落下，也未在东方家庭升起"。实际上，从地理上来看，英国伦敦分为西区和东区，西区叫"West End"，是富人居住的繁华地区，而东区"East End"，则是穷人居住的地区，具有特定的政治内涵。例 6 中的富家小姐 Miss Rhoda 也住西区。伦敦的地域分区特点应在译文中有所反映，否则译文的意思便不完整。例 6 如译成："你一向看惯了伦敦西城的那种排场和品级的派头……"，句子的意思就很模糊，不能完全对应源语中所传递的信息。加上"贵族人家"这四个字，句子意思便豁然开朗。由此可见，根据生态环境相关的背景知识对译文进行变通处理是很重要的。

二、文学翻译的社会生态环境

文学翻译活动是在人类社会发展到一定的阶段才出现的交流活动，而且随着人类社会的不断演变而不断发展、不断丰富。文学翻译作为不同文化间沟通与联系的重要载体，具有举足轻重的作用。文学翻译过程体现出国与国之间经济力量的对比：强势文化凭借其强大的经济实力试图通过意识形态领域操控弱势文化，通过对其意识形态领域的侵蚀达到自身的政治目的。"一篇译文的诞生，不仅受到译者翻译水平和技巧的影响，同时也与当时的社会政治环境密不可分。翻译工作者作为一名社会人也必然受到社会大环境的影响，社会生态环境对文学翻译的选择、接受和传播起着直接的影响作用"[1]。

---

[1] 盛俐. 生态翻译学视阈下的文学翻译研究［M］. 广州：暨南大学出版社，2014：60.

（一）社会发展和文学翻译

社会的发展需要翻译，社会的进步和发展又推动着文学翻译向前发展。人类社会始终处于不断发展的状态之中，而人类社会越发展，越体现出一种开放与交流的精神。人类社会想要走出封闭的天地，求得发展，首先必须要与外界进行接触，以建立起交流，向着相互理解、共同发展的目标前进。而在这样一个过程中，文学翻译恰如一座桥梁，在不同文化之间的交流过程中扮演着至关重要、必不可少的角色。

不同社会发展阶段对文学翻译有着不同的选择和需要。从国内对西方文学的译介中可以看出，"五四"前后既是 20 世纪中国文学的一个重要转折点，又是中国的文学翻译的一个转折点。"五四"时期，大多数翻译家把文学翻译看成是救国救民的一种手段，他们看重的不是文学本身的价值，而是文学所具有的功用价值在这种观念的指导下，翻译选题的选择都是实用性优先。当时的启发国民政治意识的西方政治小说被大量译介过来。

随着中华人民共和国的成立，举国上下重新认识到，在世界发展逐渐趋于全球化、一体化的时代，中国必须实行改革开放，解放思想，以便更好地充实自己，发展自己。正是基于这么一种社会和发展的需求，中国的翻译事业才得以从 20 世纪 70 年代末 80 年代初起，又一次进入发展的新高潮，这一最新高潮的规模之大，影响之广，是以往任何时候的翻译活动所无法比拟的。

（二）社会价值观和文学翻译

不同社会发展阶段会有不同的价值观，而不同的价值观有可能带来积极或消极的作用。社会价值观也会给翻译带来影响。为此，不妨看看当今译坛，近年来形成了一股名著复译热，一部《红与黑》竟有二十多个版本，翻译的责任心下降，不少译者对翻译事业的严肃性认识不足，对原文一知半解或不求甚解，率尔操刀，急功近利，译文品质较差，在量的繁荣背后，隐藏着质的危机。另外，在翻译市场上，剽窃、抄袭、假冒之作纷纷出现。同时，外国的版权引进工作，特别是一些外国畅销文学作品的版权引进工作出现无序与恶性竞争的态势，一批批没有借鉴价值的书被引进中国，造成了多方面的危害。这些问题的存在，固然是多种原因造成的，但其中最主要的一条，就是在当今社会，有些人的价值观发生了严重的倾斜，单纯追求利益之风不断滋长，渐渐造成了译风不正。鉴于此，文学译坛要纯洁译风，提高文学翻译质量，就必须提高对文学翻译事业的认识，端正价值观。

（三）意识形态和文学翻译

"意识形态"即英文"ideology"，源自希腊文"idea"（观念）和"logos"（逻各斯），亦即观念的学说。作为对世界观和哲学思想的描述，"意识形态"是特拉西在 18 世纪末提出的一个概念，它被用来表征以概念为研究对象的元科学；但是，由于其独特的理论旨趣与所处的历史背景，意识形态是关于社会的唯一的科学；或者，关于社会的科学只能是意识形态，它逐渐囊括了包括科学在内的整个文化领域，因而成为我们自己与世界之间的一个必不可少的中介。意识形态具有一种认知性的特性和功能，为人们认识世界提供了一套概念体系，帮助人们认识相应的社会关系、经济关系、政治关系以及周遭的生活世界。任何意识形态都不是超社会现实的，而是用于社会实践的，是社会集体行动的思想观念和理论前提。而作为一种语际间的交际行为，文学翻译不仅是语言的转换过程，同时也是文化的转化过程，它必然要受到一定意识形态的规约与限制。换言之，在文学翻译过程中，译者不可避免地会受到他所处的社会环境及其自身文化因素的制约和影响，而译者自身的选择又会影响源语文化及目的语文化，使文学翻译变成一种文化、思想、意识形态的话语在另一种文化、思想、意识形态的话语中的改写、变形或再创造。在这个意义上，文学翻译自始至终都会受到意识形态和诗学的影响，其中赞助人感兴趣的通常是文学的意识形态，而文学家们关心的则是诗学。作为一定意识形态代言人的赞助人会利用他们的话语权力直接干预文学翻译过程，而由文学家和文学翻译家等组成的专业人士相对只能在赞助人所允许的意识形态范围内，操纵他们有限的话语权力和诗学技巧，完成他们的诗学追求。因此，译者在跨文化交流中，意识形态和诗学会同时在他们的意识中起作用，影响其话语选择，决定文学翻译策略。

文学翻译是一种跨语言、跨文化的交流。在交流过程中，文学翻译活动不可避免地会向本土文化意识形态输入异域文化的意识形态，这意味着外来文化的渗透，是外来文化对本土文化的破坏和颠覆。而本土文化意识形态代言人的赞助人必然会用自己的权力话语直接干预文学翻译过程，对外来文化异质进行挪用和改造。在此过程中，由于源语文本的"缺场"，译者便具有了直接和有效的话语解释权，将其掩盖得几乎不留痕迹。当然，无论意识形态对翻译的影响多么深远和广泛，从本质上看仍是相对的，不是绝对的。因为作为认识主体，译者有能力意识到自己在翻译过程中所受的内、外在因素的影响（包括意识形态的影响），而一旦他（她）意识到了这种影响，他（她）就有可能凭借一个译者的素养、道德和良心去克服或超越这种影响。

"五四"时期是中国文学翻译史上一个重要而特殊的时期，它不仅是近代文学翻译到现代文学翻译的一个过渡和发展时期。更重要的是，"五四"时期的文学翻译活动凸显出译者们在翻译过程中的意识。一般而言，翻译活动或多或少都会受译者意识形态的影响。具体地说，翻译什么，怎么翻译，取决于译者的动机、政治立场及其所处时代的政治气候。例如，在梁启超的翻译实践活动中，他一贯以思想家和政治家的眼光来看待文学翻译，他重视的是文学作品的价值观，其次才是作品的文学艺术性。他关注的是文学翻译的宣传作用，并希望以此形成一种新的意识形态、新的国民性。所以，他的翻译也许更多是"觉世"之作，而非"传世"之精品。他的翻译实践活动是放在政治学的背景下进行的，其译作明显地受其意识形态的影响，且具有鲜明的时代特征。

第三章 生态翻译学在文学作品翻译要素中的渗透

第一节 生态翻译学在文学作品翻译体裁中的渗透

一、生态翻译学在诗歌翻译中的渗透

（一）诗歌翻译的具体要求

1. 再现诗歌的音美

构成诗歌音美的要素包括节奏、音律、语调、拟声词等，其中节奏和音律是核心要素。诗有七难，包括"格古、调逸、气舒、句浑、音圆、思冲，情以发之"，好的诗歌"其气柔厚，其声悠扬，其言切而不迫，故歌之心畅，而闻之者动也"。不同语言的诗歌其节奏各有特点，汉语尤其古汉语是单音节语言，即一个字就是一个词，因此，中国古代诗人利用这一特点，创造了四声调式，使作品节奏抑扬顿挫，音律优美。

英语实质上是一种拼音文字，语调和轻、重音的变化是英语节奏的关键体现。英语格律诗的节奏单位是音步，非重读音节和重读音节交替排列形成了单词，有抑扬格、扬抑格、抑抑扬格等多种形式，重音和轻音是其区别。现代汉语主要以双音节词和多音节词为结构单位，一词多字。从 20 世纪初期开始，胡适、郭沫若、闻一多、徐志摩、戴望舒、卞之琳、朱湘等诗人突破传统格律诗的局限，把"顿"确立为汉语新诗的节奏单位，包括单字顿、双字顿和多字顿。短顿与长顿的交替错落产生一种徐疾相间、富于变化的节奏。英语格律诗的节奏单位音步一般包含两到三个音节，英文诗歌每行可包含四到七个音步。在英、汉诗歌互译中顿与音步在一定程度上可相互替换，卞之琳提出"以顿代步"，即汉诗每行的顿数与英诗每行的音步数相当。

2. 再现诗歌的形美

诗歌的语言文字符号通过巧妙的排列能产生特殊的视觉审美效果。汉字是表形文字，其笔画富于视觉美，能在读者头脑中展现出生动逼真的图像。汉字是方块字，每个汉字所占书面空间基本相当，因此汉字容易排列整齐，给人外观上的美感。英语是音素文字，其基本结构单位是由音节组成的词，读音决定词的意义和功能。汉语是形、意结合，而英语是音、意结合，在图像美上英语不如汉语，在汉诗英译中，汉诗的图像美只能部分地再现出来。

3. 再现诗歌的意美

诗歌的音美和形美融入了意美，意美是诗歌的核心和灵魂。诗歌美包含了意象美、情感美、意境美。诗人通过语言文字塑造意象，展现优美生动的画面，表达思想情感。诗歌的意象带给读者强烈的审美感官（视觉、听觉、触觉、嗅觉、味觉等）体验，在其头脑中唤起栩栩如生的艺术场景，让读者感觉身临其境。

（二）诗歌翻译的生态环境分析

一直以来人们关注的焦点都是诗歌，情感的载体也是诗歌。但是，无论是英语诗歌还是汉语诗歌，除情感以外，节奏是不能缺少的成分，这通常表现在诗体的韵律和结构上。对于诗歌翻译而言，为了让源语读者和目的语读者感受到相同的感情和情怀，那么原诗具备的特征，翻译的诗歌自然也要有所体现。所以，译者在进行诗歌翻译的过程中，要忠于原作，尽可能地在形、音、意三个角度上重新展现原诗之美。诗歌是人类文明的瑰宝，诗歌能够集中地将人类智慧体现出来，诗歌具有激发情志、观察社会、交往朋友的功能，通过诗歌还可以了解很多鸟兽草木的名称。然而怎样跨越时空来翻译这些诗歌，对于译者而言是中英语言能力挑战，同时是对译者所具备的中西方文化内涵的挑战，也是对中西文化差异感和自觉度的考验。诗歌是最基本、古老的文学形式，诗歌是一种让人神往的文学体裁。

翻译是为了相互理解，力求在翻译过程中尽可能地表达原文的内容和意义。诗歌翻译在跨文化交流中有着崇高的地位和不可磨灭的功劳，是异国读者了解和体会原诗所反映的风俗习惯、人文景观和情感意蕴等方面的有效手段。在翻译的过程中各因素之间会涉及多维转换、整体互动和有序关联，因此，在生态翻译学的核心理念需要以"译者为中心"，将译者的地位和能动性突出，为诗歌翻译提出有效的理论路线。

翻译生态环境和翻译理论应相结合是生态翻译学所主张的，生态翻译学理论引入了达尔文生物进化论中"适应/选择"学说，并且一直构建和论证"翻译适应选择论"，将"翻译适应选择论"定位为"一种生态学的翻译研究途径"。在翻译适应选择论的基础上，基于达尔文的生态进化论的启发，在整个翻译生态系统中进行生态翻译学研究时，译者享有中心地位，译者的选择行为和适应行为的关系的变化规律，以选择和适应作为新的角度，对翻译活动进行重新解释。从生态学的角度来看，生态翻译学从全新的视角出发对翻译活动进行解释和阐述，对翻译生态系统整体性的重要性进行强调，将评判的依据定义为"三维"（即语言维、文化维和交际维），系统地解释和描述翻译的本质、原则、过程、翻译现象和方法等，由此，翻译活动有了一个全新的理论指导。

在生态翻译学的认知中，翻译是译者适应翻译生态环境的选择活动的过程。翻译生态环境指的是源语、原文和译语所展现出的世界，即文化、语言、交际、社会，还有读者、作者、委托者等相互关联的整体。从生态翻译学角度来看，翻译的过程分为两个阶段：①译者的选择阶段；②译者的适应阶段。译者适应的过程是翻译生态环境选择译者的过程。因此，译者要不断地适应翻译生态环境，接受翻译生态环境的制约和选择，进而不被翻译生态环境所淘汰，融入其中，争取成为其主要的一部分，由此，多维适应与适应性选择是翻译的重要原则。翻译是民族交流与文化沟通的纽带，是不同的语言信息之间的转换，努力推进文化进步和人类文明走向高峰，而诗歌翻译在跨文化交流中有着较高的地位。

（三）诗歌翻译中的"三维"适应性选择转换

翻译活动通过语言维、文化维和交际维三个层次之间的转变能够得到实现，翻译活动的原则是多维度适应与适应性选择，整合适应选择度最高的翻译是最佳翻译。

1. 诗歌翻译中的语言维适应性选择转换

语言维适应性选择转换指的是译者在翻译过程中，注重语言形式在不同方面和层次上开展适应性选择转换。从翻译生态环境的角度来看，译者是生态环境的适应者，对整体性进行充分的考虑，逐渐地选择调整词汇，转换语言形式，这是语言维适应性选择转换的观点。

2. 诗歌翻译中的文化维适应性选择转换

在翻译过程中，译者比较看重双语文化内涵的诠释和传递，同时，这也是文化维适应性选择转换的概念。译语文化和源语文化二者的内涵差异和性质差异是文化维的适应性选择转换所关注的，防止译者通过译语文化对原文进行曲解和误解，强调译者在翻译活动中重视源语语言的文化系统的适应性转换。

3. 诗歌翻译中的交际维适应性选择转换

在翻译过程中，译者看重双语交际目的的适应性选择转换，即阐述交际维的适应性选择转换概念。交际维的适应性选择转换要求译者关注文本信息所传达的文化内涵的转换，要求译者关注交际层面的选择转换，同时要求文本信息自身的转换，就是重视原文文本信息的交际目的是否一致。

诗歌翻译工作富有挑战性和艰巨性，译者需要极大的勇气和耐力去完成这项工作。在诗歌翻译活动过程中，译者是译文的作者和创造者，也是原文的诠释者和读者。因为翻译，跨文化交流不再是困难；因为翻译，世界一家的梦想更加接近；因为翻译，一个国家才能走向世界；因为翻译，不同民族之间才会熟悉。翻译伴随语言而产生，语言的多样化凸显着翻译的独特地位，因此翻译的重要性不言而喻。在全球化的背景下，翻译的重要性也随之增强，翻译的理论也更为多样化和全球化。新兴的生态翻译学就是翻译学进步的体现，随着生态翻译学理论日趋成熟，其运用将会越来越广泛。

二、生态翻译学在新闻翻译中的渗透

随着时代的飞速发展，作为承载信息的工具——新闻报道，在原有的基础上延伸了其广度和深度。在全球化的时代背景下，通常人们会采用各种各样的媒体来进行沟通，中国处在高速发展阶段，现在急需更多的讯息，也应该在第一时间向国外人士传达相关的信息。从某个角度来看，新闻翻译有向外进行宣传的义务，我国的国际形象在一定程度上取决于对外所进行的宣传。在互联网上，地方性、全球性的各种性质的新闻都在进行实时传播。

为了了解不同语言、国家、文化，新闻成了人们认识世界、了解世界的重要渠道。新闻翻译给人们提供了一种全新的视野，让人们获取到了更多的国内外讯息。我们可以将新闻翻译解释为用另一种语言将一种文字写成的新闻表达出来，同时要将其传播出去，不单单使读者能够获得相关联的信息，同时使他们取得和源语新闻读者相同的启发。新闻信息的传播在原有内容和传播渠道的基础上加入了大量的评论和新闻分析，在一定程度上增加了新闻翻译工作的困难程度。新闻是传播不同文化的重要渠道，由于英汉两种语言文化存在一定差距，所以在翻译的过程中，一定要具备翻译技巧和翻译原则。

（一）新闻翻译的主要内容

生态翻译学从"适应"与"选择"层面出发，将翻译的方法、翻译的过程、翻译的原则和翻译的标准进行了细致的表达。如果从产生和发展的思想基础来看，对生态翻译学的研究不单单深植于全球视野的生态思潮，同时也集合了以整体综合、天人合一为特征的华夏文明的生态智慧和古代劳动人民的智慧结晶。从研究焦点与理论视角来看，生态翻译学以生态学的叙事方式，对翻译的本质、标准、过程、方法、翻译现象和翻译原则等做出全新的描述和表达，是生态翻译学所关注的。文本被生态翻译学看作是有机体，认为把文本从一种语言环境移植到另一种语言环境，就如同把植物或动物从一个地方迁移到另一个地方，只有做出相应改变，适应新环境才有可能生存下来，反之，则将遭到淘汰。

实际上，在翻译中风格、体例、内容的确定，以及如何对词汇、句型、修饰手法进行选择，根据源语、目的语环境的不同，其在新闻翻译过程或多或少会受到一定的影响，只是这种关联会表现为不同的程度和形式。新闻一般包含三个部分，即标题、导语和正文。一般情况下，标题被誉为"新闻的眼睛"，整条新闻通过标题得到了高度的概括，标题是信息量含量最集中和丰富的地方。内容主旨通过最简洁的文字得到表达，为读者传递最精彩的内容，通过特殊方法来吸引读者，独特性要通过特殊的方法展现出来，激励读者采取丰富的语句，这是新闻标题的功能包含的五个层面。导语简单地交代了新闻的时间、原因、地点、人物、事件等要素。

前重后轻的做法是正文使用的方法。首先，要给出关键的信息；其次，报道背景，这就是"倒金字塔"的结构。从读者对象、文章特点和翻译目的等方面出发进而确立翻译标准。信息的目的是传递，新闻翻译从某个角度上来说，约等于新闻的第二次发布，即在最大可能、最大限度明确原文的内容和信息量的情况下，重新再完整地报道一次新闻。译者考虑到多数读者的文化水平有巨大的差距，因此很多国际新闻翻译编辑者多采用修饰手法，争取让新闻翻译能更加吸引读者。新闻报道的目的是为了广泛传播信息。一般情况下，新闻是报道社会中各个层面中出现的最新的动态和事件，为促使新闻报道生动真实、吸引读者，新闻编写人员经常需要综合使用多样的写作技巧和必要的修辞手法将事件及时迅速传递给大众。

1. 新闻标题的翻译内容

同样的标题在英语新闻中被当作是新闻全文的缩写，在对英语新闻翻译时翻译人员要把握好文章的意旨和主题，在保留原文含义的同时，充分表达出原作者的思路，同时注重在表述文章标题的时候要尽可能地生动形象，吸引读者的注意力。新闻内容要在新闻标题的翻译中得以体现，在考虑读者的接受能力的同时，还要注重中英文标题的不同，可以使用以下方式。

（1）标题含义直接、明白，翻译成为标语之后，不会使读者在理解上产生困难，则可以采用基本直译或者直译。

（2）标题译成目标语可以保留原文的审美价值和重要信息，又不至于使读者产生理解上的困难。

（3）当原文标题采用修辞手法时，这些修辞手法在翻译成标语时，基本不能达到相同的效果和目的，或者致使原文中的关键信息丢失，所以要进行生动灵活的处理。

2. 新闻导语的翻译内容

通常情况下，新闻导语用一句话概括地点、人物、原因、时间、事件等因素，进而句式复杂。新闻导语即用简洁的文字表达出新闻中最新鲜、最重要、最吸引人的事件，或者可以理解为简述新闻事实中主要的意义和思想，进而帮助读者可以尽快掌握新闻内容，从而使得读者可以感兴趣地读完整篇的新闻。交际翻译的目的是指译文读者产生与原文读者相同的理解效果；而语义翻译指的是对译文的信息进行整理和汇总。

3. 新闻正文的翻译内容

目的性、真实性、时效性是新闻报道所追求的，但是因为英语和汉语之间有较大的文化差异，因此不同国家的新闻撰写方式也不相同，复杂的新闻翻译出来通常缺少可读性，新闻翻译往往被称为"编译"。摘译是翻译新闻中一种容易被接受的方式。译者摘取一些关键的或传达重要信息的内容和段落当作要进行翻译的对象，这就是"摘译"的概念。进行新闻翻译时要突出新闻语言的文体特点。在翻译新闻的时候，假设翻译者是简单地对汉语词法特点和句法进行翻译，或者是对翻译进行简单的平铺直叙的翻译。一般情况下，翻译的结果如果没有吸引力和趣味，那么这样的翻译就是失败的翻译。所以，正确的翻译方法应该要关注原文中押韵、双关、暗喻等词汇相对应的目的语中的词汇，这样翻译出来才可以表现出原文的特点，同时提高翻译的可读性。

（二）新闻翻译的生态环境分析

翻译生态环境是生态翻译学的一个核心概念。源语、原文和译语系统是翻译生态环境的构成要素，是译文生存状态和译者的总体环境。近年来，随着研究的不断深入，翻译生态环境更确切地是指原文、源语和译语所构建的世界。换言之，即译者在翻译过程中，原文要表达的社会环境、文化背景和目标语言环境中的语言环境和文化背景。在翻译的生态环境中，也包括了翻译者教育程度、自身的社会背景和语言环境，这是翻译生态环境的概念。伴随着翻译生态环境的建立，语言翻译中的环境和背景的概念也得到了拓展，进而改变了传统的语言翻译局限在源语境的概念，将过去狭义的语言文化环境拓展到整个源语的语言文化世界。

翻译者自身的个人世界和目标语言的文化世界融为一体所建立起来的一个翻译生态环境，根据生态翻译学理念提出的思想，在这样的语言生态环境中，如何使自身的翻译习惯、方式去满足和适应翻译生态环境的需求，这是生态翻译学要研究的。同时，只要研究在不同的语言翻译生态环境中，如何让译者选择翻译过程和翻译方法，使翻译的目标语言与目标的语言文化世界、语言环境可以得到进一步的汇合，同时又能够准确地映射源语的文化环境和语言世界。译者在翻译过程中，其个人的翻译风格也在不断发展，在翻译实践过程中，译者可以对自身的翻译习惯、方法进行提高，并不断地进步，所以生态翻译学的核心理论实质上是目标语言的读者、翻译的译者和原文的作者三者之间共同作用的结果。

（三）新闻翻译中的"三维"适应性选择转换

翻译活动即作为中心的译者，对以译者为典型要件的翻译生态环境，对译文的"选择"和以原文为典型要件的翻译生态环境的"适应"，译者产生译文的翻译过程大致被生态翻译学分为：自然选择译文和自然选择译者两个阶段。翻译生态环境是制约译者优化选择和最佳适应的许多因素的集合。

根据"自然选择"的原理和翻译适应选择理论，在"自然选择"译者的第一个阶段，以原文和译文为主要要件的翻译生态环境对译者的选择是重点；在"自然选择"译文的第二个阶段，以译者为主要要件的翻译生态环境对译文的选择是重点，译者要接受以"原文"为关键因素的翻译生态环境的选择，同时在翻译过程中译者进行着对翻译生态环境的选择性的适应。

总而言之，翻译是译者对翻译生态环境进行适应、对翻译生态环境适应程度进行选择和最终产生译文的结果。最佳翻译指的是译者对翻译生态环境适应性选择与选择性适应的累计结果，这指的是整合适应选择度最高的翻译。

1. 新闻翻译中的语言维适应性选择转换

两种语言形式的差别主要表现在新闻翻译中语言维的适应性选择转换。英语关注语法，注重"形合"，用外显形态来标记字词成分之间的关系，例如时态、语态、关系代词、副词、连词等。而汉语关注意义和逻辑之间的联系，根据虚词、词序、上下文关系来表达语法关系。两种语言的差异同时也反映了英语为直线式思维方式，而汉语为螺旋式思维方式。

在语言表达层面上中英新闻标题具有不用的特色：①语法形式不同；②提炼程度有别，主要表现在时态选择、省略和语态选择等角度；③词汇选择不同；④修辞格使用各异。在考虑整体生态环境后，翻译首要面对的是语言维的适应性转换和选择，即对译语、源语的语言形式进行的适应性选择转换，在新闻翻译活动的不同层次、方面上，这种语言维度的适应性选择转换活动也时有发生。

2. 新闻翻译中的文化维适应性选择转换

新闻翻译是一种语言转换成另一语言的机械过程，新闻翻译是在一定的社会文化背景之下的文化移植过程。译语读者通过这种第二次的传播，不仅能够获得源语新闻记者所报道的信息，同时能够取得与源语新闻读者含立基本一致的内容。实现这一目标给新闻译者带来一定的困难与挑战。在整个社会进程中，人们经过长期共同生活所形成的价值判断、信仰理念、行为规范体系和思维方式，在一定程度上对新闻翻译有所影响。

总而言之，不同的语言都承载着不同的文化，新闻是对发展中的、动态的文化的反应和体现，译者在文化内容上所进行的转换活动体现出译者对译语和源语文化的阐释和解读。由于译语文化和源语文化在内容上和维度上通常有一定的差距和不同，译者要时刻注意译语和源语之间的语言转换，注重译语要适应整个语言所属的文化系统，同时在翻译过程要注重源语和译语之间文化内涵的传递。在文化层面进行适应性选择与转换的时候，译者要特别关注源语文化和译语文化在性质和内容上的不同，必须对文化差异具有高度的敏感性，避免从译语文化出发而造成对原文的错误理解。

3. 新闻翻译中的交际维适应性选择转换

交际维的适应性选择转换指的是双语交际意图的适应性选择转换，即在翻译过程中译者所关注的问题。在说明译者除语言信息的转换和文化内涵的传递之外，选择转换的侧重点是交际的层面，关于原文中的交际意图，可以在译文中有所体现。交际维的适应性选择转换，是指双语交际意向转换的适应性选择在翻译中所关注的问题。只有深厚的语言文化知识，才能使得新闻翻译顺利进行。新闻译者一定要熟识目的语和源语这两个不同国家所特有的文化，通过表层文化现象来把握深层文化意蕴，进而使得译文能够更好表达出原著中的文化特质，有效实现跨文化交际。译者不仅要进行语句的转换，还要注重信息的准确传递，在选择和转换过程中，译者除了关注语言信息的传递，更要进行思想沟通，要重视转换和传递文化内涵，要把选择与转换的侧重点放在交际维度上，注意在译文中体现出原文的交际意图。

第二节　生态翻译学在文学作品翻译原则中的渗透

一、生态翻译学中文学作品的翻译原则——生态链法则

"生态翻译学从生态学的视角阐释翻译现象，依据特定的具体交际语境和交际对象"[①]，生态系统中储存在有机物中的化学能，在生态系统中通过层层传导，让许多生物紧密地联系在一起。具有营养关系的生物序列被称为食物链，即"营养链"。通过食物链，营养食物网之间的复杂关系，将所有生物包含在内，让它们直接或间接接触，产生相互作用和反应。复杂的食物网作为生态系统功能的基础，不仅能直观地描述生态系统的营养结

---

① 谷峰. 生态翻译学观照下鲁迅译介域外儿童文学作品的选材与翻译策略 [J]. 重庆交通大学学报（社会科学版），2014，14（3）：130.

构，而且可以保持生态系统的稳定。食物网越复杂，生态系统抵抗外力干扰的能力越强；反之，食物网越简单，生态系统越容易发生不平衡和破坏。在复杂的生态系统中，尽管有机体的丧失并不会导致整个生态系统的不平衡，但在不同程度上可以使生态系统的稳定性降低。

文学翻译是译者用一种不同于源语的语言对文学作品进行有效阐释与转写的主观能动性活动，与自然生态系统一样，文学生态翻译系统主要由文学翻译无机环境和文学翻译群落构成。文学翻译无机环境是指源语文本以及作者、译者、读者和研究者所处的社会文化环境及历史制约条件。文学翻译群落是指与文学翻译有关的活动主体，包括生产者、消费者和分解者。与自然生态系统不同，具有双重方向性的生产者的生态文学翻译系统，不仅指作者，也指翻译者。作者创作原文，是文学生态翻译链的发动者；译者根据作者的原作进行文学翻译活动，从而创造译文，是文学翻译链的追随者，但是译者在整个文学生态翻译系统中占据核心地位。文学生态翻译系统中译文的读者在其中充当着消费者的角色，因为在文学翻译产品产生之后，读者要进行消化与吸收，进而改变文化的载体，转化成为产品的价值。

总而言之，在生态文学翻译中，译者在系统中具有举足轻重的地位。他们在这一生物链的循环当中，首先，利用光合作用从无机环境中提炼养分，合成有机物；其次，完成产品生产的过程，与此同时，译者还有可能在这一系统的循环中，担任着消费者与分解者的角色。为了进一步提高其生产能力和生产水平，经过完整的生产过程，翻译人员对其翻译进行分析和总结，以便在未来的生产过程中使用可以提高光合作用的能力。文学翻译的生态链需要翻译内部的规范环境，也需要良好的规章制度和学术气氛的支撑。良好的译风，必然带动良好的学风，从而形成巨大的精神力量。只有建立起良好的规范和秩序，才能保证文学翻译工作的正常进行，也能够净化文学翻译系统的内部环境，保证文学翻译质量，这样才能在整体上产生巨大的文学生态翻译功能效应。

二、生态翻译学中文学作品的翻译原则——生态位法则

生态系统中的一个种群，在空间、时间上所占据的位置与相关种群间的功能作用与关系，是生态学的另一个主要术语——生态位，也被称为生态龛，表示生态系统中每种生物生存所必需的生存环境的最小阈值。生态位包括生态系统的生物作用和功能本身及其区域。在自然界中，每一个具体位置都有不同种类的生物体，如生物活性等生物关系取决于其特殊行为、生理和结构，因此具有独特的生态位。生态位分别有两个层次，即基本生态位和现实生态位。基本生态位由适应物种变异的能力、实际生态位的适应能力、重点与生

物因素的相互作用决定，生态位在自然环境中是真实的。

在生态学中，生态位是指与特定空间位置、功能、时间相关联的物种和其他物种的生态系统。形成自身生态位的生物在过程中遵循的原则有开拓原则、趋适原则、平衡原则和竞争原则这四类原则。开拓原则是指生物占领，开发所有可利用的利基；趋适原则是指生物需求的本能找到一个良好的利基，这样的趋适行为结果便是导致生物所需资源的流动；平衡原则是指开放生物体生态系统平衡的原则，始终在尽力减少生态潜力的方向上；竞争原则发生在不同种类生物间对环境因子和资源的竞争。

在文学翻译活动中，根据文学翻译活动的客观要求，文学翻译主体由个人或团队组成，文学翻译主体在文学生态翻译空间中占有特定的生态位，具有其特殊的生态功能，因此也就呈现了独特的行为生态环境。译者行为，可以理解为人对外部刺激的外显性反应，也可理解成人类种种活动或动作有意义的组合。人类文学翻译行为活动不仅有着内容上的多样性，而且在文学翻译特定的领域中，每个人的行为方式也不尽相同，这也就必定会呈现出其文学翻译生物群体以及文学翻译过程动态系统的多样性。

各生物群体在文学翻译过程中经过不断的自然选择与互为适应，形成特定的文学翻译形态和文学翻译功能。在文学翻译自然生态系统中，只有文学生态翻译位重叠的文学生态翻译系统才会产生争夺生态位的竞争，争夺最适宜生存的生态区域。文学翻译生物群体的生态位实际上是文学翻译者能够获得和利用的文学生态翻译资源空间，文学生态翻译位越宽，文学翻译生物群体的适应性就越强，可利用的资源就越多，竞争力就越强。因此，在文学翻译活动的自然生态中，文学翻译者应该准确地找到自己的生态定位，以便在竞争中的利基重叠系统的生活中，通过竞争找到最适宜生存的生态区域，力争获得和利用最大的生态资源空间，拓宽自己的生态位，提高自己的生态适应性，扩大自己的可利用资源，提高自己的生态竞争力。

三、生态翻译学中文学作品的翻译原则——最适度原则

"度"是事物质和量的统一，然而质和量是互相制约、互相规定的，每一种物的质，都有无限多量的等级。唯物辩证法的一个重要范畴是"度"，有质的限量是"度"。在数量区域上，度是一定的客观事物保持自己质的规定性，即幅度、限度、范围，等等，是客观事物的质相统一时的限量。事情在增长，但程度相对稳定，事物的变化不仅仅有规律，而且变化的过程是阶段性的，更重要的是能够逐步认识主体。此处所说的"度"只是一个质和量相统一的规定，它使得事物存在，在这样的存在当中，效果、状态、满意程度是怎样的，这一点更具有意义的，更加值得人们进行研究。无论是哪一个存在着的事物都有着

自己之所以能存在的"度"，仅仅从理论上而言，无论哪一种事物的存在必然有一个最佳适度可遵循。

唯物主义辩证法是最优方法的基本原则。中等原则意味着根据主体的要求、质量，控制、选择、创建对象边界、数量、面积、顺序间隔，然后满足需求主体的最大原则。协调和谐是最优原则的本质，在实践中难以实现，但在数量积极调整的条件下，往往能够保持最优质。文学翻译中的理想境界是译者单纯地翻译出原著作者的意图信息，使原著的作者和译文读者都了解了语境在其中起调节作用，作者想要传递的交际意图目的自然而然地达到。但是跨语言文化的交际对文学翻译而言，比较理想的是语境相同。因此，在文学翻译实践时，在语境是否共享问题上译文读者和原著作者难免会做出错误的估算，进而便会造成欠额翻译和超额翻译。

文学翻译实践中常见的现象可以说是欠额翻和超额翻译，这也是国内翻译理论研究中普遍关注的问题。现有的研究对欠额翻译和超额翻译的界定大部分是根据美国翻译理论家尤金·奈达的语言符号学翻译观和语言信息论，认为在译文中复制与原著信息在语义和语体上的非等就是欠额翻译和超额翻译。具体而言，欠额翻译指的是翻译不足，译者只翻译出信息意图，无视译语读者对源语作者欲明示的语境有可能不共享的事实，再或译者考虑到了译语读者对源语作者欲明示的语境不共享的情况，但是直接翻译了交际意图，使得译文所承载的信息量远远小于原著的信息量。而超额翻译就是翻译过头，指的是译者直接将交际意图翻译出来，并没有考虑译语读者或是源语作者欲明示的语境有可能共享的情况。简单而言，就是指译文承载的信息量要大于原著的信息量。但是文学翻译是一种涉及译者、原著作者和译文读者三方面的交际活动，在对欠额翻译与超额翻译进行界定时不能不考虑译者对译文读者的能动性和原著作者意图的顺应。

四、生态翻译学中文学作品的翻译原则——优胜劣汰法则

在达尔文的进化论基础之上发展起来的一种研究便是生态翻译学。它早期在研究方面主要受到"优胜劣汰，适者生存"法则的影响，这一方法的根基是翻译适应选择理论。适应选择的翻译理论的基本原理以"适应选择理论"为指导思想，选择概念和翻译的语调是用来优先考虑的，是翻译理论中心的核心。翻译适应选择理论将翻译活动看作是译者适应生态翻译环境的选择性活动。根据这一理论，翻译是意识形态和文化的移植，是从给定的文化移植到另一种外来文化中。换言之，译者选择翻译的程度和质量成为一个直接的比例，而主体性和翻译的戏剧适应度的选择密切相关。所以，在坚持译者中心论的生态翻译观点的认知中，翻译是一种以译者为中心的智力活动。

在整个生态文学翻译系统中，译者在文字翻译中是一个最活跃因素，具有很大的自由空间。但是同时可以注意到，译者的翻译活动要受到各种因素的制约。限制因素包括翻译主体地位的文化、价值取向、审美气质和兴趣、知识、生活理想和生活态度等。限制因素在整个翻译活动中既会给译者带来积极的影响，如帮助译者理解和适应源语文化、准确把握作者思想内涵等，同时也会对译者产生消极影响，如译者会不自觉地在译文中加入自己的文化理解与价值取向，从而造成译文对原文的不符与偏离。所以，在处理这些问题时，译者应该准确、客观地理解各种限制因素，合理避免限制因素带来的负面影响。

由于不同翻译群落中的翻译主体所处的无机环境存在一定差异，因此导致了整个生态翻译系统中的不同译者之间产生分歧，进而产生竞争。如今，世界文化越来越多元化，翻译研究快速发展，翻译人员要立足于世界生态翻译体系，以负责任的态度和科学精神客观对待外来文化，充分尊重原有文化。合理发挥其主体性，从而客观、准确、有效地移植和介绍原作的文化精髓。另外，作为处于某一无机环境中的译者，在尊重源语文化的基础上，也要积极保持自己的文化与自我文化认同，这样既有利于遏制翻译领域中的文化霸权主义，也有利于保护世界文学翻译系统的生态平衡。

第三节　生态翻译学在文学作品翻译体现中的渗透

一、生态翻译学在张爱玲文学作品翻译体现中的渗透

（一）生态环境中影响张爱玲翻译的要素

1. 翻译生态系统的外部结构

"张爱玲一共翻译二十多部英美文学作品，她的翻译适应了当时大陆之外的生态翻译环境。她利用生态学视角对翻译文本、双语翻译等角色进行全新的定位，进一步拓宽了传统翻译的视野，有效推动了中国翻译事业的发展"①。张爱玲文学翻译生态系统的外部结构包括政治环境、经济环境、文化环境、社会环境。翻译者的翻译活动如果成功，就可以唤醒良性循环以及翻译者的主观主动性。生态环境决定了翻译者的翻译和生活环境的翻译，它可以限制翻译者能够使翻译者有选择性的维度。例如，文学场结构、社会接受与传播程度，以及诗学、读者等诸多因素决定了张爱玲翻译策略和风格。

---

① 孙乔，顾晓乔. 张爱玲翻译生态环境下的英美文学翻译 ［J］. 兰台世界，2015（7）：9.

2. 出版的主体与赞助的主体

张爱玲文学翻译生态系统的内部结构包括：出版（赞助）主体、创作主体、翻译主体、接受主体、评论主体、守护主体。张爱玲一生与很多出版社（公司）合作过，如香港天风出版社、香港今日世界出版社、香港天地出版社、香港中一出版社、纽约司克利卡纳公司、香港霓虹出版社、哥伦比亚大学出版社、英国凯塞尔公司等，她一直处于适应选择之中。从某种程度上来看，张爱玲翻译的成功主要取决于其翻译调和策略及赞助人。她的译作由出版社出版，并有一定的稿费收入，成为其全身心投入翻译的必要条件。

但是回顾张爱玲的翻译生涯，在选材方面她的自由度不大，大部分情况下是由赞助人或翻译活动发起者选材的。只有两个例外：一是她的首部翻译作品《谑而虐》；二是翻译收山之作《海上花列传》。一代才女只有迈入纷繁复杂的社会之前和跳出红尘俗世之外，才能够完全出于自己的兴趣和爱好而译。由此可见，在市场流通中翻译文学作品作为文化消费产品，如果能得到一些个人或机构的各种形式的赞助，将更容易产生影响力，占据更多的市场。

（二）女性经验与生态女性主义翻译观

1. 生态女性主义翻译观

苏珊·巴斯内特和安德烈·勒菲弗尔合著的《翻译、历史与文化》一书的问世，标志着翻译的文化转向。从此，翻译研究集中在女性主义。生态女性主义是女性主义的延伸，生态女性主义是生态与女性主义融合的产物，从女性和自然生态的角度来看待环境。在生态女性主义的观点中，原作与译作之间的关系是平等的，翻译不再是语言符号的简单机械转换，而是创造性的活动。

2. 张爱玲的生态女性主义翻译

张爱玲非同一般的人生经历，使女性主义在她的骨子里生根、发芽、结果。张爱玲作为女性译者在文学译作中彰显女性意识，力图使女性经验与生态女性主义翻译调和。随着国内意识形态领域的纷争逐渐平息，中西方文化的不断交融与碰撞，文化取向日趋多元化，新的文化观、价值观正在孕育之中。多元、宽松、包容的良性互动是翻译生态环境所呈现出的特有性质，以及未来发展趋势。因此，张爱玲的翻译成就越来越被译界所认可，呈现出可持续发展的势头。

二、生态翻译学在林纾文学作品翻译体现中的渗透

自然环境的法则是"适者生存"，人类也同样如此。人作为一个主体，既要适应大自

然的生态环境，又要培养自己的主观能动性与创造性。在生态环境中，翻译中心作为翻译主体，既要学会适应，也要学会选择。适应生存是有效的目的，适应方法是最佳选择，而选择的法则是优胜劣汰。作为独立翻译，在具体的翻译过程中，林纾必须面对自适应选择和选择性适应。

值得庆幸的是，林纾并不仅仅受到中国文学传统的影响。首先，林纾并没有用中国传统的章回小说的形式对她所翻译的作品《巴黎茶花女遗事》进行改造，没有"且听下回分解"之类的套语，整个文本一气呵成，令人耳目一新；其次，虽然林纾是古文惯手，而且不懂外文，但是这并不意味着林纾就选择一味地守旧，反之，林纾思想颇为开放，她所翻译的作品《巴黎茶花女遗事》用词十分精巧前卫。

第四节　生态翻译学在文学作品翻译质量中的渗透

目前，国内外针对翻译的方法和理论研究很多，而且也对翻译这一问题展开了大量的细致的工作，并且能够针对不同应用场合、不同语言文字的素材类型区分出不同的翻译实践方法，也引申出了多种翻译理论。同时，人们也可以将这些翻译理论应用到不同类型的文本素材翻译中，然而在所有翻译理论和翻译方法的研究过程中，都不可避免地面临了一个问题，即如何对所提出的翻译方法和实践效果进行评价，如何检测翻译的质量。

但是针对整个翻译领域的研究进展状况，有关翻译评价机制的相关研究与翻译领域中现实的需求情况还远不匹配。翻译评价机制的相关研究及所取得的成果远远滞后于翻译评价机制的应用需求，也正因为如此，目前人们在开展了多种翻译方法、翻译理论的研究过程中，缺乏一种有效的评价机制来检验评价所提出的翻译理论及翻译方法的有效性和科学性。

生态翻译学的基础是建立了翻译生态环境，翻译生态环境是指译者在翻译过程中，所处的原文表达社会环境、文化背景和目标语言环境中的语言环境、文化背景，同时在翻译的生态环境中，也包括了翻译者自身的语言环境、社会教育、社会背景和教育程度。

一、生态翻译学中翻译质量的评价标准

为了能够更好地对翻译质量进行评价，设计满足翻译规律和人们对翻译的应用需求的评价机制十分急切。首要任务就是需要对翻译质量的评价标准进行研究和探索，下面将从语言的关联性、上下文生态环境、翻译行为的目的等多个方面对翻译质量的评价标准进行全面深刻的解读。

（一）语言的关联性

语言和文化从来都是相互关联的，有怎样的文化背景就能产生怎样的语言表达方式。即便是在同一个语系中，例如汉语，在不同的地方，由于地方民俗的差异也会导致不同地方的人对同样事情的表达方式会有很大的差别，尤其是一些习惯用语，往往是和地域有密切的联系，这充分反映了语言和文化的紧密关联特性。而在翻译实践过程中，如果想要达到高质量的翻译水平，必须要充分考虑这种语言的关联性，即将源语言中的语言表达方式和源语言的文化背景这种关联关系，映射到目标语言的表达方式和目标语言的文化背景中去，这种映射能够保证源语言在向目标语言转换过程中，其语言文化背景和语言内涵不会有显著的缺失。事实上，这也是生态翻译学理论中所强调的翻译生态环境的选择，即在翻译过程中需要在目标翻译生态环境中选择一个与源语言最接近的翻译生态环境，使得所翻译得到的目标语言在目标的生态环境中，能够获得与源语言相一致的表达效果。

（二）上下文生态环境

翻译内容语言在表达过程中，通常很少会有独立的表达，多数都和上下文的表达有紧密的联系，这种联系常常称之为是语言的上下文生态环境，而在翻译过程中，同样需要充分考虑语言表达的上下文生态环境。按照生态翻译学的核心理论，译者是在源语言的生态环境和目标语言的生态环境中进行合理的取舍，因此在翻译过程中，翻译内容和语言的上下文生态环境有着直接的关系。在翻译过程中不仅需要针对待翻译的语言进行翻译，还需要对语言的上下文表达内容、语言的表达生态环境一并进行翻译和转移，使得译文的表达能够重新塑造一个与之相适应的新的上下文生态环境，并且让翻译得到的目标语言与上下文生态环境融为一体。

（三）翻译行为的目的

翻译行为目的的主要观点是翻译是一个源语言表达意图向目标语言环境进行转移和传递的过程。在这个过程中翻译者并不是简单将源语言的字面意思进行转述和传递。更重要的是需要将源语言的语言背景、语言生态环境在目标语言环境中进行重构，建立一个与目标语言环境、语言背景相适应的生态环境，然后在这个生态环境中去构建目标语言的翻译形式和表达方式。这种翻译行为从本质上来看，就是生态翻译学的交际功能，按照生态翻译学的理论，语言在源语言的背景中，其目的是为了满足人们进行语言交际的活动，满足人们在特种社会活动中应用语言进行交际的功能和应用。而对于翻译而言，同样需要把语言的这种交际能力、交际效果等价地转移和重构起来，因此在目标的翻译生态环境中，同样需要围绕语言的交际目的，将源语言的完整交际目的在目标语言生态环境中进行重构，建立一个能够与源语言交际目的完全一致的语言表达形式，使得翻译得到的语言表达形式能够完成源语言预期要求的语言交际目的。

二、生态翻译学中文学作品翻译质量评价机制的设计

（一）语言层面的翻译质量评价机制

由于翻译过程中需要在语言层面进行重构和再现，使得目标语言在语言层面和源语言相一致，因此对于语言层面的翻译质量评价机制主要包括两方面：一方面是翻译过程中用词的准确性；另一方面是翻译之后的译文、句式的合理性。对于用词的准确性，译者在很多翻译实践过程中都是有所体会的，在不同的语言表达环境中，对词汇的使用都是有很多要求和讲究的。因此在翻译实践过程中，用词的准确性直接关系到译文的质量，用词不准的翻译甚至会引起译文产生歧义。另外，对于句式的合理性这一评价指标，由于不同的语言文化背景造就了语言表达方式和形式存在很大的差别，如英语语言习惯中经常用被动句，而在汉语语言习惯中经常用把字句（主动式动词谓语句）。按照生态翻译学的理论，在翻译过程中必须注意到这种语言句式的变化，使得译文中所使用的语言句式在译文的生态环境中所处的地位和效果，与原文所用的句式在原文的生态环境中所处的作用和地位是完全一致的。

（二）文化层面的翻译质量评价机制

按照生态翻译学理论，语言在翻译过程中实际上是翻译生态环境的选择，因此译者在对生态环境的选择过程中，存在生态环境选择的一致性。如果译者能够在目标语言环境中，构建一个与源语言完全一致的语言生态环境，那么源语言中的很多潜在的表达含义、表达内容都能够在目标语言的生态环境中得到重构和再现。因此如果达到这种目标，那么读者在看译文的时候，也就能够从译文中获得到与源语言完全一致的语言生态环境。很多潜在的表达含义和内容都能够随之得到获取。

另外，翻译质量评价机制是深层次文化背景的一致性，在翻译过程中源语言的生态环境，虽然也包括了深层次的文化背景，然而在翻译实践中往往容易忽视这种深层次的文化背景。例如，语言的表达形式、表达过程所反映出来的源语言作者或者发言者的文化修养、个人喜好、社会背景等一些深层次的文化背景，在翻译实践过程中，同样需要在目标语言环境中进行重构和重新塑造。因此站在文化层面对翻译质量进行评价，还需要考虑译者在翻译过程中，是否把源语言的这种深层次文化背景进行了完整的转移和重构，是否会给读者造成语言深层次文化背景的缺失或者偏差。

（三）交际层面的翻译质量评价机制

基于交际层面的翻译质量评价机制主要包括交际效果的完整性和交际效果的精确性两个评价指标。交际层面的翻译质量评价机制内容具体如下。

第一，交际效果的完整性。翻译的目的是为了满足人们交际的应用需求，在对翻译本质的问题进行探索时，也印证了这一目的，因此译者在对原文进行翻译的时候，必须充分考虑到交际效果的完整性，即所得到的译文所表现出来的交际效果和原文在原来的语言生态环境中所起的交际效果是否一致。如果不一致，则认为这样的翻译质量是不高的，甚至违背了原文的作者表达意图。

第二，交际效果的精确性。用户在翻译的过程中为了遵循交际效果的完整性，常常会对交际效果进行强化和延伸。虽然译者这样做能够更容易满足交际效果的完整性，但是很可能会破坏交际效果的精确性，即所得到的译文在目标生态环境中，发挥出的交际效果超出了源语言所预期要达到的交际效果，这种对交际效果的延伸和扩大，同样不是高质量翻译的要求。因此在评价翻译质量高低的时候，应用交际层面来选取评价指标应该充分考虑交际效果的完整性和交际效果的精确性。

总而言之，翻译质量的评价一直是翻译领域当中的一个难以解决的重要问题。翻译质量的评价机制的建立为今后语言翻译工作更好地开展提供了一种很好的检测工具，利用这一评价工具能够更好地指导翻译工作的开展与实践，并且能够针对翻译工作中存在的各种问题进行及时的发现与修正，更好地实现翻译实践工作的目标。

第四章 生态翻译学在文学作品翻译转换中的表现

第一节 生态翻译学在文学作品
语言维转换中的表现

一、生态翻译学语言维转换的含义

在翻译操作层面上，生态翻译学要求译者在翻译过程中对语言形式进行不同方面、不同层次上的适应选择性转换。从整体上看，由于英汉两个民族的思维方式存在非常大的差异，形合与意合成为英汉两种语言最为突出的构架特征。英语注重形合，在形式上一定要合乎规范，在词汇、句子和篇章结构上以形驭义，以义定形，而汉语则注重意合，以意驭句，形散意连。汉语句子属于主题显著的句子，放在句首的不见得就是句子的主语，通常只是提出一个话题，而英语句子若是除开状语等修饰成分，主干的句首通常就是句子的主语。此外，"汉语喜欢用动态角度反映某些静态现实，而在英语中，则喜欢用静态角度反映某些动态现实"①。

一般而言，文学翻译的实际操作大多以句子为基本翻译单位，但句子只是段落、篇章及整部作品的基本意义单位，句群、语段才是篇章的基本结构单位。结构在先，操作在后，才能做到胸有成竹。具体而言，文学翻译以语段为结构单位（必要时上及篇章），对句间逻辑关系、词义、句义以及语段结构有充分性认识，把源语结构转换成目的语结构；根据目的语结构需要，运用词性转换、词句调整、增减词语（主要是连接词语）等手段使译文符合目的语特征，源语语段和译文段落浑然一体。语段亦称句群或句子组合，是大于

---

① 盛俐. 生态翻译学视阈下的文学翻译研究. 广州：暨南大学出版社，2014：129.

句子的语言片段。它是由两个或两个以上的句子构成的语义整体。构成语段的各个句子，结构上密切联系，意义上有向心性。以一定的语言手段组合起来，包括逻辑承接词、词汇的回指、语义连接等，使语段之间既相互关联，又相对独立。

英语段落的构成大致可分为两类：①典型的"主题句—阐述句—总结句"结构，②有点像汉语的以某一中心思想统领的形散神聚结构。但英语注重形合，通常用到许多表示衔接和连贯的连词，以便清楚地从形式上显现各种句际关系。典型英语段落的主题句通常会将段落的主题思想体现出来。一般而言，一个段落只有一个主题思想，如果将各个段落的主题句连起来，那么就可获得一个章节乃至整个篇章的主题思想。一般而言，主题句都放在句首，段内后续的句子必须在语义上与这一主题有直接关系，在逻辑上演绎严谨。相比较而言，汉语段落通常都围绕一个较为含蓄的中心思想，其表述方式多为迂回式的、流散式的，句际之间的意义关联可以是隐约的、似断非断的。同时，也有不少十分注重逻辑推演的段落，句与句之间环环相扣，部分汉语段落都是形分而意合的，英语中常见的连接词在汉语表达中通常被省去。

此外，在一个语段中，汉语句子一般按时间顺序排列，英语则不一定，只要逻辑关系清楚，英语句子中各成分或从句都可以插前补后；汉语句群可先总论或分说，也可先分说后总论，加上"总而言之"等词语。所以英译句群时，最重要的是弄清句群内有几层意思，各层意义之间的关系如何，此外还要考虑主次安排，将汉语的意思用恰当的英语形式表示出来。

总而言之，比较英汉语段落构成情况，它们同中有异，异中有同，异略大于同。英汉段落构成的异同，揭示了文学翻译中译者进行必要的调整变通的必要性。只有适当变通，使得源语信息符合译入语习惯，在译文读者眼中，译文才会段落逻辑关系明了，语序合理，脉络清晰。

二、生态翻译学语言维转换的应用

例1：唉，和前一辈做父亲的一比，我觉得我们这一辈生命力薄弱得可怜，我们二三十岁的人比不上六七十岁的前辈，他们虽然老的老死的死了，但是他们才是真正活着到现在到将来。而我们呢，虽然活着，却是早已死了。

译文：Alas, compared with father and people of his time, the present generation, I think, has regrettably low vitality. We in our twenties or thirties prove inferior to our elders in their sixties or seventies. Today they may be advanced in years or even no more, but they will, nevertheless, live forever and ever. As for us, though still.

原文段落偌长的一段只有两句话，但是细看每句的内容却是表意丰富，信息量非常大。在译成英文的过程中，译者按照译入语的习惯将信息进行了重新组合，形成了四个句子。原段落的第一句话主语为"我"，译成英文时，第一句话的主语变成了"我们这一辈"（the present generation）。此外，原文的第一句因为信息量大，在译文中被拆分成了两句话。只有这样，才能将原文第一句话的所有信息串联到一起，同时也符合英语句子的特点。

例 2：在四川西部，有一美妙去处。它背依岷山主峰雪宝顶，树木苍翠，花香袭人，鸟声婉转，流水潺潺。它就是松潘县的黄龙。

译文：One of Sichuan's finest spots is Huanglong（Yellow Dragon），which lies in Songpan County just beneath Xuebao，the main peak of the Minshan Mountain. It's lush green forests，filled with fragrant flowers，bubbling streams and songbirds，are rich in historical interest as well as natural beauty.

原文描述了四川的风景胜地黄龙，该段文字按照归纳法展开，即先描述或先叙述理由，后做结论。而英美思维方式正好相反，他们通常采用演绎法，即开门见山摆出结论，再进行推演，译文段落中的首位主题句便是这种思维方式的典型体现。原文是对名胜地的描述，具备信息功能及祈使功能，为实现这一功能，译者打破原文的束缚，将最重要的信息作为主题句置于句首——黄龙位于何处，以取得先声夺人、吸引读者的效果，符合英美人的思维习惯和语言表达习惯。在双语转换的过程中，语序的调整不是主观随意的，而是为服从语段的需要，这样段落才能得体。句子在集结成群的过程中，通常是某些关系密切的句子朝着一个方向先集结在一起，而和另一些关系疏远的句子分开。在语段中，句与句的集结包含着不同的逻辑关系。在表达时，只有有条不紊地显现这种关系，才能清晰地传达原文的思想。优秀的译文必须经得起推敲，真正负责的译者不会随便放过任何一个细微的疏漏。

第二节　生态翻译学在文学作品文化维转换中的表现

一、生态翻译学文化维转换的含义

翻译过程中的文化介入分为五大类（图 4-1），其中第一大类就是翻译的生态学特征，可见文学作品在翻译中占有较高地位。正确地处理文学翻译中的文化差异对于提高翻译作品质量和促进各国之间的文化交流有着至关重要的作用。在生态翻译视阈下，译者的目的是为了适应目的语的特点创造完美的翻译作品——既充分体现了源语的文化内涵，又能让译文读者充分理解。

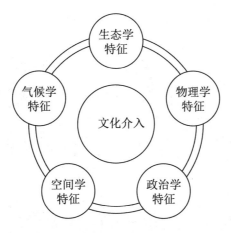

图 4-1　翻译过程中的文化介入

　　文学翻译实践中文化维的适应性选择转换是指译者在进行生态翻译学视阈下的文学翻研究译时要关注原文和译文文化内涵的传递和阐释。汉语和英语分属于不同的语系，存在着千差万别，而不同的文化观念不可避免地会产生相互的冲突，从而给语言的翻译带来各种各样的困难。译者要对与文化有关的信息不断地适应选择，既不能丧失原文的文化内涵，又要便于目的语读者接受和理解。

　　英美很喜欢引用寓言故事中的词句，类似于中国的成语或典出寓言。中国人读外文译作时如果不了解特定的寓言故事便很难理解其源语的精神实质。例如，仅读译文"帐篷缝里伸进来的骆驼鼻子"，译语读者会不得其意，就算联系上下文也不一定能够明白。只有了解寓言的背景知识，才能读懂语句中的含义。因此，在进行翻译时有必要提供附加信息，译文需对此加注说明。

二、生态翻译学文化维转换的应用

　　以莫言小说《蛙》英译为例说明文学作品文化维转换中的应用。

　　"文化维的适应性选择转换即译者在翻译过程中关注双语文化内涵的传递与阐释"①。译者在翻译时不仅对原语的语言形式进行适应性选择转换，还要关注原语所属的文化系统，注意传达文化内涵，避免因译语文化而曲解原语文化的含义。

① 曾辉. 生态翻译学视角下译者对文学作品翻译的三维转换——以莫言小说《蛙》英译为例 [J]. 开封文化艺术职业学院学报，2022，42（7）：35.

例：我本铁拐仙，引领玉犬下凡尘。送子娘娘是我姑，派我到此来化缘。施我小钱换贵子，骑马游街换状元。

译文：Iron-crutch Li, came to the human world with a heavenly jade dog. My aunt, the fertility Goddess, hassent mehere to beg for alms. Your charity will reward you with a son, who will ride the streets as scholar number one.

例子中出现中国传统文化中的四个人物形象——"铁拐李""玉犬""送子娘娘""状元"。译者充分适应原语生态环境，有效传递四个人物形象中能与译语文化相对接的文化信息，而在译语中无法转化的文化信息则进行简化或忽略，从而对这四个文化词汇采取不同的翻译策略。其中，"铁拐李"作为中国道教文化中的代表人物，地位较高，属于典型人物形象，但原语文化内涵在译语环境中没有对应的文化形象，属于在译语生态中适应性差的文化信息，葛浩文为尽量保留原语文化内涵，对其进行了淘汰，即只保留其字面意义或进行注释，故采取了直译加音译的方法来表现这个人物形象的典型特征与姓氏。"状元"人物形象缺乏典型性，文化内涵负载不深，因此采取了直译的翻译方式。"铁拐李"和"状元"这两个原语文化形象在译语文化中都无法找到对应的信息，葛浩文为降低译语读者理解时的难度，直接忽略了二者的文化背景传递，而采取最简洁的翻译方式，以提高原语文化内涵在译语生态环境中的适应性。"玉犬""送子娘娘"两个形象中的"犬"和"娘娘"在译语文化中存在一定的可接受度，即对应 dog 和 Goddess 两个词。因此，译者对原语和译语生态环境进行协调与融合，即对两种语言的文化信息进行创造性融合，采取创造性翻译方式来转换文化信息，创造中西融合的人物形象，分别用直译加意译的方法解释了这两个文化形象的身份，即"玉犬"是来自天庭的，因此增译了 heavenly；"送子娘娘"是给人带来子孙后代的，故增译了代表生育能力的 fertility。译者以增译、注释的方式使文化信息翻译达到了较为理想的效果。可见，译者在进行文化维的适应性选择转换时，也是遵循"汰弱留强"的原则，既要充分适应原语生态环境，也要考虑原语文化内涵在译语生态环境中的生存能力。译语读者接受度高的文化内涵尽量充分传递，接受度低的文化内涵采取增译、注释的方式传递，而难以接受的文化内涵则减译或不译。

第三节 生态翻译学在文学作品
交际维转换中的表现

一、生态翻译学交际维转换的含义

在生态翻译学视阈下，译者除注重语言信息的转换和文化内涵的传递之外，还应把选择转换的侧重点放在交际的层面上，关注原文中的交际意图是否在译文中得以体现。

翻译是将源语从其特有的文化土壤移植到目的语文化土壤的过程。在这个过程中，移植成功与否要看译者是否能够充分发挥自身主导作用，在选择转换过程中能否从多维度考虑，实现包括语言维、文化维、交际维在内的多维适应性选择转换，从而使目的语文化背景下的受众者产生与原文在源语文化背景中同样积极的心理回应（图 4-2）。

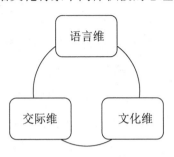

图 4-2　多维适应性选择转换

文学翻译实践过程中交际维的适应性选择转换的实质是要关注双语交际意图的实现。译者在翻译时要充分发挥自己的主观能动性，在保证正确传递原文信息的前提下做出一系列的适应性选择，尽可能将原文作者的意图在译文中传达出来。

翻译是译者适应翻译生态环境的选择活动。而翻译生态环境又是由多种元素构成的，各个元素之间是相互联系不能分开的，是一个互联互动的整体。生态翻译学中的三维转换即语言、文化和交际这三个方面是翻译过程这一整体的三个方面，这三个方面是相互联系而并不是独立的。在进行翻译的具体实践中，译者要综合全面考虑，要从整体出发，不但要将原文的信息和文化内涵准确传达出来，而且还要从交际维把握原作的交际意图，进行不断的适应性选择和选择性适应转换，力求译出"整合适应选择度"最高的译文。

二、生态翻译学交际维转换的应用

交际维的适应性选择转换即译者在翻译过程中关注双语交际意图的适应性选择转换。译者除传递原语的语言信息和文化内涵外，还要关注原文的交际意图是否在译文中得以体现。

例如："姑姑是天才的妇产科医生，她干这行脑子里有灵感，手上有感觉。见过她接生的女人或被她接生过的女人，都佩服得五体投地。"

译文：Gugu was a natural genius as a woman's doctor. What her instinct told her, her hands put into practice. Women who witnessed her at work or those who were her patients absolutely revered and admired her.

    《蛙》这部作品原文主人公姑姑是一个拥有非凡接生天赋的人，作者想要塑造的是因接生技术高超而备受敬重的主人公形象。因此，葛浩文在译文中为了表现姑姑接生技术的高超和受人敬重这两点，对莫言原作品的交际意图进行忠实的转换。译者对原文的语言形式进行了改译。在例句中，译者进行了两处改译，第一处是句式结构的改译，原语句子"她干这行脑子里有灵感，手上有感觉"是并列结构，而译文中采取了主句加从句的结构，突出表现姑姑能将脑子里的所有想法都通过高超的技能加以实现，进一步强调了姑姑在接生方面的天赋，从而达到使译语读者更好地理解作者想要塑造的人物形象这一交际意图。第二处是将"五体投地"这个汉语成语改译为两个同义词 revered and admired，并加上副词 absolutely 进行强调。"五体投地"这个汉语成语指两手、两膝和头一起着地，是古印度佛教一种最恭敬行礼仪式，比喻佩服到了极点。译者为向译语读者传递姑姑在女性心中备受敬重的人物形象，放弃了原语的成语形式，以同义动词进行强调，成功地实现了作者对这一人物形象塑造的交际意图。可见，译者对原文语言形式进行淘汰的同时，主要考虑的是对原文作者交际意图的转换。因此，葛浩文在进行交际维的适应性转换时，非常注意传递原文作者的交际意图，通过灵活的翻译策略使译语读者充分理解并接受原作者的意图，是很成功的适应性选择转换方式。

第五章 生态翻译学在翻译文学系统 构建中的延展

第一节 翻译文学生态系统的建造与构成

一、翻译文学生态系统的确立

从文化层面上看，翻译学派文化为将目标语言的描述、功能和系统研究转化为中心，其核心研究范式是"描述/系统/控制范式"（图5-1）。"翻译研究文化学派中的描述翻译研究、多元系统研究与操纵学派，虽然名称不同，但都有共同之处，是一个复杂的文学作为文学翻译的复杂动态，具有目标语言描述性，功能性和系统性的中心研究，将翻译文学作为翻译文学系统的一部分，并采用描述性的研究范式"[①]。翻译文化学派中操控学派对翻译文学进行较多的论述，将文学看成一个复杂多层次的动态综合体，对翻译文学进行深入的讨论，翻译文学作为多变量系统是文化和文学的子系统，并对特定历史语境里翻译文学在目标语文学系统演变中的所处的地位和发挥的作用进行了大量阐述。

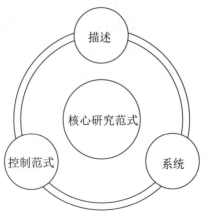

图5-1　翻译学派文化的核心研究范式

[①] 贾延玲，于一鸣，王树杰. 生态翻译学与文学翻译研究. 长春：吉林大学出版社，2017：164.

文学作品不是静态文本，而是动态、复杂、开放的系统，包含与文学有关的各种因素，关系体系中的各种因素以及与游戏环境变化之间的关系，从而引起整个系统的变革。多元文学系统存在于不同层次的子系统中，即不同的文学类型，如古典文学、非古典文学和翻译文学等。

翻译文学在以下阶段或中央位置的条件下，成为主流文学的一部分：①在发展的早期阶段，没有文学形式，文学处于"青春"阶段；②某一文学依然处于"边缘"或"薄弱"阶段，或者两者兼而有之；③转型期的文学，危机或真空期的文学。相反，一般而言，当本土文本较强时，文学发展完整，文学类型多样，文学和地方文学不会依赖翻译思想形成新的，翻译文学在整个动态体系中处于领先地位的边缘。

文学是一个灵活的系统。案例研究和理论模式不断相互影响，文学翻译研究侧重于目标组织、系统和功能，是描述性的；并且规范和接受限制及影响生产，特别是翻译的作用和地位与文学表达兴趣之间的文学翻译相互作用。从而，将翻译文学作为目标语言文化，文学，多变量系统研究的复杂动态子系统。翻译文学作为目标语言文化、文学和多元化系统研究的复杂动态子系统，需要考虑诸多因素。这些因素包括选择翻译策略和战略的功能和位置、目标文化、接受翻译、文化多样性体系内外的各种规范以及社会因素等，这些因素对文学、意识形态、文化、历史、政治、社会和许多其他环境因素的翻译都有影响。

二、翻译文学生态系统的架构

现如今，以生态学视角关注社会、文化、文学领域的方方面面已经成为一种流行，学术期刊、网络媒体上能够得出教育生态、金融生态、文化生态、经济生态、美学生态、法律生态、文学生态、传播生态等"泛生态"的提法。通常生态学的"隐喻"可以是人们得到的各种人文、社会或经济、政治生态系统。生态学"隐喻"指的是作为一个生命体的人类在文化生活中的各种行为和社会环境二者彼此关联互动，构成一个个有机整体，各种因素都包含在内，如以社会内部主体构成、组织部分和构成生态系统的外部环境的经济、政治、文学等。

翻译文学是文学类型中比较特殊的一种，翻译文学是整个文化生态系统中的一个子系统。窗体顶端翻译文学及其周边环境构成一个整体，环境互相影响，互相不断互动，参与翻译文学活动的翻译文学内容主体，如创作主体、翻译主题、赞助机构、接受和评论等。

翻译文学体系和其所处的环境之间是一种互动关系，可以通过构建整个生态系统翻译文学的生态学研究模式，构建一个译文学系统和其所处的环境之间相互作用，翻译文学系统内的主体都各自发挥其在系统中的功能，进而构成一个统一的整体。因此，构建一个翻译文学生态系统是非常必要的。所以，在整个翻译文学研究范式的生态系统下，从文化学派的翻译学习中，翻译生态学角度综合考察翻译文献的相关文献和整体分析结果，使系统兼容宏观思想，也在进一步研究微观思想。如果我们对翻译文学进行整体、系统的研究，就必然要考察影响翻译文学的各种制约因素，如社会、文学、政治、意识形态、诗学等。在翻译文化学派和译介学的理论体系中，更多情况下，翻译的目的是认识翻译，翻译研究是描写和阐述，并为今后的翻译工作提供更为有用的指导和参考。如果把翻译文学置于翻译文学生态系统中，可以对已经发生过的翻译文学做系统的、历史的、功能的描写，也可对翻译系统中的各个关系进行生态系统分析。最为关键的一点是我们能够选择以生态学原理为基点，在翻译文学的主体性发挥、生态环境、主体间关系等方面发现规律，为多元化和全球化世界中的翻译文学的发展提供关键的信息和指导。

三、翻译文学生态系统与其外部环境的互动

作为文化转化之间的翻译，比较文学研究的热点是文学与翻译文学同文化之间的相互作用。译介学从文化和文学的角度来看，翻译研究侧重于活动，即来自跨国之间学习、跨语言、跨文化方面的翻译评价。

翻译研究是从比较文化的角度来看文学翻译和翻译研究。同时，应该承认翻译文学的艺术价值，翻译文学不等于外国文学，翻译文学应该是中国文学的一部分。翻译文学的承认最终应体现在：翻译文学在国别文学史上占有一席之地，同时，写出相对独立的翻译文学史。文学翻译与文学翻译研究应该包含在具体文化的实时和空间上，解释文学翻译的文化目的和翻译形式，实现翻译在文化翻译过程中的作用等。讨论翻译文学的具体时代和民族文学与其意义的关系。译介学的研究不是一种语言研究，而是一种文学研究或者文化研究，它不关心语言层面上出发语与目标语之间如何转换的问题，它所关心的是翻译作为人类一种文化交流的实践活动，所具有的独特的价值和意义。所以，译介学的探索不单单拓宽了比较文学的探索视野，同时翻译文化探索也具备了具体的文学探索对象，比较文学中的翻译探索范畴要小于译介学的范畴，它不仅包括相关的翻译理论研究、文学翻译和翻译文学研究的研究，还包含对外国作品的评论和介绍，作者的探索和实践也包括在内。学习翻译文学和翻译研究对翻译文学一定会存在疑虑，通过较多翻译文化和比较文学研究，近年来部分问题也找到答案，如本土的文学和文化同翻译文学之间存在互动的关系。

一方面，文学翻译的目标语言要求的文化需要依据和存在的必要性；根据文学翻译的目标文学语境规范、社会文学阅读的重要维度来解读。即翻译文学不同历史时期的生存和发展，是以和文化需要和目标语特定的文学为依据，同时和相应历史时期的政治、文学和

文化环境等紧密相关。目标语的文学和文化对翻译文学的主题、形态、翻译策略和来源有一定程度的影响；另一方面，在一定程度目标语的文学、文化也会受到不同历史时期的翻译文学的冲击，中国翻译文学进入中国社会文化语境后，由外来文学和文化同中国地方文献产生激烈的摩擦和碰撞，在经历相互交流、沟通、妥协、让步和一系列的经营活动之后，那些没有脱离中国本土文化和文学保留异质因素的人，对中国文学和文化的不同程度的影响，促进了中国文学和文化的创新和进步。当代中国翻译文学在不同阶段，其影响和作用发生的变化、翻译文学呈现什么特点、翻译文学的译介受到哪些环境因素的影响等，都值得去梳理和研究。

第二节　翻译文学系统的生态环境分析

一、翻译文学生态系统与其生态环境分析

生态学是探索有机体和周围环境（包括生物环境与非生物环境在内的）之间的相互关联、相互影响的科学。生物与环境第一次形成了密切的接触，是一个整体。

在生物和非生物与生物之间，在一定的空间和时间范围内，通过能量和材料循环的连续流动，形成生态功能单元相互作用的相互联系。生态系统是通过环境和有机体的生命以及在特定空间中的组合的相互作用，由小生态系统形成的大型生态系统，复杂的生态系统由较为简单的生态系统组成。非生物成分（环境系统）和生物成分（生活系统）是一个完整的生态系统，在社会和文化领域，人们的生活是一个制度，人的社会环境和文化生活的行为相互影响，在其之间发挥作用，并结合成为互相影响、互动的整体，包括像经济、政治、文学等构成系统内部主体和外界环境的各种因素。

翻译文学是文学生态系统中的一个子系统，是类型比较特殊的文学。翻译文学与翻译文学所在的环境之间相互影响、相互作用，二者构成一个整体。翻译活动的主体是翻译文学生态系统的一部分，如翻译主体、创作主体、主体意见、赞助和接受主体，形成主体之间的各种复杂关系，在一定的主体间关系以及生态环境的制约下，系统内部的主体发挥"生产者""消费者""分解者"等内在的本体"生产功能"，而整个生态系统的最终效应（社会功能）得以显现。

20世纪90年代以来，西方翻译理论，尤其是翻译研究文化转向学派给中国的翻译研究带来了新视角，如操控（改写）理论、多元系统论，这两个理论的影响是最令人印象深刻的。操控理论描绘了翻译文学在文学系统中的位置变化，以及译者相应的翻译策略；多

元系统论侧重于诸如力量、意识形态、诗学和赞助等因素如何限制和操纵文学翻译。如果翻译文学作为文学系统的一个子系统，那么无论是在多系统的理论框架内，当代中国文学翻译在文学体系中的研究现状，是探究操控理论下的各种影响文学翻译的因素，从而能够得出：翻译文学和其所在的生态环境二者间有相互影响、相互制约的关系；翻译文学系统的生态环境因子，包括翻译文学系统里的各种主要制约因素，如目标语言文化文学多元系统翻译文学的立场、文学美学需求、目标语言主流诗学、意识形态等。

二、翻译文学在文学多元系统中的地位

西方翻译研究文化学派在 20 世纪 80 年代渐渐地将重心放在目标上，从文化的角度对翻译进行解构式、描述性和整体的探索，其中，对翻译文学进行较多论述的是其中的操控学派，他们把文学看成一个复杂的动态综合体，把翻译文学看成构成文化和文学多元系统的一个子系统，在特殊的历史语境里，对翻译文学产生很大的兴趣。翻译文学是多变量文学系统，是动态复杂目标语言文化的子系统，对其进行观察，如从选取翻译材料、翻译策略的运用、接受译本、在目标文化中译文的影响和地位，到翻译文学各种各样的规范和社会因素的影响，如文学、文化、社会、政治等诸多因素的影响，可以发现翻译文学活动不是孤立产生的，它是社会性活动的方式之一，与目标语社会文学和文化之间进行着相互作用和相互选择。根据当前译介学术界的现状，在译介学在翻译研究文化转向理论的影响下，翻译研究改变以前的比较文化研究视角。比较文学和翻译研究的重点是权力差异、文化和政治功能的翻译、文化霸权意识的关系，这将成为文化政治学研究的重点，从而可以得出历史背景，以及中外文学、文化、时空等方面的关系，这是进行翻译文学和相关文献探索必不可少的因素。

（一）多元系统论中的翻译文学系统

多元系统论的创始人是佐哈尔，佐哈尔从事文学与符号学、文化研究、文学翻译和文学理论探究。在 1990 年他发表了两篇论文：《翻译文学在多元系统中的地位》和《多元系统论》，佐哈尔在这个系统中引入了翻译文学和文学多变量系统的译员翻译策略。

文学作品是一个"关系实体"，是一个层次分明、有秩序的结构，并非简单的文学技法的堆叠。所谓的文学类型、文学作品、文学本身、文学时代是很多特点相结合，与网络系统相关因素的关系是这些特征的价值的体现，历时和共时两个角度是文学研究的依托点。在系统不间断的情况下，被不熟悉的创新取代传统，熟悉对文学的出现和发展有一定的影响，也可以理解为，更具活力，在新文学的边缘，而不是优雅的文学，是文学系统的核心。这里的文学是一个复杂、动态和开放的系统，不是静态文本的作品，包含和文学相

关的元素或子系统，随着环境的变化、各种因素的运动和相关的子系统时间，整个文学系统在不断地发展和演进。

多元系统是以动态的观念和一种功能主义为基础进行构建的。以人类传播社会符号现象的象征方式为主，不应被视为混合体，应被视为一个整体系统，可以获得研究和理解。这些社会符号系统是一个复杂的系统，有各种组合结构，是多变量系统，有很多不同的系统结构。依据多元系统理论判断整体文化和各个多元系统相互关联，多元系统之间的转变都是相互关联、不可分开的，同时，各种相关的因素或子系统使得某一形式库处于中心或边缘位置，从而进行从非经典到经典的动态过程，这些因素的主导地位并不绝对，但在一些条件和时间上，这些因素将起到主导作用，处于中心位置。

文学翻译不仅是多变量系统中不可或缺的一部分，还是系统中最具活力的一部分，在文学翻译中，系统中的文学状态并不总是在边缘。对于一些"强势"或者大的文学，翻译文学就只能处于非中心位置。但是，在特定的阶段和历史时期，它的地位也在不断地发生改变。

此外，在多元系统论的研究范畴内又加入了许多外界因素如社会条件、赞助人、意识形态和经济状况等，进而将本土文学多元系统和翻译文学之间相互联系的探究，推向全新的发展阶段。当本土文学系统一旦陷入停滞，向着创新、向中心的、经典的位置发展是翻译文学的趋势，并提供给了该系统向前发展进步的动力。在整个目标语文化系统中，当翻译文学处在中心位置的时候，翻译文学会不断地向原著靠拢，并且将在目标语文化系统里带入很多原著中的新元素。帮助目标语文化中的文学系统产生新的模式是翻译文学的主要作用，此时该文学系统显得更加丰富生动。相反，翻译文学在次要或边缘的地方，翻译者必须遵守本土文学体系的相关规定和标准，在目标语文化系统里找寻已经存在的模式，所以通常会对原著里的形式和内容进行修改。

尽管多元系统理论主要是一种说明文学系统行为和演变的理论，部分概念还比较笼统，对文学系统状态的描述"有些粗糙"，对系统演进的描述非常抽象，但是在更广泛的历史文化背景下进行翻译文学研究，是探索翻译文学体系的最大贡献之一，这样可以更好地对文学翻译进行理解和审视，同时观察到作品译介背后的各种因素。①把翻译或翻译文学放在一个动态的系统中，从文学关系的角度阐述翻译文学的地位，承认各种目标语文本外因素对翻译的影响，如社会政治、意识形态、文学观念等。②文学翻译的现状和价值以及文化视角的翻译活动，使文学翻译和目标语言系统发挥作用，确定文化与文学的关系。翻译文学是文学史的组成部分，文学翻译现状也影响着翻译实践。

（二）翻译文学在翻译系统中的定位

通过将译作和翻译其所属的社会、文化、政治等多种因素联系起来，在翻译研究领域，多元系统论为其开拓了一个全新的更加宽阔的疆域，对于中国的翻译文学的研究具有重要的意义和参考价值。利用多元系统论，中国当代翻译文学在中国文学和文化等多元系统中所扮演的角色，以及其制定的翻译的规范和对目标语文学和文化产生的影响就可以得到解释。当目标语言文化和文学体系形成并且非常强大时，翻译文学将处于边缘地位；当目标语文化系统和文学系统还未形成而且非常脆弱时，翻译文学将处于中心位置；而当目标语文化系统和文学系统已经形成，但在目标语的文化文学系统中发生了重大的历史事件或者在转折点时期出现了文学"真空"，导致现有的文化或文学已无法接受，翻译文学就很容易带着新的形式占据中心位置。

三、翻译文学生态系统的内外操控机制

翻译的研究重点是翻译属于社会、文化与交际的一种实践行为；是关注翻译和译本的文化与形态上的作用；是重视社会文化因素、翻译行为、外部政治关系和主体行为的翻译。翻译文化转向主张对文本外因素更多关注，而不再局限于翻译文本本身的研究，以翻译（翻译文本运算符）、翻译的赞助者、环境、接收者（读者）为起点，重点关注翻译整体思想的文化视角，为翻译提供了一个环境，在这个宏大的文化语境中对翻译进行审视，对制约译本生成的外部条件加以关注，如社会、政治、文化、意识形态和经济等因素。在翻译文化研究中，当代西方翻译界开始突破传统的翻译观念，跳出传统的研究模式，开始关注语境、历史与传统、文化与翻译的相互关联和文化的翻译方式，翻译行为致力于宏观的跨文化语境，从新的角度去学习与研究，如译者的可见性、后殖民主义等，重新审视翻译作品的选取、策略的实施、译本的传播和接受，从而实现了翻译的文化转向。

多元系统理论对于文学系统内部翻译文学与原创文学的互动关系论述很多，但对于促进翻译文学、文学系统发生变化的潜在社会和历史等制约因素却着墨不多。就文学翻译方面，对于多元系统中的发展完善贡献最大的莫过于操控学派理论。操控学派的翻译理论的目的是：为文学翻译建立一种新的研究范式，以及从自标语视角所有的译文都是某种目的下对原语的操控。操控学派的共同点在于研究者视文学为复杂的动态系统，对制约翻译生产与接受的规范和因素感兴趣，且关注翻译在目标语文学中的地位和互动关系。操纵学派需要目标语言文化、文学思想、政治文化习惯、文学翻译活动市场意识形态和制度的描述，在文学系统中翻译文学的位置对翻译的选材、翻译的规范、翻译的策略等是如何进行影响的。

总而言之，翻译动机、翻译材料、翻译文学作品的翻译，不接受任何不协调，翻译人员在目标语言环境中主流诗学与意识形态的战略方向，有着密切的关系。"意识形态、赞

助人、诗学"三因素主要体现在"赞助人"和"专业人士"的话语权中,构成翻译文学系统的外部与内部的操控机制,也成为整个翻译文学生态系统的主要生态环境因子。

(一) 翻译文学的意识形态与话语权力

诗学与意识形态是限制文学翻译的两种机制,是翻译成原作的重写,可反映出赞助者对诗学意识形态的专业观点。赞助人作为文学系统的外部控制因素,更感兴趣的是意识形态,即一种对社会该怎样和允许怎样的主要观念。诗学通过赞助者意识形态所制定的参数起作用。一般而言,"赞助人"指的是那些能够对文学的写作、改写和阅读起作用的"权力"的机构或者人,他们能够是一些政党、人、政府、宗教团体、出版商、社会阶层,以至报纸、杂志、电台、电视台等传播媒介等。想要去影响翻译的过程可以通过赞助人使用他们的话语权力,想要译作能更快被发布,很多文学家和翻译家会在赞助人允许的范围内发挥诗学话语权力和技巧。赞助是有等级之分的,编辑和出版商处于较低层次,他们对译者的操控通常受到更高级别的赞助,如审查机构或组织。赞助人通过代表和行使话语权力把意识形态外在显示,因此,讨论赞助人,就要讨论到意识形态,就要涉及话语权力,这三者紧密结合在一起,影响制约着翻译文学译介的各个方面。

有三个相互关联、相互影响的基本元素存在于"赞助人"系统中,它们分别是:形态元素掌握翻译形式和翻译主题的选择;经济元素决定"专业人士"的收入;地位元素决定"专业人士"的社会地位。赞助人的经济政治地位和思想意识,直接影响赞助人对译者所进行的权威影响,原因是只有当赞助人对自己所期待的译作满意时,赞助人才可能会资助和鼓励出版。在很大程度上,翻译者的意识形态直接影响翻译文学作为一种形象,这种意识形态的翻译者不仅能够承认和批准翻译者,甚至赞助者也是如此。

首先,赞助具有意识形态成分,因为在特定的社会里,所选择翻译的文学作品绝对不能背离其他系统太远,如对主题和表达形式的选择;其次,赞助还含有经济的成分,因为赞助通过提供薪酬或其他形式的资助,给予译者生计上的帮助。

赞助人代表意识形态与给予经济、地位赞助等方面制约着翻译活动与其他"专业人士"的诗学话语权。代表或行使意识形态话语权也是赞助人首先要完成的。因为,过去的翻译赞助者是一些达官贵族,而现在主要是出版社、新闻机构、大学或其他组织,他们所翻译的内容并不是出于文学价值本身的考虑。

赞助人的意识形态成分有两种形式:①意识形态指的是一个主导思想主义思潮的思想主义思潮,包括思想上层建构,如政治思想中的政治法律思想和伦理是思想内涵的核心。②意识形态是指一般社会形式,具体的政治上层建筑和经济基础相关的思想收集制度和理论,是由自己的社会群体意识和自我意识表达的利益和社会地位所要求的,是同世界观和哲学的"形而上"主张或理论学说相适应的。

社会中的每个人都有自己舒适的环境和气氛,人们采用各种形式和方式受到意识形态的熏染和教育。文学翻译中的作品选材、翻译潮流、翻译策略通常要受到当时社会与译者的意识形态的影响。

赞助人系统也可以用"权力理论"来理解。"权力"指的是一种网络关系,一切支配力与控制力,在人类活动的全部领域中存在,任何个体都依赖于网络,在不同的历史时期和文化时期这些权力是在持续发生变化的;"话语"是一种深层逻辑,深藏于人们意识之下,对不同群体的思维方式、言语表达、行为准则进行表达,是对一个特殊的认知活动、领域的语言描述。福柯认为词形是力量;话语是权力的象征之一:是权力控制、知识传播的工具;话语在一定程度上受权力条件约束,是形成和发展的一种权威,所以言语和语言不是透明的媒介。

(二)翻译文学的诗学观念与审美需求

一般而言,在系统中的翻译文学中,由评论家、教师、翻译等"专业人士"组成的控制文学诗学的作品,尽量使翻译成为主流诗学和主流意识形态的接受者。除或多或少受到意识形态操控,他们更多地在诗学和审美方面考虑翻译策略、接受、评论以及文学发展方面的作用,诗学观念是指特定社会里文学该怎样和允许怎样的主要看法,包括构成文学元素的规则,以及从功能上讲哪些元素该在特定社会里有效并被应用。诗学是由两个部分组成:一个是列表,列表包括文学、技术、主题、场景、符号和典型特征;另一个是在整个社会系统里,文学应该扮演什么角色。第一部分构成了文学的本体特质,第二部分文学作品的社会功能和影响程度,换言之,这两部分的诗学包括:①是一种文学,包括文学风格、主题、原型人物、情节和象征等一系列文学元素;②是一个概念,即在社会系统中,文学起到的作用,或应起的作用,现代意识流小说自20世纪80年代在中国慢慢地得以译介,原因是中国的文学审美理念和意识流小说的审美理念有所不同。中国传统的美学思想中情节是小说形式因素的核心。中国传统文学艺术的审美模式形成了中国读者对美学的刻板印象,对小说新的形态产生审美排斥心理。在当时的历史语境中意识流小说和传统小说在手法创作上不相同,和读者与翻译赞助者的期待视野不相符。尽管并不是所有的文学翻译都必须迎合主体文化的诗学和审美规范,翻译文学要做到既满足又不逢迎,既打破又不完全背离公众的审美需求,便可为读者所接受。当时的历史文化语境下的文学系统和翻译文学系统的地位,决定着其是突破还是一味迎合。

第三节　翻译文学系统的主体构成与特征

一、翻译文学系统的主体构成

对象和主题是哲学中的术语，对象是主体活动对象，主体是从事认识活动与实践活动的承担者。随着翻译文化研究的深入，翻译通常涉及各种综合文本外因素的操控，是人类一种复杂的实践活动，在翻译过程的不同阶段，都有"人"作为实践活动和认识活动的承担者，而原语与目标语的文本，才是翻译过程中的客体广义上的翻译行为承担和实施的主体，必定包括读者、译者、原作者、赞助人、评论者等生活世界里的人或团体。

翻译是两种语言与文化，沟通和谈判过程之间的对话。在这种交流与协商的对话过程中，原文、原文作者、译者、（原）译文、读者，有时还有翻译发起人、出版商或赞助人等，都会参与到翻译活动中。文作者、（原）译者、复译者、读者、原文、（原）译文、复译文本都是文学作品中复译的主体。

作为一种涉及社会、政治、文学、文化交流等方面的复杂活动，翻译是涉及创造、策动、翻译、阅读、评价、接受等在内的一套系统，存在多个主体，如作者、译者、读者，甚至还包括赞助人。因此，无论主体内涵的理解如何不同，翻译中的主体只能是参与翻译实践中的人，不包括原文文本和译语文本以及文本当中的人。

在现有的翻译文学实践中，文学主体的翻译也有不同观点，部分人认为翻译是文学翻译的主体，文学写作的翻译和以翻译活动为中心的叙述；还有部分人认为，除主体翻译之外，一些文学社会和机构也发挥巨大作用，应该给予同等的重视，所以有的特别介绍一些翻译或文学机构、社区活动和贡献；部分人认为归属于文学史范畴的翻译文学史大致应该包括三个要素：作品、事件和作家，作家不单单是指译者，同时还应该包括原文的作者。

存在于目标语的文化文学系统中翻译文学是一个整体，翻译文学围绕着译本和原文本两个对象，从选择原文本、组织实施翻译活动到接受译本，整个翻译文学系统应该有它完整的实践和创造主体，即原作者、赞助人、译者、普通读者等。从某种意义上而言，翻译文学系统里"生产者"即翻译的发起赞助人与文本的创作者；"消费者"即译作的读者；"分解者"即对译作进行评论的评论者。能量流、物质流、信息流、价值流在三大功能群之间联结和贯穿，彼此相互作用、相互关联和影响，为整个系统功能的运行和演变做出了贡献，促进知识再现。总而言之，翻译文学系统功能的产生主要依赖系统中的主体来完成的，这些主体包括赞助主体、创作主体、翻译主体、接受主体和评论主体，在翻译文学一定的生态环境里互相作用、互相关联，形成主体间关系网络。

翻译活动的各种主体置身于翻译文学整个文学系统中，主体与主体之间是一种互相制约、互相承认的对话关系，他们又必然与系统中的各类因素有着千丝万缕的联系。在翻译文学从作家作品选材、赞助人的决定、译者的翻译实践再到读者的阅读与评论，以及他们之间的互动关系都离不开当时的历史语境，离不开主流意识形态等因素的一些制约。

从原文本的选择、翻译活动的组织实施到译本的接受，整个文学生态翻译系统应该有它完整的实践和创造主体，即原作者、赞助人、译者、评论者、普通读者等；同时，文学翻译生态系统如同自然生态系统一样，必然也要包含生产者、消费者、分解者等功能群体来维持系统的运转。

（一）文学作品中原作者主体

文学作品的原作者就是创作作品的人，即原文本的创作主体，至今翻译学界大致经历两种认识："文艺语言"阶段和"文化解构"阶段的"作者"。文艺语言学派把文本看成是客观上的"主人"，是处于绝对的中心，原作者的作品所具有的艺术价值和艺术形象是借助优秀的译者——忠实的"仆人"再现的，在文学翻译中，成功的译者能与原作者心领神会或者忠实地传达作者的思想内涵。译者复制原作者的风格和语言特色，紧跟原作的权威，亦步亦趋。因此，在传统的文艺和语言学翻译研究范式中，原作者是权威，而译者是原作者的奴仆。原作者对原文本有自始至终的发言权，而译者的任务就是实现对原本的忠实或对等。实际上译者由于受到他所在语境的影响以及不同于原作者的社会文化规范的制约，是不可能完全复制出"原作者"的原文本的一切的。长期以来我国翻译理论都受到作者中心论、原作本位论，以及以信为本的传统理念束缚。由于翻译研究文化转向的影响，翻译研究的焦点也从原文作者、原文本转向了译语文化与读者。

（二）文学作品的译者主体

在文学翻译的发展史上，译者的定位经常会引起争议，且译者长期处于文化边缘，地位极其尴尬。在相当长的一段时间内，人们对译者的工作不以为然，通常用"译匠""隐形人""一仆二主"的"仆人"来形容译者所扮演的角色。这样一些对译者带有轻视性的看法，源自于对翻译的一种简单化认识。由于受到翻译研究文化转向的影响，翻译研究的焦点从原文作者、原文本转向了译语文化与读者。译者在选择翻译文本和翻译策略上都受到目的语意识形态、诗学等多方面因素的影响和制约。译者在文学翻译中的"改写"与"创造性叛逆"都是为适应目的语政治、文化或文学的要求。译者是如何传达原作者的声音在一定程度上取决于目标语的文化因素。译者已从原文中心论的思想桎梏中解放出来，在翻译的过程中同时与原作者和读者进行对话。

随着人们对翻译活动的日益重视，译者的位置慢慢被摆正，生态翻译学更是提出了"译者中心"论，使得译者站在了翻译交际动态过程的中心位置，起到源语语篇与任何目标语接收者之间的中介作用。

1. 译者中心与译者主体性理论

生态翻译学作为一种后现代语境下翻译理论形态，为现代翻译研究拓展了一个新的视角。生态翻译学"译者中心"的核心理念，强调译者在翻译过程中发挥主观能动性和创造性，这和翻译研究中强调译者主体性的彰显是一致的。这种翻译理念在文学特别是诗词翻译中得到了充分体现。

生态翻译学明确提出"译者为中心"的理念，关注译者在生态翻译环境中的作用和生存境遇，强调译者在翻译活动中所发挥的主观能动性。而译者在翻译过程中所起的作用和扮演的角色是翻译理论关注的焦点之一，如何描写和解释译者行为也成为翻译理论研究的一项根本任务。生态翻译学关照下的各个理论命题与译者紧密相关，"生态翻译环境""翻译群落"中各构成要素之间如何"和谐共处"、如何"共生互动"，译者与"生态翻译环境"怎样"选择适应"以及译者最终怎样获得"生存"等，都是译者遵循生态翻译这一"客观环境"的前提下，发挥主观能动性作用的结果。译者问题既是翻译研究探讨的一个根本性问题，也是生态翻译学研究的一个核心议题。以"译者为中心"作为核心理念突出译者的地位和能动性，并运用"适者生存"的法则制约"译者中心论"的翻译行为等观点直指翻译实践，使得这种全新的研究视角，区别于以往的各种翻译理论。翻译主体即翻译活动的发出者、策划者，翻译活动的主体性即翻译主体的主动性、能动性和创造性。译者是翻译活动的主要主体。译者主体性是指作为翻译主体的译者在尊重翻译对象的前提下，为实现翻译目的而在翻译活动中表现出来的主观能动性，其基本特征是翻译主体自觉的文化意识、人文品格和文化、审美创造性。

在文学翻译活动中，译者多重的文化身份表明，译者同时是读者和作者。作为源语的读者，译者自身的学识和艺术鉴赏水平对原文的理解起着至关重要的作用，同时译者还需发挥主观能动性，最大限度地接近原文和作者。作为译文的作者，必须尽力接近读者，且必须考虑读者的需求以及译文在读者心中所产生的审美效应。译者作为文化的传承者，其主体性首先表现在翻译的目的上，翻译什么样的文本，又或为什么而译，翻译究竟为何，即体现"译有所为"。译者主体性还表现在翻译方法的选择上，有什么样的翻译目的决定译者会采用相应的翻译策略和方法。另外，译者自身的素质如学识、艺术修养、翻译经验等都会影响译者主体性的发挥。

生态翻译学提出的"译者中心"与传统翻译理念不同，在传统的翻译研究中，译者被称为"仆人"，强调译者必须对原文"忠实"，而评价译文的主要侧重点也就是将译语和源语进行对比，考查译语对源语的忠实程度，从而以此来评判译者是否称职。而"译者中心"与译者主体性，把翻译研究的焦点从传统的研究视角中解脱出来，从而明确提出以译者为中心的翻译研究视点。

"译者中心"与译者主体性是一致的，都是在尊重生态翻译环境和源语语境的前提下，强调译者主观能动性的发挥，强调翻译过程中译者主体性的彰显。

生态翻译学的核心理念"译者中心"与译者主体性具有一致性，都是在依据生态翻译环境和源语的基础上充分调动译者的主观能动性和创造性。例如，马致远《天净沙·秋思》的不同英译版本探讨了"译者中心"思想是怎样在文学翻译实践中得以体现的。

马致远的《天净沙·秋思》堪称元代咏秋散曲的精品，作者因此享有"秋思之祖"的美誉。文章情景交融，以物喻人，通过描写秋天的苍凉景象来烘托漂泊他乡的失意游子的思乡之情。原文短小精悍，仅用二十八个字就描绘出一幅秋天的美景。全文由一系列的意象组成：枯藤、老树、昏鸦、小桥、流水、人家、古道、西风、瘦马、夕阳、断肠人，这些意象动静结合，远近结合，给人以空间上的视觉美，而且整篇作品读起来抑扬顿挫，声韵和谐。从生态翻译学"译者中心"理念来考察这首小令的翻译可以发现，译者的主观能动性得到了充分的发挥。怎样再现源语篇的音韵美、视觉美，每位译者的处理都不一样。虽然是同一语篇，由于译者的生活经历不同，个人素养和审美情趣不同，翻译的目的和方法不同，自然就出现风格迥然不同的译文。

马致远的《天净沙·秋思》较为典型的英译文本有 Schlepp 译本、翁显良译本和许渊冲译本，三种译文都出自名家之手，要想对这三种译文质量做一高低优劣之分真的很难。下面先附上三位名家的译作：

Schlepp 译本：

Tune to "Sand and Sky" —Autumn Thoughts

Dry vine, old tree, crows at dusk.

Low bridge, stream running, cottages.

Ancient road, west wind, lean nag.

The sun westering

And one with broken heart at the sky's edge.

翁显良译本：

Autumn

Crows hovering over rugged trees wreathed with rotten—vines—the clay is about done.

Yonder is a tiny bridge over a sparkling stream, and on the far bank, a pretty little village.

But the traveler has to go on down this ancient road,

the west wind moaning, his bony horse groaning, trudging towards the sinking sun,

farther and farther away from home.

许渊冲译本：

Tune：Tian Jing Sha

Withered vines hanging on old branches,

Returning crows croaking at dusk.

A few house hidden past a narrow bridge.

And below the bridge quiet creek running,

Down a worn path, in the west wind.

A lean horse comes plodding.

The sun dips down in the west,

And the lovesick traveler is still at the end of the world.

其中，Schlepp 的译文采用异化的翻译策略，运用直译的翻译方法，使译文形式尽量靠近原文，最大限度地做到译文与原文之间的"形式对等"。译文没有运用常规的英语句子结构，而是以英文的九个名词词组来译原文的九个名词词组，尽量保留原文的语言形式和结构。译者这样做的目的是要让目标语读者了解源语的文化，所以，尽量将源语形式移植到目标语当中。

翁显良的译文则采用与原文完全不同的句法形式，将原文翻译成散文体，可以说是一种"改译"。体现译者的译诗主张：保持"本色"。这种本色，不在辞藻，不在典故，也不在形式，而在意象和节奏。

许渊冲的译文明显采用"归化"的翻译策略，进行创造性的意译的翻译方法。既采用流畅的英文句式，又创造性地再现汉语诗词的音韵，体现译者"以诗译诗"的翻译主张。从以上分析可以看出，在翻译过程中，不同译者对同一文学语篇的理解和表达是不尽相同的。生态翻译学"译者中心"理念强调译者的主体性意识，关照译者主观能动性的发挥等思想对文学翻译实践具有重要参照作用。

2. 限制译者活动的制约因素

生态翻译学是在达尔文的进化论基础之上发展起来的一种研究方法。按照这一理论，翻译就是一种思想文化的移植，把作者的思想从一种语言移植到另一种语言，从一种既定文化移植到另一种异族文化。与生态学上我们把一种动物或植物从一个地方迁移到另一个地方颇为相似，移植的物种只有适应新的环境才能够得以生存。换言之，译作质量的高低与译者适应选择的程度成正比，而译者适应选择的程度与其主体性的发挥又存在密切的关系。

在整个文学生态翻译系统中，译者是最为活跃且颇具创造性的一个主体，具有很大的自由度及活动空间。但是我们同时注意到，译者的翻译活动要受到各种因素的制约。文学翻译系统中，原文作者虽不是中心和权威，但原作者以其本人或作品中意识形态、写作习惯、审美追求等与译者进行对话，并留下让人寻找新文本意义的痕迹。此外，对译者行为进行限制的因子还包括翻译主体的文化立场、审美情趣、知识总量、价值取向、人生理想及生活态度等，限制因子在整个翻译活动中既会给译者带来积极的影响，如帮助译者理解和适应源语文化，准确把握作者思想内涵等；同时，也会对译者产生消极影响，如不自觉地在译文中加入自己的文化理解与价值取向，从而造成译文对原文的"不忠"与"偏离"。

总而言之，限制因子在整个翻译活动中对译者的消极影响大于其积极影响，其中任何一种限制因子，都有可能影响译者适应的程度及主体选择的质量。所以，在对待这些问题上，译者要客观准确地把握和认识各种限制因子，合理回避限制因子给翻译带来的消极影响。另外一个制约因素来自翻译群落外部，即处于不同无机环境中译者的相互制约，这一点在上文中我们已经提及。译者在激烈的竞争中都要面对"优胜劣汰，适者生存"法则的考验。

（三）文学翻译作品的读者主体

生态翻译与自然生态之间有着相似的规律可循，自然生态的规律同样适用于生态翻译。在生态翻译视阈下，文学翻译过程就是一连串优化选择的结果，译文则是译者适应生态翻译环境的选择结果。翻译过程中译者要充分考虑到读者的多元化需求，进行"适应""选择""生存"和"淘汰"。

现如今，旧的文化体制已经无法满足新的形势，政治意识形态的操控程度放松，文学从政治服务更多地转向文学审美性的考虑，时代呼唤新的文学表达。进入新时期之后，原有的文学作品无论是在思想内容上，还是在表达形式上都无法满足新形势的需要，人们急需从世界的普遍经验中理解自身的处境，以及感受这种处境，此时社会多元文化系统在短时期内出现的文学真空，为大量译介西方现当代作品开辟了最为广阔的空间，使翻译作品有可能在文学多元系统中占据主流中心的地位，对本土文学和文化的现代性产生了决定性的影响。

进入20世纪80年代，由于本土文学处于新的思考和建构中，文学翻译在文学多元系统中渐渐占据中心位置。广大读者在经历了"文革"十年的思想禁锢之后，迫切想了解当代国际形势和其他国家的生活现状和文学水平，中国文学和文化需要借鉴新的异质元素作为参考和交流，在这种背景下，不少国家曾出现引起强烈反响的作品与不同流派的作品，如心理小说、意识流、黑色幽默、荒诞派戏剧、存在主义、新小说派、拉美魔幻现实主义等从 1979 年开始陆续在文学翻译中出现。

随着社会转型给我们的思想和文化带来巨大的变化，多元化的社会需求、文学审美价值需求特征更加突出，文学翻译产生了许多新的元素，呈现出多元化的走向，且随着主流意识形态话语权得到更多的释放，文学标准从以前的"政治标准第一"而更多地回归"人性""道德""社会"等多方位思考，文学翻译的译介也更多是为了满足文化交流和文学审美需求。文学翻译的选材更为广泛自由，大量优秀的当代世界文学作品出现，读者能够阅读到与以往期待视野和阅读经验所不同的故事题材、社会生活领域、思想价值观念以及新奇的结构情节、表现手法，从而让读者增加了对英美社会、文化、生活习惯和风土人情的了解，提高了对世界丰富性和多元化的认识，同时改变了国内作家们对传统意义上的文学的认识，活跃了本土文学的创造思维。

20 世纪八九十年代，文学翻译系统中的读者，作为文学翻译接受的主体和译作价值的最终体现者，他们对于作品的阐释和解读、对于文本新的意义的挖掘和探寻、对于文本的不确定性能更加积极、主动参与。同时，读者们的多层次需求、读者的文化水平、读者的期待视野在与赞助人、译者等主体之间进行对话时都会被认真考虑。

（四）文学翻译的赞助人主体

"赞助人"是文学翻译生态系统的主体之一。"赞助人"是指"促进或阻碍文学阅读、写作或改写的各种力量"。赞助人既可以强有力地促进和推广作品，也可审查、阻止或者毁掉一部作品。赞助人可以是个人、群体、宗教组织、政党、阶级、皇室、出版商或大众传媒。

赞助人系统包含三个相互影响的基本元素：意识形态元素、经济元素、地位元素。其中意识形态元素控制翻译的主题，经济元素决定译者的收入，地位元素决定译者的社会地位。三个部分可能掌握在同一个赞助人手中，也可能由多个赞助人各自控制不同的部分，在整个文学翻译生态系统的传播、接受和影响过程中的"赞助人"，并不特指某一个给予具体"赞助"的个人，既包括政府或政党的有关行政部门或权力（如审查）机构，也包括报纸、杂志、出版社等。

一方面，如果某些外国文学得到有关部门如宣传部或教育部等的鼓励或倡导进行翻译出版，那么这些作品自然会得到大力的译介，赞助作为翻译行为的一种决定因素的重要性，决定哪些可以翻译，哪些可以出版。赞助人可谓是一只无形的手，即使没有官方、立法或者注册身份也可存在。不同层次的赞助人通过意识形态、经济、社会地位等赞助形式决定文学翻译文本的本源，制定适合的翻译规范，规定翻译的动机。换言之，代表某一文化或社会的主流意识形态的赞助人确立一套，具有决定性作用的意识形态价值参数与规范来指导译者等进行文学翻译，对文学系统内的翻译活动有操控作用。

在文学翻译系统中，主流意识形态通常通过赞助人所代表和行使的权力体现出来。权力可以分为两种：一种是有形的权力，如政权机关、国家机器、法律条文等；另一种是无形的权力，如意识形态、伦理道德、宗教信仰、文化传统和政治制度等，赞助者的意识形态方面的操控主要表现在：影响文章的选材，提供一些意识形态方面的评论，或当赞助者发现译者的意识形态或处理意识形态的方式与赞助者不一致时，赞助者会对译文进行意识形态方面的编辑。赞助者会限定读者群，抵制反对那些超过了主流意识形态或者赞助者不许可的翻译，即通过各种规范、限制，以及经济、物质、精神赞助等形式影响文学翻译的选材、文学翻译作品的主题、翻译策略以及文学翻译作品的解读和文本意义的建构。

二、翻译文学系统的主体特征

"翻译文学是以译作形式存在于目标语文学中的一种特殊文学类型，对于目标语文化和文学的现代性发挥着重要的推动作用"[①]。翻译文学系统的内在文学生产功能，以及社会功能是在一定的生态环境下，由系统内所有的主体共同参与完成的。主体受到当时目标语社会的文化系统、文学系统的制约，尤其是意识形态、诗学等因素的操控。之所以选择以翻译文学期刊进行分析，是因为它涵盖所有从原作的选取到译作的传播和接受的过程，以及整个翻译活动或者译介的所有主体：有不同级别的赞助人、高水平的译者、稳定广泛的读者、专业评论者等，可以被看成是一个微缩的翻译文学系统，能很好地帮助我们完整进行研究翻译主体在不同时期受主流意识形态的影响、参与期刊的所有主体的特征的变化。

（一）赞助人的需要特征

在专业人士和赞助人中，文学的意识形态通常是赞助人感兴趣的，而专业人士感兴趣的则是诗学。赞助人利用他们的话语权力，干预翻译过程、组织、监督，以完成他们的诗意追求，在赞助人允许的范围内，由文学家、批评家、译者等组成的专业人士操纵了有限的诗学技巧和诗学话语权力。各级翻译出版机构从意识形态、经济保障、社会地位等三方面，以赞助人的身份管理、领导并影响翻译活动的走向、选题的确定、译者的选择、译作的形式、译作的出版与译作的解读，对整个翻译文学系统的兴衰，起着至关重要的作用。

（二）译者的主体意识特征

翻译家如何选择作品和原作家，体现翻译家的主体性。在中国翻译文学史上，翻译家

---

① 陆秀英. 中国当代翻译文学系统中主体间关系的生态分析［D］. 上海：上海外国语大学，2010：1.

对于翻译选题主要基于两种价值取向：①自觉服从于时代与社会的需要，即有明确的社会动机和时代意识去进行翻译作品的选材；②审美趣味、个性特征还有当时心情和境遇。文学作品的意义的开放性、思想观念的复杂性、形象的多义性、感觉情绪的不确定性、语言表达的诗意的暧昧性等都为翻译家提供了一定的再创造空间。

译者作为翻译文学系统一个主体时，身上肩负有受动性和主体性两种属性。受动性包括一系列因素的制约，如客体的、社会的、自身局限的理解审美能力等，而主体性则主要表现在译者的能动性、创造性、目的性。作为翻译行为的主体，译者的主体意识主要反映在他的翻译动机、翻译观、翻译策略选择、翻译选材等方面。翻译文学受到意识形态、诗学、赞助人等文本外因素的限制，特别是目标语言的社会意识形态，总是控制整个翻译过程。或者，就像翻译过程中几乎所有翻译人员，都可以发挥自己的创造力和主观主动性，同时也都要受到当时的主流诗学规范、意识形态和赞助人等多种条件的制约。

作为主体的译者，他必然会根据自己的个人意识形态、价值观念等对目标语主流意识形态进行或妥协或反抗的选择。被动的妥协意味着译者的主体意识是受到一定抑制的；而主动的反抗则意味着主体意识的活跃。在特定的历史条件下，主流意识形态对其他意识形态和诗学等话语权操控程度的强弱必然会影响译者主体性的发挥，主体意识或被抑制或被激励。

（三）读者的接受方式特征

在翻译文学系统中，读者作为接受主体，可以根据自己的喜好和审美需求阅读和阐释作品，能动地评判译作，同时读者的接受也一定程度地参与了译作价值创造。翻译文学的价值和作用，正是在于读者的主体参与而延续了文学作品的第二次生命，并赋予其特殊的文学价值。从某个角度而言，译作的价值由翻译文学读者的阅读活动决定，并且随着不同时代读者接受意识的不同，作家、译作的地位、作品是在不断进行变化的。译文读者主动参与阅读、想象、加工和创造性解读翻译文学作品的过程体现读者作为主体的主体性，这种主体性在翻译文学作品，成为市场文化产品的今天变得越来越重要了，因为许多的译文或译本译介成功与否，最终还是看读者的接受效果。读者在阅读需求方面的预期愿景中，首先具有翻译活动的主体性，其次其主体性更多来自自己的经验、主观解读和翻译。

第四节　翻译文学生态系统的可持续发展

一、翻译文学的生态学启示

从形成、发展到成熟，自然的生态系统是开放的、动态的，持续与外界交流信息和能源，与其生态环境密切相关。生态系统在逐渐走向稳定的时期，但随着新环境的变化，这种缓慢发展也会向恶化或良性方向的演变。可持续发展生态系统的演化是一个良性过程，从不协调到协同共生，主要体现在更加复杂有序的结构，多样性、功能和稳定性增加；而生态系统的一定时期稳定的条件是（图 5-2）：系统的多样性，漫长的演化阶段，良好的环境影响。针对生态系统内外部制度，可持续的发展将逐步提高其外部功能。系统在一定时期内能够保持平衡，而在安全条件下的稳定是非常重要的。这与生物和生态环境之间的关系类似，生物多样性之间相互影响、彼此关联，环境干扰因素相对稳定，保持主体与主体之间的适当协调以发挥最佳功能。生态效应的最终结果取决于协调主体之间的关系。因此，维持适当的协调关系对于生态系统的稳定和可持续发展至关重要。

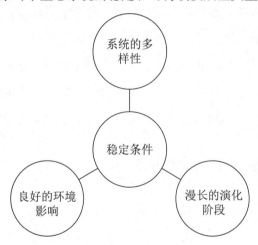

图 5-2　生态系统的一定时期稳定的条件

文化生态系统的生存能力有限，不能保持基本特征和基本结构，原因在于文化生态系统已经经历突变和遗传。受新的社会环境因素的影响，即使文化生态系统在慢慢趋于稳定，文化生态系统也在渐渐发生改变，趋于恶性或良性。要建立可持续发展的文化生态系统，人们作为体系的主体，应该将自然生态系统的可持续发展状况作为参考，不断尝试使文化生态系统向稳定的方向发展，不断寻求先进的思想文化，同时促进文化生态系统的变化，也不失去民族精神，保持文化生态系统的遗传特征。翻译文学作为文化生态系统之中的子系统，其生态系统在经历着变异、遗传、演化。

对目标语文学和文化而言，翻译文学对其产生的影响，主要是翻译文学中的异质因素可以在文学系统产生效果和作用，要经过文学环境和目标语文化的选择，且与在整个系统主体间关系中，所有参与主体的作用和地位相关。如果想要各主体可以最大限度地发挥各自的创造性，将自己的主体作用发挥出去，主体间和谐共生的关系就显得十分重要，最终达成翻译文学系统获得整体效益

随着全球化的进程在不断加速，在多元化文化慢慢融汇的时候，在某种程度上文化的趋同是由于新的文化霸权主义而产生的。同时，翻译文学商业化、市场化的趋势也越来越明显。译者对译介世界优秀文学作品进行选择的时候，译者采用适合的方法进行翻译，使公众和读者期望更新和拓宽视野，促进文化与传播的融合，同时对民族文化进行较好的保护。

论当代中国翻译意识到翻译文学已经超出美学诗歌功能，它具有知识、教育、社会、审美、开朗等功能。翻译文学的可持续发展生态系统的各种功能应该完善其系统，并将文学审美功能作为本体的功能。在形成新的生态环境中，文学翻译系统的主体应主动适应和选择，使翻译文学向更有利的方向演变和向前发展。

翻译文学系统如要保持平衡稳定，应有良好的文化生态环境，容许翻译文学的多元性与多样性在一个特定的时期内，可持续发展的生态系统是相对稳定的，有利的条件会促使失衡的生态系统朝着好的方向发展。同样，系统内部主体间相互影响与相互作用的交互式关系与和谐的生态大环境是翻译文学生态系统可持续发展所必需的，从而最终凸显系统的整体功能和效益：社会功能、政治功能、经济功能与文学的本体功能相融合。

二、翻译文学生态系统的发展

在人文社科研究领域生态一词指的主要是：保持平衡、自然健康与和谐共生的汇总。如果要构建翻译文学生态系统，首先，要创建一种平衡稳定且促进良性发展的翻译文学的外部环境；其次，各种主体在主体间关系网和外部环境的约束下，各自的主体性都得以发挥出来，主体可以做到选择和选择生态过程，主体之间能够和谐共生。

根据多元系统论，由于目标语文学系统总在不停地运动，翻译文学系统的地位也会发生相应的变化。以生态系统功能的理论为基础，从而得出：一个系统可以短时间内进行自我维持，稳定的系统不会经常地处于即将崩溃的状态；但如果可以有条不紊、连续不断地变化，在很大程度上这就可以被称为稳定的系统，原因很明显，就是这个系统可以自我维持。只有系统足够稳定的时候这个系统才可以生存稳定，其他的只会消失。所以，无论翻

译文学处于中心还是边缘位置，只要它是动态的、处于变化且有序往前的，这个系统就是一种稳定的能够生存的系统。

基于生态翻译理论，翻译是一个和谐团结的、整合一体的系统。可持续发展的翻译文学生态系统还应是一个和谐统一的整体，这个系统中的各种元素构成协调稳定的整体，且系统内部的各种主体间关系也应是一种和谐共生的状态，在主体间关系网络中各种主体不断地选择和适应生态环境，将系统内的作用履行好，从整体上最终达到功能上的完善、达成翻译文学系统的效益。

（一）外部生态环境平衡稳定

翻译文学生态系统作为文学或文化多元系统中的一个子系统，包括外部各种社会文化因素构成的生态环境和内部各种主体。主体与环境之间、主体与主体之间的相互关联、相互作用，随着环境的不断稳定在短时间内可以达到平衡和稳定，只有这样，系统才能获得最优化的功能和整体效益。但是，当新的外界环境对翻译文学产生太多的干扰，处于平衡状态的生态系统就会被打破，系统有序发展被打断，系统变得更加无序，整体系统便不能够发挥原有的功能。

赞助者、意识形态、诗学等是勒菲弗尔总结的抑制文学翻译发展的几个因素，其中最主要的制约因素就是意识形态，导致这个结果的原因是意识形态对赞助者而言是最主要的，同时诗学也要满足意识形态。当赞助人对主流意识形态话语权力的操控越来越强烈的时候，同时对其他非主流意识形态丝毫不释放空间，"专业人士"无法发挥和实施对诗学的话语权，翻译文学的选材范围就会不断地缩减，翻译文学多为服务主流意识形态，文学的艺术价值也将越来越小。

所以，想要建立一个和谐的翻译文学生态环境，需要让赞助人将部分诗学话语权力分给"专业人士"，从而去翻译、评论和解读，只有这样，整个系统才可以形成一种宽松的、有序的、健康的环境，在译介、翻译策略、翻译选材、翻译政策等方面所有相关的主体都可以拥有部分话语自主权。权威和赞助人在维护和代表主流意识形态的同时，也为其他意识形态提供了自由的生存环境，或结合其他非主流意识形态。同时，生态环境以外的文学翻译系统翻译文学和美学娱乐价值，文学启蒙恢复，使目标文学系统实际上包含文学翻译中的有益的异质因素，将文学和文学的现代性展示了出来。

（二）与内部主体间关系和谐

1. 翻译内部主体适应性选择

可持续发展的翻译文学系统在其演替过程中某个阶段的生态环境一定是趋于平衡而稳定的，消费者、生产者、分解者等主体在网络体系中有秩序地行使主体身份和发挥主体作用是系统的各种功能和整体效益发挥的关键之处。各主体不单单要和当时的主体间关系和生态环境相适应，而且要选择适应性，就是独立选择。

2. 翻译文学的交互式主体间性

翻译在文化多元系统中是广义上的跨文化、跨语言、跨文学的活动。在翻译文学系统内，在翻译活动各个阶段中和社会系统和文化秩序等组成的外部环境中，系统中主体之间的关系网络形成，同时自己的主体性得以发挥。

针对翻译信息化和在全球化的进程中，隐藏的强权政治和文化霸权主义，还有文化殖民与文化趋同，更多的学者在思考生态翻译伦理观在全球化环境下的具体体现，认为翻译作为文化多样性、维护语言的方式，要尽可能保持良好的文化交流和语言地位的平等，而对于全球化中的"他文化"，译者不仅要怀有一个积极的心态，同时还要凭借"主体"身份，负责任地去"继承"和维护本土文化。通过对中国当代翻译文学史的研究，可以发现译者、赞助人、评论者、作者、读者等之间存在的关系网络中包含着突出与边缘化、操控与被操控。因此，可以得出，相互依存，主体之间的平等对话，相互渗透，相互影响，相互作用的交互式关系可以称为主体，就是交互主体性或者"主体间性"，它反映了主体与主体间的共在。"主体间性"在哈贝马斯看来是采用语言交往，就是参与语言交往的他我和本我之间相互依存、影响而形成的一个复杂的、整体性的系统。

在整个全球化的过程中，弱势民族的文学的发展和本土文化的优化，将会受到强势文化的话语权的影响。在本民族的翻译体系中，生态伦理与文学翻译系统在国家文学翻译系统中的发展，应得到足够的重视。考虑到全球化和新型信息媒体的影响，应从社会进程视角考虑系统。考虑到社会文学因素、新信息技术、全球化的变化，因此，提出来构建翻译文学生态系统是具有可持续发展性质的，正是一种生态伦理思考，在系统外部环境中的相关因素比较稳定，系统内部主体之间和谐发展、互利共生、对话平等，主体们在选择、适应过程中，尽可能发挥自己应有的主体地位和作用，从而促进整个系统功能完善发展。

第六章 生态翻译学在文学作品翻译质量中的运用

第一节　生态翻译学视域下的多元化译评标准构建

"生态翻译学将全部翻译活动视为一个动态的、追求平衡与和谐的文化产品的生产与再生产的传播过程，将文学创作与欣赏也纳入翻译生态的整体视域，既有机地契合了文学翻译规律，也使文学传播规律的探索更全面、更科学，传播机制之构建更规范"[①]。生态学的本质和过程不仅给翻译提供了新的阐释，而且也为文学翻译提供了不同视角下的评论标准。此外，近年来翻译理论研究的发展，使人们逐渐意识到文学翻译的研究焦点已经从翻译成果转到翻译过程和译本质量评估上。在生态翻译学视阈下对译作进行解读，可以认识到不同译者在不同生态翻译环境中会做出不同的适应和选择。在文学翻译中，每一个译本的产生都是译者在特定的生态翻译环境中，在以"原文—译者—译文"构建的三元关系中相互适应和选择的结果；在文学翻译中，每一个译本的产生，都是译者动态地适应以原文本、译者所处的特定历史文化语境、目的语社会文化环境和译本读者等要素构建的多元化、立体化生态翻译环境的结果。译者在翻译活动中的每一个决策，都是对不同生态翻译环境适应和选择的表现。

传统的翻译批评标准，如"信、达、雅"标准、"忠实"标准以及"化境"说、"神似"说等都属于一元化的翻译评价标准。事实上，翻译活动并不是在一元化的环境中开展的，一元化的翻译标准只是一种翻译的原文文本中心论，它忽略了原文本和译者所处的多元化的生态翻译环境。然而，文学翻译作为一种跨文化的异质文化交流活动，其自身的性质决定了译者是在更广阔和立体化的社会环境中开展翻译活动的，译者必将面临更加多元化、复杂化的生态翻译环境。一部优秀的文学翻译作品的诞生，必定是译者优秀的翻译素质和其在多元复杂的生态翻译环境中，做出最佳适应和选择的集中表现。另外，生态翻译

[①]　果笑非. 中国文学海外传播的生态翻译学研究 [J]. 学术交流, 2015 (8)：198.

学视阈下文学翻译有其自己的翻译原则，主要包括文本生态、多维转换的程度、多元共生、译者的素质和责任等方面。因此，文学翻译的评价标准也应将以原文和译者为典型要件的生态翻译环境纳入其评价体系之中。生态翻译学理论确立了译者在翻译活动中的主导地位，给予译者所处的生态翻译环境更多的关注，从而把翻译研究带入了一个更为广阔、动态、全面和立体化的视阈。

总而言之，"翻译质量评估体系是中西方翻译理论研究的热点，科学完善的翻译质量评估体系有助于规范翻译行为，提高翻译及译评的质量"①。生态翻译学理论中的动态适应、整体主义和多维度适应的思想观，为构建动态、全面和多元化的文学翻译标准，提供了很好的借鉴和例证。在文学翻译的批评中，批评者不同的视阈会挖掘出译本不同的价值，产生不同的批评结论。因此，文学翻译的标准应该改变"单一""静态""局部"的文字对等判断，构建动态、全面、立体化、多元化的文学翻译标准，从而形成对一个译本更全面和公允的评价。

第二节　译者素质、译本转换程度与读者的反馈活动评估

在生态翻译学视阈下，译者占据首要地位，和原作者一起构成生态翻译系统内的生产者。原作者创造作品，译者则通过多维转换，将源语言移植到另外一种语言上，在译作中同时进行文化的移植和传承。读者充当生态翻译系统内的消费者，对译作消化吸收，最终形成作品评价、感悟和将其转化为自身的文化价值。生态翻译系统内的分解者是翻译研究者，他们对译者和译作进行研究，从中总结翻译理论，反之，其又指导生产者即译者今后的生产活动。译者的翻译素质、译本的多维度转换程度以及读者对译文的反馈活动是对译者的整合适应选择度进行评价和测定的"三个参考指标"。运用生态翻译学的整体论和系统论观照译本，可以对生态翻译学视阈下文学翻译质量的评估影响整个译本的翻译环境进行全面考量。译者的翻译素质是决定译文整合适应度的决定因子，译本的多维度转换程度是译文的翻译策略，读者对译文的反馈活动聚焦各层级读者对译文整合适应度的反应和评价，三者形成有机整体。

一、译者的翻译素质

文学翻译诸要素中起决定作用的是译者，虽然译者的主体性也并不是绝对化的，作

① 彭星. 《天净沙·秋思》英译本的翻译质量评估 [J]. 海外英语（下），2017（8）：116.

者、读者以及译者自身的一些因素都会限制其主体性的发挥。

例如,《论自由》是英国思想家密尔的自由主义经典之作,强调保障个人的自由和权利,密尔表明写作该书的目的就是探讨公民自由与社会自由问题。严复于1899年着手翻译此书,在确定中文书名时,严复几经斟酌,将之定名为"群己权界论"。原书名最准确、最直接的译文就是"论自由",而"群己权界论"表达的是"群体与个人的权利界限"。如果将书名直译为"论自由",势必不能为绝大多数读者所接受。而从群己关系着手翻译该书,则在一定程度上找到了与当时生态翻译环境的结合点,适应了当时的生态翻译环境。加之严复采用先秦语言翻译,使其译本在语言层面更加适应当时的生态翻译环境,从而为其意向读者所接受,最终起到了开启民智的启蒙作用。

严复在文化输入过程中采取了归化策略以适应生态翻译环境。同样,与其同期且同乡的近代翻译家辜鸿铭在其儒经英译中也广泛采用归化策略以适应其时的生态翻译环境。例如,辜鸿铭把周公比附为摩西或梭罗,把鲁国比附为英国。从翻译策略角度来看,无论是文化引证还是文化比附都是归化策略的具体体现,都是适应当时生态翻译环境的结果。

译者采取的文学翻译策略及其生态翻译环境的适应性不仅体现在中国先哲的典籍翻译中,也体现在外国译者的中国典籍翻译实践中。以《道德经》英译为例,由于西方文化中的人类中心主义使得全球生态危机日益加剧,所以《道德经》所蕴含的"人法地,地法天,天法道,道法自然"等非人类中心主义的生态内涵,成为解决全球性生态问题的一种思想武器。美国总统里根在国情咨文中引用"治大国若烹小鲜",向《道德经》寻求治国理政的智慧,这在美国上下掀起了译介研究《道德经》的热潮。在这样的生态翻译环境下,史蒂芬·米切尔的《道德经》译本应时而生,深受读者喜爱。在该译本中,"道"通篇被翻译为"Tao",这充分体现了译者对道家文化的认同与尊重,也是译者适应生态翻译环境的结果。中华民族拥有丰富的文化资源和潜在的、强大的文化软实力。如果要将其转化为现实的文化软实力,并增强中华文化的国际影响力,优秀作品的英译是一个不可或缺的手段与载体。译者的翻译策略适应生态翻译环境这一原则,无论在文化输出还是在文化输入中,无论是在中国译者还是在外国译者的翻译实践中,都得到了充分印证。

在文学翻译实践活动中,译者的素质举足轻重。虽然译者素质的界定比较困难,但译者的资历包括专业资历、学术资历、实务资历等都已经有了一定的标准和认定程序。生态翻译学将译者素质具体厘定为双语能力、翻译主题熟悉程度、背景知识、跨文化敏锐度、翻译经验、生态翻译环境的判断能力和工作态度等。其中,对翻译主题熟悉程度、翻译生态环境的判断能力以及跨文化的敏锐度尤为重要。

文学作品的翻译是一种具有跨文化交流性质的翻译活动。如果译者与原作者态度契合、个性气质相近,在翻译过程中就可以做到心有灵犀,反之,译者在两种文化之间的穿行中很可能四处碰壁，无法起到文化协调人的作用，原作的精髓也会因文化过滤而流失殆尽。生态翻译环境是指原文和译语所呈现的世界，即语言、交际、文化、社会，以及作者、读者、委托者等互联互动的整体，是制约译者最佳适应和优化选择的多种因素的集合。

从生态翻译学的角度来看，作为译者必须对生态翻译环境中的小说主题、读者、目的语文化和委托者等因素做出整合适应，在此基础上发挥其润色和改写的作用。译者需要综合协调其自身与原作者、读者、编辑、出版商、版权人之间的关系，实现生态翻译环境各要素的和谐。虽然译者本身也只是生态翻译环境的一个有机组成部分，但有时它会对整个环境起决定作用。在由语言、交际、文化、社会以及作者、读者、委托者等互联互动的整体生态环境中，译者的主体性因素会因市场需求或者委托者元素被放大，译者出于各种主客观原因过滤源语中的文化异质，导致原文意义的大量流失。译者是作家，势必对创作的原理了然于胸，但是一般的作家成不了译者，虽然翻译也属于创作，却是一种"极为有限的创作"。

总而言之，在生态翻译学视角下，在文学翻译过程中，译者可以充分展示自己的适应能力、选择能力和创造能力。生态翻译学强调译者作为一种特殊的语言使用者，如果想要成功地实现译作跨文化交际的功能，就必须顺应特定的语境条件和读者对象，有目的地选择源语文本和翻译策略。译者要用负责的态度、包容的胸怀、科学的精神去客观对待异族文化，在充分尊重原作的基础上，合理发挥其主体性，从而客观、准确、有效地移植和介绍原作的文化精髓。

二、译本的多维度转换程度

译者作为翻译主体，从语言形式、文化内涵和交际意图三个维度对原文本的文体和风格进行整合适应的程度对于译本的总体质量举足轻重。只有恰到好处的三维适应和转换，才可能出现较好的译品。文学作品的翻译中，原作者创造原文，是生态翻译链的发动者，译者根据原作创造译文，同时也是生态翻译链的追随者。

就交际意图而言，文学翻译的目的有两点：一是"别求新声于异邦"；二是借鉴"异域文术新宗"。简而言之，吸取外国文学中的艺术精华，积淀本民族的文化精神和艺术传统，提高自身的艺术审美鉴赏力。文学作品的交际意图在于启迪，在于询问如何应对他人、他民族的苦难；现代社会处处被传媒、谎言和表象蒙蔽、事实和真相等。如果以上的文化内涵在译本中根本找寻不到，或者即使有也只是触及皮毛，就很难引起译语读者的共鸣。有些文学译本对原作进行大量的删减和改写，也无疑剥夺了译语读者的咀嚼、共鸣、想象与思索的空间，原文的交际意图在译作中未能很好体现。

胡庚申教授将达尔文"自然选择"的哲学基本原理运用到翻译研究中，并以达尔文生物进化学说中的"适应与选择"为指导，诠释了翻译的活动过程、原则、方法和译评标准，为产生恰当译文的翻译实践提供了新的理论依据和视角。翻译实际上是一种译者适应翻译生态环境的选择活动。翻译的实质就是译者在翻译生态环境中不断地适应和选择的动态转换过程。

总而言之，根据生态翻译学理论，译者在文学翻译作品时，要注意语言维、文化维、交际维"三维"之间的转换，进行多维度的选择性适应与适应性选择。最佳的翻译应该是"三维"转换间整合适应选择度最高的，多维转换程度也成为译评标准之一。译者不仅要注意语言层面上的转换，而且还要实现文化内涵的传载与交际意图的传递。译者在翻译过程中只有真正做到"多维"地适应特定的翻译生态环境，才有可能产生恰当的译文。译文"多维度的选择性适应"和"适应性选择"的程度越高，那么，译文的"整合适应选择度"也就越高。所以，最佳的翻译就是"整合适应选择度"最高的翻译。

三、读者对译文的反馈活动

读者对译文的反馈活动是对译文"整合适应选择度"的评价和测评，这里的读者既指一般读者和专家读者，也包括有关翻译活动的委托人、译品的出版者、译品评论者等。从某种程度上来看，读者的反馈活动这项指标是对译品"市场反馈"的评价，生态翻译学视阈下，翻译适应选择论选取六个变量作为读者的反馈活动的考虑对象，分别是出版印数、译本分析、采用情况、译评统计、客户委托和取代更替。读者的反馈活动是公众对译品的反应和接受，体现的是市场行为而不是译评者个别行为决定的社会效果。

生态翻译学的核心理念是：翻译是译者适应生态翻译环境的选择活动，译者是翻译活动的主导，但在译文成形之后，译品质量的优劣则由"优胜劣汰，适者生存"的法则进行仲裁和评断，翻译活动需要将功能性评估和分析性评估融为一体。在新的时代背景下，读者的阅读能力大幅增强，知识储备日益丰富，对文学作品译作的要求也逐渐提高，能同时看懂中文和英文的读者越来越多。译作是否成功，在于它在译文读者那里是否是一件完整的艺术品；是否值得欣赏、值得玩味；是否令人想要反复阅读。译者要和译文读者心思相近，处处能传达原作之神，使读者在阅读过程中，不会觉得自己所读的是译作。

文学译本质量的高低依赖于译者的水平和能力，检验译作的质量应由熟悉双语的专家和学者来完成，但不容忽视的是读者对译作的评价是不以专业批评的意志为转移而直接影响译作实现其价值的。文学译本是注定为读者而创作的，读者介入了作品的创作过程，没有读者的接受和反馈，译作的价值就不能实现。读者的理解是作品历史性存在的关键。读者的期待视野来源于他们对传统和习惯的了解和接受，译作的价值也只有与译文读者互动才会得以实现，只有那些经得起时间考验并得到历代读者认可和欣赏的作品才有长久生命力和影响力。

文本只不过是一页纸上的一系列黑色标记，只有通过读者才能使作品具体化和语言意义化。读者的社会经历、时代背景、认识水平和价值观念不同，对译作的理解和评价就会出现差异。读者还会把自己的经历、观念和信仰等带入阅读理解过程之中，从而形成对译本的阐释，读者不是被动的知识接受者，而是文本意义创造的主动参与者，读者的"期待视域"和"前阅读"经验也影响着作品意义的生成。正是由于读者的积极参与才和译本一起创造了意义。

翻译即阐释，文学翻译的全过程就是阐释、接受和再创造的过程。译者的理解对于文本意义的实现有重要作用，译者带着自己的知识、信仰和观念去阅读、理解原文，就有可能对原文意义产生全面的理解，从而产生更加准确的译作。译者在翻译中考虑读者并与读者的期待视域融合，才能完成理想的译作和完美的阐释。译者作为译作的读者在翻译过程中积极能动地参与和创造，原作和译作不是孤立静止的自足客体，译文不是客观地"再现"原文和"等值"原文。译者的翻译和阐释活动是一个主动、具体化的过程，包含着创造的因素。

从严格意义上来看，读者的反馈活动并不是衡量译作好坏的标准，而是事后检验或评价翻译质量的一种参照因素，和事先规定的翻译标准有很大区别，一部译作是好是坏、是对是错，最终要看读者是如何理解和反应的。传统的翻译批评评判一部译作优劣的标准是与原文的忠实、对应或者等值程度，从读者的反馈活动理论和接受美学考虑，衡量一部译作成功与否，主要看它在读者中产生了怎样的影响，观察译文读者对译作的理解和接受情况。译作的效果也同读者对译作的评价紧密相连，译作的好坏依赖于读者的发现和领悟，译作的价值存在于读者的反应和评判。某一具体翻译作品对某一或某些具体读者一时一地的阅读影响而言，即侧重于具体读者对作品本身的阅读反应而言，一般表现为译作思想内容的交流作用、翻译语言的影响作用，以及异族文化的感化作用。

一篇译作只有给读者带来了影响和反应，才算是翻译使命的完成。读者在接受过程中的能动作用，确定了读者在接受活动中的中心地位。读者的可接受程度影响着翻译的策略，读者对译作的反应和评价促进了翻译批评的发展。无论是"信、达、雅"，还是"善译""神似""化境"，乃至"意美""音美""形美"等翻译标准无不涉及读者或接受者因素。基于读者的考虑，通顺流畅和可读性就成了文学译本评判的重要标准，读者的期待和需求也成为评价译文的重要因素。翻译标准的确定与译者的目的相关，而译者的目的在很大程度上是以读者的认知和需求以及读者对译本的反馈来决定的。每位译者在翻译中都应该有确定的读者对象，针对不同时代、不同类型的读者还应有不同的翻译标准。总而言之，生态翻译学视阈下，读者的反馈活动在文学翻译的质量评估中绝不容忽视。

第三节　商业化思潮影响下的文学译本的质量评估

文学译本的销量有时与文学译本的质量息息相关，然而文学译本的艺术生命力与其商业价值却无必然联系。例如，张爱玲作品的英译本几乎无人问津，然而在同名电影的带动作用下，读者对张爱玲与电影同名的英译本的需求量显著增加，尤其在同名电影刚上映不久，同名电影的英译本的销售量就超过 1000 本。又如，惠特曼当初自费出版他的《草叶集》时，该诗集并不受大众欢迎，虽然也有慧眼识英才的人对其作品进行翻译，可是原作的销量都如此，何况是译本。然而 25 年后，《草叶集》在美国成为畅销书，各种语言的译本也开始为各国读者所青睐。再如，福楼拜的代表作《喧哗与骚动》初次出版时，遭遇读者冷落，一年内只卖出极少量的几本，更不要提及其译本。但是后来《喧哗与骚动》被译成许多种文字在各国流传，福克纳本人也因这部作品而获诺贝尔文学奖。反之，许多一时造成"洛阳纸贵"的文学作品及其译本在风头过后却鲜有人问津。

由此可见，文学市场立即欢迎的，未必是好作品；而受到文学市场一时冷落的，未必就是不好的作品。文学作品及其译本一时的商业价值与其内在的审美价值并不相同，反之，商业价值与其内在的审美价值却常常发生背离。文学作品及其译本的商业价值与审美价值相统一，当然是值得追求的，但文学作品及其译本的畅销与否只是取决于原作及其译作符合当时读者的一般审美趣味和大众消费时尚的程度。许多优秀作品的艺术追求往往高出作品问世时人们艺术趣味的平均水平，因而常常遭到冷落。但是这种冷落是暂时的，随着时代的审美趣味的变迁和读者的艺术修养的提高，真正优秀作品的艺术价值最终会被人们发现和接受，从而获得更为久远的艺术生命力。

在商品经济条件下，文学翻译质量优劣的评判具有相对复杂的特性。在市场经济条件下，确有可能出现文学作品及其译本商品化的倾向，有的出版社一味迎合读者的低级趣味，热衷于出版一些能带来巨大利润的文学作品及其译本，使得一些译者及其译本为大众熟知和推崇，显示出译本的较高市场价值。但是文学的商品化倾向并不必然导致文学译本水准的下降，或是娱乐、消遣的通俗文学的繁荣而使高雅艺术萎缩，也不一定就会使具有探索意义的优秀文学译本从此不再出现。商业社会盈利动机极为强烈的译者，并不一定就不能生产出质量上乘的译作。换言之，译者的谋利动机并不必然影响其创作质量。

总而言之，一个人的行为动机是复杂的、多重的，译者也不例外。在商业社会，译者的创作既有追求真善美的内在目标，又有盈利的外在目的。但是，一旦译者开展翻译，进入文学翻译的艺术境界，其通常会忘怀，或者至少是暂时抑制外在的功利动机，而听从社会责任感和艺术使命感等动机的召唤。此外，支配一个译者运思走笔的只能是文学翻译自身的审美规律或艺术规律，对于译者而言，最为关键的是译者的生活体验、情感积累、审美修养和艺术技巧的深浅高低和优劣。

第七章 生态翻译学在文学作品翻译实践中的研究

第一节 基于生态翻译学的文学作品合作翻译

"所谓合作翻译，就是主张不同资源或个体配合方能成就译事"①。从杨宪益、戴乃迭夫妇合译的《红楼梦》到詹奈尔翻译的《西游记》、沙博理翻译的《水浒传》和罗慕士翻译的《三国演义》，无不凸显着合作翻译的价值。

从历史的角度看，文本、思想、概念的传播从来不是简单的平行移动。产生于一个文化区域的文本、思想、概念在离开此岸的原生土壤进入另一个文化区域时，往往被彼岸的知识分子从原初的意义网络中分离出来，再重置于本土语境中加以消化、吸收，并产生影响。这样一个去脉络化—再脉络化的脉络性转换是文化交流史的基本特征，一个直接的结果就是生成新的含义。

随着时空坐标的不断变化，脉络性转换也一再进行，实现着意义的生长性。具体到文学翻译而言，文本不存在一种不依赖于任何解释的意义。处于不同语言框架、文化模态和历史处境中的解释主体，即译者对于源语信息具有不同于原作者的把握。只要认真参阅一下理雅各布、庞德、霍克斯等人翻译的《易经》《诗经》《红楼梦》的英译本和宇文所安翻译的《中国文论：英译与评论》，就可以看出西方人的翻译必然具有不同于国人的译本的独特价值。

我们之所以讨论不同的翻译方向和译者主体，并非为了求证哪种方式更能生产出文学作品的镜像刻录式的文本（且不说根本不存在这样的文本），我们的逻辑起点，应指向助推文学译本走近译文读者并实际作用于译文读者的现实需要。译入和译出的特点与文学翻译史已经表明，合作翻译是提高翻译效果、助推一国文学图书走向世界的合理选择。此

---

① 盛俐. 生态翻译学视阈下的文学翻译研究 [M]. 广州：暨南大学出版社，2014：182.

外，试图将原作的一切统统移植到译入语境，这种想法既无实现的可能，也会将译本推离译文读者。基于当下文学翻译生态失衡的现实，合作翻译模式可以帮助源语文化系统和译入语文化系统最大限度地整合，有助于增强译本在译入语体系中的兼容性。更进一步说，如果我们承认各语言之间存在事实上的话语不平等，也认为我们需要努力寻求本国文化与异国读者接受习惯之间的契合点，需要重视合作翻译的现实意义，也许更能促进文学翻译的可持续性发展。

第二节　生态翻译学视角下文学作品成语翻译

"成语是我国文学作品中的特色要素，但在文学作品对外传播中，翻译者还需结合文学作品中成语所处的生态语境，明确成语翻译要点。生态翻译学在实际应用中，对成语翻译有着不可忽视的指导意义，翻译者应在该理论的指导下，完善成语翻译过程，确保文学作品中成语翻译后句意、结构具有生态美"①。

一、生态翻译学视角下文学作品成语翻译的形式

第一，直译。直译使用其他事物替代文学作品中的事物，并在翻译后保留该句子的原有结构，包括词语含义、修辞手法。如翻译"同舟共济"时，译者会将其译为"to sail in the same boat"，使读者能够理解成语的整体含义，感知文学作品的句意。

第二，意译。中西文化有较大差异，所以在成语翻译中，意译的效果更为明显。意译时，译者会更为强调翻译后文字对作品文化背景、民族特征的体现，整体翻译效果尤为突出。例如在翻译"望子成龙"时，"龙"在我国文化体系中为正面形象，可代表国民美好愿望，但在翻译中若将其直接翻译为"hoping one's child become dragon one day"，则会影响读者对该成语的理解。因此，在意译时，译者需要按照作品输出方的文化背景，灵活地翻译该成语。在西方文化体系中，"龙"的形象较为负面，所以在意译时，译者可将这个词翻译为"hold high hopes for one's child"。

二、生态翻译学视角下文学作品成语翻译的方法

生态翻译学视角下文学作品成语翻译的方法如图 7-1 所示。

---

① 徐怀云. 生态翻译学视角下文学作品中成语翻译探讨 [J]. 大学，2021（1）：54.

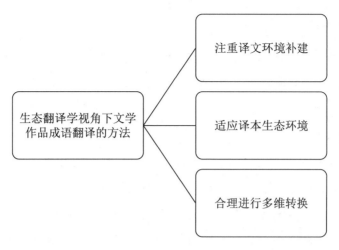

图 7-1 生态翻译学视角下文学作品成语翻译的方法

（一）注重译文环境补建

我国文学作品中的成语均带有较为浓厚的历史文化背景，与风俗、政治文化等要素的联系性较强，所以在翻译后读者对成语的理解较为困难。若翻译者采用直接、固定翻译的方式，虽然能够扩大传统文化的影响范围，使读者感知成语特色，保持新鲜感，但翻译的核心在于让读者理解作品句意、核心精神，所以在生态翻译学理论的指导下，翻译者需要通过环境补建的方式，帮助读者理解成语含义，从而全面地感知文学作品所表达的思想感情。例如，在《红楼梦》的湘云与宝琴猜拳的场景中，有成语"请君入瓮"，译者在翻译时需要体会出该成语所表达的"自作自受""以彼之道还治彼身"的深层含义。为帮助读者理解，可以将该语段翻译为"You know what LaiJun-chen said when he showed Zhou Xing the fiery fur-nace that Zhou Xing himself had designed，said Bao-qin：'Please step inside！' I think that's what I should say to you now. Why don't you do the forfeit that you designed for Bao-yu?"通过对该成语的补译，重构成语翻译中的生态环境，读者可在文化信息缺损的基础上，理解该成语的含义，使得语句中文学作品原有生态与翻译后的生态环境维持平衡，确保读者能够在文学作品的跨文化交流中感知该作品中的艺术美。

具体而言，运用生态学翻译理论翻译文学作品内四字成语时，译者应重视"语境"的补建与重构，即根据原文中四字成语主观使用者的经历、情绪、身份地位等因素，分析原文"语境"的可覆盖范围，继而在翻译过程中总结原文会影响语境的文本因素、非文本因素，重构文章中的语言环境，让译文方的读者理解该成语的含义。因此，在对四字成语进行"环境补建"时，译者需要避免语境受原文生态环境的限制，应结合译文语言环境的变化重新建构语境，选择读者可理解的最佳译语。

（二）适应译本生态环境

生态翻译学视角下，翻译者同样需要在翻译期间高度适应文学作品的生态环境，使文学作品在翻译后依然能实现读者对成语的理解。例如，在生态翻译学理论指导下，将《学问与趣味》中的"学无止境"翻译为"There is no limit to learning."，使读者在阅读后可领悟"学习没有尽头"的含义。

除此之外，部分译者在翻译该成语时，联系上下文的情境，将其翻译为"Art is long."，借此通过译语方文化背景中的著名作品，帮助读者理解。其中"Art is long."出自美国诗人亨利·沃兹沃斯·朗费罗（Henry Wadsworth Longfellow）的诗，该诗句中的原文为"Art is long, and Time is fleeting"。译者在翻译成语时，利用该诗句维持译语生态平衡，是为使读者联系该诗句中对人自我超越、不断前进的内涵，理解该语句的含义，从而在适应读者阅读习惯的前提下，使翻译后的文学作品与译本输出国的文化背景一致，增强该译文的文学性。

"适应译本生态环境"是生态翻译学理论的核心理念，其在具体实施时，译者应保障四字成语与译文所处社会环境的契合度。即在翻译成语本身含义的前提下，结合译文社会背景，灵活选用翻译方法，使读者在熟悉的文本情境、生态语境中领悟四字成语的情感表达，体会原本意境、情感意象。一方面，译者在翻译前期，应提前了解译文社会、文化、政治环境，从翻译方的文学作品中积累翻译素材，随后在解释、说明某四字成语时，按照素材库中的语境、情感表达相似的句子或词语翻译该成语，使文学作品的整体翻译适应译本的生态环境。另一方面，译者可结合译本输出国的文化体系，出于译文的文学性考虑，重新运用输出国读者可理解、易于接受的文化创作思路，传达四字成语的含义，使其与译文形成统一的、符合输出国文化体系的文学风格。

（三）合理进行多维转换

生态翻译学理论在具体实践中的"多维转换"，是翻译文学作品中成语的重要翻译手段。其中，"多维转换"的实质，在于综合分析文学作品内语句、文章段落、文章结构后，避免使用单一、固有的翻译维度进行翻译工作，而是结合文学作品核心精神、表达的意愿、艺术美学、文化语言等维度，将文学作品中的成语转换为能够与译语生态保持平衡的译文。例如，在翻译《儒林外史》中的"狐假虎威"时，译者需结合对话者对"翟家奴才"的形容，以及"狐假虎威"前后语句、对话者情绪情感，将其翻译为"Bully people by flaunting one's powerful connections"，若采用直译方式，将其翻译为"The fox assuming the majesty of the tiger"，则会导致语言维度转换固化，无法满足外国读者对中国文学作品中成语意境的联想需求，无法全面感知该成语表达的阴险、狡诈意义。另外，在我国文化体系中，老虎代表力量、权力、尊贵，属于勇猛有力的森林之王形象，而在西方国家中，百兽之王则为狮子，代表能够让人惧怕且强有力的国家与人。因此，在翻译《儒林外史》中的原句时，可直接使用 "powerful" 代替 "tiger"，同时根据中西方文化差异，利用 "donkey" 形容 "翟家奴才"，使读者领悟文中对话者语气中的责备之情，体会该成语表达的真实含义。再者，国外文学作品 *The Donkey in the Lion's Skin*，即《披着狮皮的驴子》与该成语的故事情境较为相似。翻译者可在翻译 "狐假虎威" 时，联系西方国家语言、文化等翻译维度，将该成语翻译为 "He goes down to the village like a donkey in a lion's hide"。从而利用相似的译语生态表达原语生态，显示翻译中文学作品语言的形象性，维持文学作品翻译中 "译语生态" "原语生态" 的和谐关系。

生态翻译学理论在实践中，要求翻译者强调文学翻译中的生态美学、注重各要素的整体与关联，而我国文学作品中成语的运用，使得翻译难度增加，需要译者在生态翻译学理论的引导下，明确成语翻译要点，保障文学作品翻译的整体质量。

第三节　生态翻译学视域下文学作品翻译策略

文学艺术是人类的宝贵财产，自产生起便不断滋养着人类精神，而文学翻译正是通过吸纳别国文学作品滋养本国国民的重要途径，同时也是不同国家进行文化交流的重要渠道。关于翻译层面的研究由来已久，研究成果也是多种多样，如 "信达雅" 理论、功能翻译理论、功能对等理论、目的论等均是翻译领域的著名理论成果，由清华教授胡庚申提出的生态翻译学理论则是基于跨学科视角研究翻译问题，在翻译领域引起剧烈反响。生态翻译学视域下文学作品翻译策略具体如下。

一、语言维层面的策略

英语与汉语语言差异的源头是不同民族思维方式的差异，汉语重 "意合"，英语重 "形合"，翻译时需要找到逻辑关联与核心表意，而后以目的语思维做出考虑，选择适合的形式进行表达。[①] 例如，在翻译莫言作品《售棉大路》中 "总而言之，离棉花加工厂大门口还很远很远，杜秋妹就不得不把她的排子车停下。满带着棉花的各种车辆已经把大路挤得水泄不通。杜秋妹本来还想把车子尽量向前靠一靠，但刚一使劲，车把就戳在一个正在喂马的男人身上，惹得那人好不高兴地一阵嘟哝" 这段内容时，可从语言层面分析其内在

---

① 李琪.生态翻译学视角下文学翻译策略研究［J］.环境工程，2022，40（1）：306.

逻辑，了解该内容是以"杜秋妹"为主人公描写她到棉花加工厂时的一系列动作与所遇场景，动作词汇包括"停下""靠一靠""使劲""戳"等，场景词汇包括"很远很远""水泄不通"等。汉语表述只需基于实情一一呈现即可，但英语表述则要组建复合句，借助介词、连词等清晰呈现内在逻辑，译文如下：

"In a word, Sister Du Qiu（Du Qiumei）had to stop her large handcart rather far from the doorway of cotton processing factory since the road of selling cotton is filled with all kinds of vihicles completely loaded with cotton. Sister Du Qiu would hace moved her handcart a little bit nearer to the front，but failed as the handle bar proked a man feeding his horse. This action above made the man rather unhappy so that he numbled for a while. "译文中的"with""but""of""so that"等充分体现出句子内部逻辑，也使不同分句之间可以紧密联系，为读者整体把握译文含义创造了条件。

二、文化维层面的策略

文学翻译成果是国家之间进行文化交流的重要载体，要想保障其质量水平，关键在于文化差异处理。站在生态翻译学视角分析，译者在处理文化差异时既要充分体现原语文化内涵又要让目的语受众充分接受。

例如翻译"天无绝人之路"时，由于这是汉语中的谚语，只要在英语中找到与此含义相似的句子便可充分表意，如"God never shuts one door but he opens another""God tempers the wind to the shorn lamb"等。但站在文化维视角分析，若直接套用英文表述，虽然能让目的语受众了解具体含义，但起不到文化交流作用，因此需要调整译文，如将"god"改为"heaven"能将汉语文化中"天"的含义表达出来，不仅不会影响目的语受众理解句子含义，还能通过二者含义对比更加深入认知"天"的含义；将"shuts"改为"close off"更能深化"绝人"内涵，同时也符合目的语受众语言习惯，调整后的译文为"Heaven never closes off one door but he opens another"。

三、交际维层面的策略

交际过程中除了通过语言传达相关含义外，还要注重情境营造，旨在使交际过程置于相应情境中得到进一步烘托与渲染，获得更好的交际效果。语言选择与情境营造既要贴合原文，也要注重跨文化转换，使目的语受众能更好接受和理解信息内容。例如，翻译网络武侠小说《莽荒纪》中"上辈子经常孤独一个人，骨子里纪宁很习惯热闹的"这段内容时，站在交际视角选择翻译策略时要充分展现文中内容逻辑关系与含义，有译者将其译为

"In the previous life, he was often by himself, and so now, in his heart, he really enjoyed crowed, rowdy areas", 其中译者使用了因果连词"and so now", 一方面是为了连接两个分句让读者更好理解故事情节; 另一方面是表达深层次因果关联, 让读者深入了解主人公身体状态与心境之间的联系; 译者在翻译"骨子里"时未按照字面含义译为"in his bones", 而是译为"in his heart", 这样可避免读者产生歧义, 影响整个句子理解效果; 译者在翻译"热闹"时译为具有贬义色彩的"crowed, rowdy", 目的是与下文接洽, 因为下文中主人公纪宁所要去的是喧闹嘈杂的修炼场, 这两个词汇可以对其进行生动描绘, 使读者获得更加直观的阅读体验。

参考文献

[1] 曾辉. 生态翻译学视角下译者对文学作品翻译的三维转换——以莫言小说《蛙》英译为例 [J]. 开封文化艺术职业学院学报, 2022, 42 (7): 35.

[2] 陈月红. 生态翻译学"实指"何在？[J]. 外国语文, 2016, 32 (6): 62-68.

[3] 谌美玲. 英语电影台词翻译中的文化传播分析 [J]. 现代英语, 2020 (3): 45.

[4] 冯全功. 试论生态美学对生态翻译学的启发与拓展 [J]. 外语教学, 2021, 42 (6): 91-95.

[5] 耿秀萍. 生态翻译学及批评体系研究 [M]. 长春: 吉林人民出版社, 2017.

[6] 谷峰. 生态翻译学观照下鲁迅译介域外儿童文学作品的选材与翻译策略 [J]. 重庆交通大学学报 (社会科学版), 2014, 14 (3): 130.

[7] 果笑非. 中国文学海外传播的生态翻译学研究 [J]. 学术交流, 2015 (8): 198.

[8] 郝彦桦, 李媛. 当代英语翻译与文学语言研究 [M]. 成都: 电子科技大学出版社, 2017.

[9] 胡庚申. 从"译者中心"到"译者责任"[J]. 中国翻译, 2014 (1): 29.

[10] 胡庚申. 生态翻译学的"虚指"研究与"实指"研究 [J]. 解放军外国语学院学报, 2021, 44 (6): 117-126.

[11] 胡庚申. 生态翻译学的理论创新与国际发展 [J]. 浙江大学学报 (人文社会科学版), 2021, 51 (1): 174-186.

[12] 贾延玲, 于一鸣, 王树杰. 生态翻译学与文学翻译研究 [M]. 长春: 吉林大学出版社, 2017.

[13] 孔倩. 英语影视剧剧本的语类及其翻译处理 [J]. 上海翻译, 2014 (3): 29.

[14] 旷爱梅. 文学翻译中视觉思维的生态翻译学诠释 [J]. 桂林师范高等专科学校学报, 2014, 28 (2): 126.

[15] 李琪. 生态翻译学视角下文学翻译策略研究 [J]. 环境工程, 2022, 40 (1): 306.

[16] 刘军平 . 生态翻译学之三大哲学价值功能 [J]. 上海翻译, 2022 (1)：1-8.

[17] 刘平 . 基于说服论视角下的文学翻译质量评估框架研究 [J]. 宿州学院学报, 2017, 32 (10)：67.

[18] 陆秀英 . 中国当代翻译文学系统中主体间关系的生态分析 [D]. 上海外国语大学, 2010：1.

[19] 罗迪江 . 生态翻译学复杂性思想的复杂适应系统阐释 [J]. 山东外语教学, 2021, 42 (3)：97-107.

[20] 苗福光, 王莉娜 . 建构、质疑与未来：生态翻译学之生态 [J]. 上海翻译, 2014 (4)：77-82.

[21] 潘苏悦 . 生态翻译学视角下的时政新词英译研究 [J]. 湖北社会科学, 2014 (12)：146-149.

[22] 庞宝坤, 侯典慧 . 生态翻译学视阈下的中国传统文学典籍翻译系统构建 [J]. 吉林省教育学院学报, 2020, 36 (8)：168.

[23] 彭星 .《天净沙·秋思》英译本的翻译质量评估 [J]. 海外英语 (下), 2017 (8)：116.

[24] 祁玉玲, 蒋跃 . 基于语言计量特征的文学翻译质量评估模型的构建 [J]. 西安电子科技大学学报 (社会科学版), 2016 (1)：84.

[25] 盛俐 . 生态翻译学视阀下的文学翻译研究 [M]. 广州：暨南大学出版社, 2014.

[26] 舒晓杨 . 生态翻译学视角下翻译教学模式实证研究 [J]. 上海翻译, 2014 (2)：75-78, 95.

[27] 思创·哈格斯 . 生态翻译学的国际化进展与趋势 [J]. 上海翻译, 2013 (4)：1-4, 20.

[28] 孙乔, 顾晓乔 . 张爱玲翻译生态环境下的英美文学翻译 [J]. 兰台世界, 2015 (7)：9.

[29] 田传茂 . 基于生态翻译学的重译动因研究 [J]. 上海翻译, 2020 (4)：57-61.

[30] 王露 . 生态翻译视角下的中国文学翻译 [J]. 海外英语 (上), 2017 (7)：122.

[31] 王宁 . 生态文学与生态翻译学：解构与建构 [J]. 中国翻译, 2011, 32 (2)：10.

[32] 王悦 . 翻译美学视域下英文诗歌汉译的审美再现 [J]. 文教资料, 2021 (15)：29.

[33] 徐怀云 . 生态翻译学视角下文学作品中成语翻译探讨 [J]. 大学, 2021 (1)：54.

[34] 杨丹 . 翻译美学理论视角下的散文英译 [J]. 散文百家 (理论), 2022 (3)：89.

[35] 余玲 . 文学翻译与大学英语教学 [M]. 北京：中国原子能出版社, 2019.

[36] 张秋云 . 生态学视域的张爱玲文学翻译调和 [J]. 海外英语 (上), 2012 (8)：10.

[37] 张小丽. 关于生态翻译学理论建构的三点思考 [J]. 浙江师范大学学报（社会科学版），2015, 40（6）：73-78.

[38] 张小丽. 推类思维视角下的生态翻译学诠释 [J]. 外国语文，2017, 33（2）：112-116.

[39] 张云霞. 小说翻译的两大基本技巧 [J]. 开封文化艺术职业学院学报，2020, 40（6）：43.